섬, 그리고 좀비

ZA 문학 공모전 수상 작품집

백상준 외 4인

ZA

Zombie Apocalypse

섬, 그리고 좀비

섬

잿빛 도시를 걷다

도도 사피엔스

어둠의 맛

세상 끝 어느 고군분투의 기록

황금가지

| 차 례 |

◉ 이 책에 쓰인 본문 종이 E-light는 국내 기술로 개발된 최신 종이로, 기존에 쓰이던 모조지나 서적지보다 더욱 가볍고 안전하며 눈의 피로를 덜게끔 한 단계 품질을 높인 고급지입니다.

ZA 문학 공모전 수상 작품집을 출간하며

'좀비'라고 하면 보통 주술로 시체를 되살려내는 '부두교의 좀비'를 생각하는 독자가 많을 테지만, 현대의 좀비는 드라큘라처럼 치명적인 전염성을 가진 질병의 개념으로 널리 쓰인다. 이는 1950년대 소설인 『나는 전설이다』에서 처음 선보였고, 이후 조지 R. 로메로 감독의 「시체 3부작」을 통해 영화 콘텐츠로 사용되면서 세상에 널리 알려졌다.

현대에 이르러 '좀비 아포칼립스(Zombie Apocalypse)'는 다양한 형태로 변이 사용되어 왔는데, 잭 스나이더 감독의 「새벽의 저주」나 대니 보일 감독의 「28일 후」에서는 아예 달음박질을 하는 좀비들이 등장한다. 스피드 시대에 걸맞은 속도를 갖추었다고 볼 수 있겠다. 하지만 시간과 공간을 넘어서서 모든 좀비물들은 몇 가지 핵심적인 공통점을 갖고 있다.

우선 무정부 상태의 혼돈 속 종말의 세계관과 그 안에서 살아남기 위해 몸부림치는 인간들의 다양한 인간군상을 담아낸다는 점, 현실에 치여 고립된 현대인을 대변하듯 좀비들 사이에 고립된 등장인물들의 모습에서 자신을 투영한다는 점, 항시 미래와 발전을 향해서만 가속도를 내는 인류에게 종말이라는 경고성 시뮬레이션을 제공한다는 점 등이다.

사실 '좀비로 인해 멸망하는 인류'라는 설정은 이제 국내에서도 그다지 생소한 이야깃거리가 아니다. 많은 마니아들이 생겨났고 게임, 영화, 드라마, 소설 등을 통해 꾸준히 소개되고 있다. 물론 아직까지도 '좀비'라고 하면 잔인하고 고어(Gore)적인 것을 상상하고 질색해 하는 이들이 대부분이다. 다행스럽게도 현대의 좀비물은 그보다는 '종말' 쪽에 더 초점을 맞추고 있기 때문에 작품을 읽다보면 역겹다거나 끔찍하다는 생각은 그다지 들지 않게 된다.

밀리언셀러 클럽에서도 '좀비 소설'의 저변 확대를 위해 꾸준히 관련 작품들이 출간되었는데 앞서 소개한 리처드 매드슨의 『나는 전설이다』, 스티븐 킹의 『셀』, 맥스 브룩스 『세계대전Z』, J. L. 본의 『하루하루가 세상의 종말』 등이 독자들의 좋은 반응을 얻고 스테디셀러로 자리매김을 한 상태이다.

해외 작품만을 소개하는 것에서 벗어나 국내의 좀비 마니아들을 끌어내기 위해 개최한 이번 ZA 문학 공모전에서는 좋은 작품들이 많이 선뵈였다. 그만큼 좀비 아포칼립스 세계관에 대한 작가들의 열망이 대단했으며, 그중에서 당선작이 선정되기란 결코 쉽지 않았다. 여기에 수록된 작품들은 당선작 1편, 가작 3편, 그리고 심사위원 특별 추천작 1편 등 총 5편의 중단편이 수록되어 있다. 모두 각기의 장점이 있으며, 조금만 더 다듬으면 보다 뛰어난 ZA 소설이 나오리라 믿어 의심치 않는다.

| ZA 문학 공모전 대상 수상작 |

섬

백상준

그 많던 걸그룹은 다 어떻게 됐을까?

그 애들도 다 좀비가 됐을까?

상상만으로도 언짢아진다.

아닐 수도 있지만, 주말 동안 세상이 완전히 변했다. 평소 뉴스나 신문을 보지 않으니 알 순 없다.

처음 좀비를 본 건, 늦잠을 잔 탓에 바삐 서두르던 월요일 출근길 엘리베이터에서였다. 1층에서 문이 열렸을 때, 현관에서 한 사람이 힘없는 걸음걸이로 뒤뚱거리며 다가왔다. 흐트러진 옷매무새에 걸음걸이까지, 딱 새벽까지 술을 마신 윗집 아저씨라고 생각했다. '월요일 아침부터, 참 가관이시네요.' 그러다 서서히 그 썩은 시체 같은 몰골이 시야에 들어오면서 나는 잠시 이게 꿈인가 생각했다. 지금 생각하면 참 위험천만한 상황이었지만, 그때 나는 시체를 보면 길몽이라는 얘기가 생각났다. 내가 아직 자고 있는 걸까? 너무 많이 자고 있는 건 아닐까? 꿈도 좋지만 출근해야지! 내가 꿈에서 깨어나려고 빰을 때리고 꼬집는 동안 좀비는 여전히 퀭한 눈으로 뒤뚱거리며 나를 향해 다가왔다. 그리고 막 엘리베이터 앞에 다다랐을 때, 나는 이게 꿈이든 아니든 우선 살고 봐야겠다는 생각으로 인정사정없이 녀석의 명치를 걷어찼다. 녀석은 삭은 나무토막처럼 힘없이 쓰러졌고 나는 급히 엘리베이터의 문을 닫고 뛰는 가슴을 진정시켰다.

하지만 생각해 보니 엘리베이터 안에서 마냥 기다릴 순 없었다. 출근도 해야 하고, 어디서 샘솟은 사명감인지 사람들에게 좀비가 나타났다고 알려야 할 것 같았다. 다시 문을 열고 아직 바닥에 쓰러져 뒤집어진 채 거북이처럼 허둥대는 녀석을 뛰어넘어 거리로 나왔다. 그 순간 나는 내가 다른 세계에 왔나 생각했다. 거리에는 온통 썩어 문드러진 얼굴들이 뒤뚱거리며 걸어다니고 있었고 비명을 지르며 달아나는 사람들의 모습이 보였다. 이건 내가 아는 세상이 아니었다! 하지만, 꿈도 아니었다. 꿈이라고 하기엔 보고, 느껴지는 모든 게 너무나 사실적이었다. 나는 서둘러 차로 달려가 문을 잠그고 잔뜩 웅크린 채 거리를 살폈다. 비명을 지르며 달아나는 사람들과 싸구려 장난감처럼 뒤뚱거리며 그 뒤를 쫓는 좀비들의 모습이 보였다. 가슴이 세차게 두근거렸다. 라디오를 켰다. 평소 음악을 듣기 위해 FM주파수에 맞춰져 있던 라디오에선 긴장한 아나운서의 다급한 목소리가 흘러나왔다. 알 수 없는 전염병이 퍼졌으니 절대 외출하지 말고 타인과 신체접촉도 피하라는. 외출? 나는 출근인데? 출근은 해도 되는 건가? 덜컥 부모님이 걱정됐다. 빌어먹을 재개발 때문에 우리 식구들은 이산가족이 되고 말았다. 어머니가 동네를 떠나 혼자 심심하게 지내기 싫다고 우겨서, 부모님은 가까운 곳에 작고 싼 아파트 전세를 구하고, 나는 회사 근처에 오피스텔을 얻어 지내고 있었다. 하지만 집이 작다는 건 핑계였다. 사실 나는 우리 동네의 재개발 수주를 따려는 회사의 특명을 받고 백방으로 뛰었다. 어머니 계모임에 식비를 댄 것도 한두 번이 아니었다. 하지만 재개발 수주를 경쟁사에 뺏겼고 내 입장이 조금 난처해졌다. 그래서 괜한 트집을 잡아 어머니와 대판 싸우고 결국 집을 나왔을 뿐이다. 아무튼 나는 곧장 부모님 집으로 차를 몰았다. 거리는 온통 경찰차와 구급차의 사이렌 소리와 보행자 신호쯤은 가볍게 무시하는 좀비들로 가득했다.

가는 동안 계속 집으로 전화를 했지만 받지 않았다. 휴대폰도 마찬가지였다. 주말 내내 방에서 뒹굴고 게임이나 하면서 안부전화 한 통 안 드렸다는 생각에 가슴이 뻥 뚫린 듯 휑하고 시렸다. 제발, 아무 일 없이 멀쩡하시길!

내 바람과는 달리 멀쩡한 건 집뿐이었다. 맞은편 1502호 현관문이 활짝 열려 있을 때부터 덜컹 겁이 났는데, 역시나 자식도 몰라보고 물려고 덤비는 부모님을 간신히 안방에 밀어 넣고 거실에 멍하니 앉아 천장만 바라보며 낮을 보냈다. 빌어먹을 1502호 사람들이 이렇게 만든 걸까?

문득 출근을 안 한 게 생각났다. 월차라도 쓰려고 전화했지만, 한 시간 동안 20번을 넘게 걸어도 전화를 받지 않았다. 내 전화가 고장난 건 아닌지 친구들에게 전화를 걸었다. 신호음은 갔지만 아무도 전화를 받지 않았다. 무작정 지난 수신번호에 찍힌 번호로 연결을 시도했다. 스팸번호든 말든 상관없었다. 그러다 갑자기 연결된, 누군지도 모르는 상대방이 낮고 위협적인 목소리로 "미친 새끼, 왜 이런 때 전화질이야! 다신 전화하지 마!"하고는 전화를 끊었다. 나는 한동안 그게 마지막으로 듣는 인간의 목소리가 될까 봐 우울하게 시간을 보냈다.

갑자기 어디서 어떻게 시작된 걸까? 중국 황사를 타고 온 바이러스일까? 작년보다 한 달이나 빨랐다는 황사 보도를 들은 기억이 났다. 입춘보다 먼저 봄을 알리는 황사가 왔다고 했던 직장동료의 말도 생각났다. 그러고 보니 『나는 전설이다』라는 책에도 모래폭풍 이야기가 나온다. 빌어먹을 황사!

어쨌든 먹고살아야겠다는 생각에 어머니가 해 놓은 된장찌개와 이미 말라 바닥에 눌어붙기 시작한 밥으로 상을 차렸다. TV는 이틀째 먹통이고, 라디오에선 종일 녹음된 듯한 감염자 발견 시 행동요령이 흘러나왔다. 정말 쓸데없는 내용이었다. 행동요령의 마지막은 결국 112이나 119 같은 100번대 전화로 도움을 청하라는 건데, 사흘 동안 수백 번은 아니더라도 수십 번 전화를 했지만 아무도 받지 않았다. 결국 우리보고 알아서 하라는 말이다. 정부는 돈 먹는 하마인가! 도대체 정부는 뭘 한 거지? 이 빌어먹을 정부는 그저 조용히 살고 싶은 국민을 조용히 살지 못하게 한다! 내가 낸 세금과 부모님이 낸 세금이 그동안 총 얼마였을까 생각하며 하루를 보냈다.

총성에 놀라 깼다. 처음엔 누군가 공기총으로 멧돼지 사냥하듯 좀비를 사냥하나 생각했는데, 다시 들어보니 기관총소리였다. 트림하는 디젤엔진 소리도 들렸다. 근데 총성? 서울 한복판에서 총성이라니? 남쪽 베란다에서 큰길 쪽을 내려다보니 멀리 장갑차와 탱크가 요란한 소리를 내며 도로를 내달리고 그 뒤로 60트럭에 군인들이 거리의 좀비들에게 총을 쏘고 있었다. 놀랍기도 했지만 아직 정부가 뭔가 한다는 생각에 은근히 기대가 됐다. 치료제를 만들어 뿌렸다면 더 좋았겠지만 최소한 원시적인 대응조치라도 한다는 게 반가웠다. 좀비들은 총성을 듣고 불나방처럼 죽여달라는 듯 모여들었다. 좋은 태도다. 그래야 영원한 안식을 찾을 수 있으니까 말이다. 잠시 안방의 부모님을 내보내야 하나 말아야 하나 고민하는데, 빌어먹을 군인들은 죽여달라며 몰려드는 좀비들의 바람을 철저하게 외면하고 쏜살같이 달아나 버렸다. 뒤늦게 골목에서 나타난 좀비들이 이젠 보이지도 않는 트럭을 쫓아 뒤뚱거리며 느릿느릿 걸어갔다. 그 모습이 왠지 병들어 뒤쳐진 오리새끼 같아 괜히 불쌍해 보였다. 내게 소음기 달린 소총과 총알 1만 발이 있다면 녀석들을 편히 잠재워줬을 텐데 하는 아쉬움이 남았다. 그러고 보니 나도 뭔가 무기가 있어야 한다.

아무튼 좀비들이 귀는 제대로 달린 모양이다. 온 동네 좀비들이 벌떼처럼 이미 시야에서 멀어진 탱크와 트럭을 쫓아 계속 도로로 모여들고 있다.

큰길 건너 재개발 현장 안에 분명 다이너마이트가 있을 거라는 생각이 들었다.

산동네 재개발인 탓에 돌산을 깨려고 하도급업체가 몇 번 폭파하는 걸 어머니가 보시고 내게 물은 적이 있었다. 그때 나는 심통을 부리며 우리 회사가 수주했으면 그런 짓 안 한다고 말해 어머니 입을 단번에 막아버렸다. 아무튼 대형 크레인이 세워진 공사장 안을 살펴보니 컨테이너로 만든 사무소 옆에 나무로 된 작은 오두막이 보였다. 보통은 용접용 가스 같은 폭발성이 높은 자재들을 보관하는 창고지만 다이너마이트를 썼다면 분명 한 곳에 같이 보관하고 있을 터. 당장 뭘 할 건 아니라서 그냥 위치만 봐두고 말았다. 나중에 좀비문제가 해결되면 괜히 문제가 될 수도 있으니까.

공사현장을 보다가 멀리 남산 쪽 도심풍경을 바라보니 세상은 그저 평화롭게만 보였다. 완연한 봄 햇살에 남산 N타워가 또렷이 보일 정도로 맑아진 공기, 지방국도처럼 한적한 거리, 뒤뚱거리며 느릿느릿 걷는 좀비. 보기만 해선 참 한가로운 풍경이었다. 세상이 참 평화롭단 생각이 들었다. 인간만 없으면 세상이란 참 평화로운 곳이구나 싶은 게, 왠지 씁쓸했다.

해가 지고, 다른 아파트 군데군데 불이 켜진 집들이 보였다. 아직 많은 사람들이 정부의 대응을 기다리며 집에 머물고 있는 것 같다. TV라도 좀 재미있는 걸 보여주면 좋으련만, 이런 상황에는 좀비 영화가 딱인데, 방송국 직원들은 센스가 없다. 허긴 재난 방송도 못하는 데 좀비 영화는 무슨 얼어죽을 좀비 영환가. 괜히 나중에 욕이나 먹겠지. 위성방송도 안 나오는 걸 보면 위성방송이라고 해서 특별히 대단한 건 아니라는 생각이 든다. 뭐 우주에서 쏘는 건 아니니까. 그저 반사하는 것뿐이지.

일주일? 열흘? 아무튼 며칠이 더 지나자 총성도 사라지고 거리는 더 많은 좀비로 채워졌다. 설마 총알이 떨어진 걸까? 얼마

전 뉴스에 우리나라 인구가 5000만이 됐다던데, 만약 우리나라 인구 5000만이 좀비가 됐다면 최소한 5000만 발이 필요한 데, 5000만 발이 있을까?

아무튼 좀비들은 기본적인 귀소본능조차 없는 게 확실하다. 그렇지 않고서야, 자기가 살던 아파트 현관문을 활짝 열어놓고 보름이 넘도록 돌아오지 않을 수 있나. 설마 먹을거리를 찾아 거리로 나온 걸까? 그러고 보니 냉장고 구석의 냄새 먹는 하마가 눈에 띄었다. 그만큼 냉장고가 비었다는 얘기다. 문득 좀비들은 며칠이나 굶고 살 수 있을까 궁금해졌다. 나는 죄송하지만 아버지, 어머니가 안식을 찾으셨길 빌며 살짝 안방 문을 열고 안을 살폈다. 내 바람과는 달리 두 분은 여전히 방 안을 서성이고 계셨다. 그런 아버지를 보니 가슴이 찡했다. 예전엔 어머니와 내가 약수터라도 다녀오라고 내쫓기 전엔 비스듬히 누워 TV만 보시던 아버지셨기 때문이다. 평소에 저렇게 움직이셨으면 좋았으련만.

위험을 무릅쓰고 집 밖으로 나오는 사람들이 많아졌다. 무턱대고 자동차를 몰고 달리다가 좀비들에게 둘러싸이고, 비명을 지르고 살려달라고 외치는 소리가 몇 번 들렸다. 처음 몇 번은 베란다에서 구경을 했지만, 것도 사람이 할 짓은 아니다 싶어 창문을 닫고 멍하니 소파에 앉아 있었다. 그러다 정말 굉음과 함께 카랑카랑한 여자의 목소리가 들렸을 땐 정말 최악이었다. 전화를 걸어 경찰을 부를 수도 없는 상황, 전화를 했지만 받지도 않는 상황이니. 여자는 왜 무모하게 길을 나섰을까? 이 상황에서 가족을 찾아 나왔을 리는 없고, 아마도 먹을 게 없어서 구하러 나온 거겠지. 김치냉장고와 다용도실을 확인해 보니 라면, 햄, 밀가루, 계란, 김장 김치와 20킬로그램짜리 쌀 한 포대가 아직 남아 있다. 적어도 석 달은 버틸 수 있을 것 같다. 쌀이 있어 행복하다.

비명소리에 잠을 깼다. 맞은편 103동 402호 창문에 매달린 사람들이 지르는 비명이었다. 젊은 부부 같았는데, 좀비에 쫓겨 베란다로 피했지만 유리창이 그들을 지켜주지 못한 모양이다. 어쩌다 좀비들이 저기까지 올라왔을까? 설마 초대했을 리는 없고. 그동안 밤이면 그 집에 불이 켜져 있던 게 생각났다. 불빛을 본 걸까? 부부싸움이라도 해서 좀비들의 관심을 끌기라도 한 걸까?

오늘 밤부터는 화장실의 불도 켜지 말아야겠다는 생각을 했는데, 오는 날이 장날이라던가 전기가 아예 들어오지 않는다. 문득 물도 곧 끊길지 모른다는 생각에 욕조며, 빈 생수통, 온갖 그릇에 물을 담기 시작했다. 먹는 수돗물 아리수! 서울에 좀비가 창궐했을 때 시민은 아리수를 마시며 견뎌냈다! 좋은 광고 문구가 될 것 같다.

광고는 꿈도 꾸지 마라! 이제 물도 끊겼다. 가장 큰 문제는 똥이다. 살아있으니 먹는 거고, 먹은 게 있으니 싸는 건 당연하다. 근데 치울 곳이 마땅찮다. 흙이라도 있으면 덮기라도 할 텐데 아파트 15층이라 흙 같은 건 없다. 벽으로 부숴 콘크리트 가루로 덮을 수도 없고. 화분이 몇 개 있지만, 그걸로 과연 해결이 될까? 게다가 저 이름도 모르는 난(蘭)은 어머니가 애지중지하던 거다. 고민 끝에 옥상이란 좋은 곳을 생각해 냈다. 이미 옥상은 비둘기들의 화장실이다. 같이 좀 쓰자는 데 불만은 없겠지. 우리 집은 꼭대기 층, 나름 펜트하우스라 옥상을 올라가는 데는 큰 위험이 없다. 우선 안전한지 확인하기 위해 조심조심 현관문을 열고 조용조용 옥상으로 올라갔다. 예전에 부모님 몰래 담배 피던 고딩 시절이 생각났다.

똥을 싸고 휑한 옥상을 보니, 여기에 'HELP ME'라고 커다랗게 써놔야겠다는 생각이 들었다. 페인트는 없고, 쓰다 남은 청테이프로 쓰자니 큼지막하게 'H' 하나 쓰면 끝일 것 같다.

종일 뭐로 표시할까 궁리하다가 짜증만 났다. 좀비 영화에는 이럴 때 필요한 건 어떻게든 다 찾아내는데, 우리 집에는 이럴 때 쓸 만한 게 하나도 없다. 그러고 보니 할리우드 영화를 보면 이럴 때 사람들이 피신할 냉전시대 만들어진 방공호며, 서로 교신할 수 있는 단파무전기, 자신을 지킬 수 있는 총, 손전등, 페인트 같은 게 쉽게 등장하는데 우린 이게 뭔가 싶다. 우리나라에서 냉전시대에 만들어진 방공호는…… 군사기밀이고, 단파라디오는 있으면 간첩이다. 총은 예비군 훈련 때나 구경하는데 그나마 총알은 향방예비군으로 바뀌면 구경도 못한다. 손전등은 핸드폰 액정이 대신하고 있고, 페인트? 시너는 있어도 페인트는 없다. 80년대도 아니고 화염병을 만들 것도 아닌데. 우린 재난에 너무 취약한 것 같다.

전기가 다시 들어왔다. 여기저기 다시 불이 켜진 집들이 보였다. 위험한 짓 아닌가? 생각해 보니 아마도 이미 집을 떠난 사람들이 스위치를 켜두고 나간 모양이다.

위험에 처한 소녀를 발견했다. 낡은 옷가지와 지난 신문으로 'HELP ME'를 쓰다가 단지상가 건물 옥상에 쭈그리고 앉아 있는 아이를 발견했다. 우리 집 베란다에서는 103동에 가려 보이지 않는 곳이다. 소리쳐 불러볼까 하다가 상가 주변에 좀비들이 워낙 많아 포기하고 고민 끝에 손거울로 햇살을 반사시켜 신호를 보냈다. 아이가 신호를 보고 같이 손거울로 신호를 보냈다. 어떻게 이야기를 나눠볼까 고민하면서 모스부호를 알면 좋았을 텐데 하는 아쉬움이 남았다. 하지만 또 나만 알고 있으면 뭐하나 어린 여자아이가 알긴 하겠나 싶었다. 그래서 곰곰이 생각하다가 맞은편 건물에 햇살을 반사시켜 큼지막하게 글씨를 하나씩 써서 소리 없는 대화를 나눴다.

이름은 최선희. 고2란다. 휴대폰이 있으면 통화를 하고 싶었지만, 선희의 휴대폰은 이미 방전된 상태였다. 반면 나는 정전이 되기 전까지 어머니 휴대폰과 예비 건전지까지 모두 충전해 둔 상태였다. 기회가 되면 건전지 모델이 같은 내 휴대폰의 예비 건전지를 가져다주기로 했다. 어떻게 보름이 넘도록 버텼냐고 묻자 아래 마트에서 과자와 라면을 가져와 견뎠다고 했다. 마트 주인보다는 좀비들에게 안 걸렸냐고 묻자, 선희는 자기가 내려갔을 땐 상가 안에 좀비가 한 놈밖에 없었고, 밤에 조용히 내려갔다고 했다. 밤이라고 해도 잠을 자지 않는 좀비에게 다를 게 있나 생각했지만, 어찌 보면 좀비들도 눈은 있으니 밤엔 잘 안 보일 것 같기도 했다. 어쩌면 밤에 시력이 우리보다 나쁠 수도 있다. 하지만 우리도 어두워서 녀석들을 잘 볼 수 없을 텐데, 우리도 썩 유리하진 않을 것 같기도 했다. 아무튼 103동 402호 가족이 죽은 뒤로 살아있는 사람은 그림자도 보지 못했는데 살아있는 사람을 보게 돼서 기쁘고, 문자지만 이야기를 주고받을 수 있어서 좋았다. 혼자 조용히 지내다보니 진짜 입에 곰팡이가 쓸 것 같았다.

오늘 부모님을 죽였다. 어차피 죽은 거나 마찬가지니, 두 번 죽이는 짓이 된다. '저를 두 번 죽이는 짓이에요.' 정준하의 유행어다. 지금 상황에 딱 맞는 말 같다. 아무튼 먹을거리가 쌀과 김치뿐이라 나가야 했다. 그리고 마트 옥상의 선희와 직접 이야기를 나눌 수도 있다. 사실 이야기를 나눌 수 있는 게 더 중요한 이유였다. 마트까지는 100미터가 채 안 됐기 때문에 해볼 만한 모험이었다. 그렇다고 그냥 나갈 순 없었다. 좀비들이 어떻게 인간을 인식하는지는 모르지만, 최소한 눈에 띄지 않는 위장이 필요했다. 처음엔 둘 중 한 분만 죽이려고 했다. 문을 열고 한 분만 먼저 나오길 바랐는데, 둘이 서로 밀치며 거의 동시에 나오는 바람에 제때 문을 닫지 못했다. 결국 영화에서 본 데로 몽둥이로 두 분의 머리를 후려치고 가위와 식칼을 머리에 꽂아버렸다. 그리고 아버지의 냄새나는 옷과 피부 조직 약간을 벗겨냈다. 피부는 이미 돌아가신 지 오래된 상태여서 그런지 판박이 비닐처럼 쉽게 벗겨졌다. 혹시 선희도 다른 곳으로 탈출을 시도할지 모른다는 생각에, 어머니의 시체에서도 옷과 피부를 조금 벗겨냈다. 두 분의 시체는 다시 안방에 밀어 넣은 후, 아버지의 옷과 피부를 내 목과 팔에 감아 붙였다. 어머니의 피부와 옷은 그대로 어머니의 등산배낭에 넣고, 조심조심 계단을 내려갔다. 온통 썩은 악취가 계단을 타고 올라왔다. 역겨웠지만 익숙해지려고 노력했다. 괜히 역한 냄새에 토악질을 하거나 기침을 하면 좀비들의 시선을 끌 수 있었다.

2층 층계참에서 깨진 유리창으로 길에 좀비가 넷밖에 없는 걸 확인하고, 심호흡을 한 뒤, 뒤뚱뒤뚱 계단을 내려가 현관을 지나 밖으로 나갔다. 나는 행여 녀석들이 눈치 챌까 잔뜩 긴장하며 느리고, 느리게 걸었다. 다행히 녀석들은 내게 신경을 쓰지 않았다. 그러다 103동 모퉁이를 돌자 빌어먹을 좀비가 수십 명, 아니 수십 마리가 나타났다. 완전 미칠 지경이었다. 15층에선 들을 수 없었던, 숨을 쉬는 건지 겁을 주려는 건지 알 수 없는 그들의 공허한 소리와 악몽을 꾸는 듯한 앓는 소리가 사방에서 낮고 음울하게 들렸다. 게다가 빤히 녀석과 부딪힐 게 보이는데도 피하지 못하고 계속 걸어야 할 땐 정말 심장이 튀어나와 죽는 줄 알았다. 아무튼 상가를 향해 걷는 그 10분은 내 생에 가장 긴 10분이었다.

상가 안의 마트는 유리창이 모두 깨어지고 진열대 두 개가 쓰러져 있었지만 물건들은 대부분 고스란히 남아 있었다. 나는 소리를 내지 않게 조심하며 통조림과 1킬로그램짜리 쌀 봉지를 몇 개 챙겼다. 선희처럼 라면을 챙길 생각은 엄두도 못 냈다. 물론 가스도 없었지만 바스락거리는 봉지가 녀석들의 관심을 끌까 봐 손도 대지 못했다. 담배를 챙기고 다시 좀비걸음으로 느릿느릿, 뒤뚱뒤뚱 걸으며 상가 옥상으로 올라갔다.

나와 마주한 선희는 손거울은 있지만 볼 틈은 없었던 게 분명하다. 엉망이었다. 예상은 했지만 너무나 지저분했다. 그리고 멀리서 볼 땐 몰랐는데 치마통과 블라우스 폭을 줄인 교복을 입고 있었다. 날라리였다. 예전 같으면 눈살을 찌푸렸을 그런 차림새였지만 그땐 그마저도 귀엽고 착해 보였다. 선희는 그대로 내 품에 와락 안겨왔다. 다신 사람을 보지 못하고, 이야기하지 못할 줄 알았다며 흐느꼈다. 나는 혹 그 울음소리를 좀비들이 들을까 봐 적이 놀라며 선희를 진정시켰다. 선희는 내가 와줘서 너무 고맙고, 다시 공부하고 싶다고, 엄마와 동생한테 화낸 게 너무 미안하고, 친구들이 보고 싶다며 울먹였다. 그러나 나는 다정한 위로 대신 2층 상가 옥상이면 아래 좀비들이 소리를 들을 수 있으니 제발 조용히 하라며 선희에게 얼굴을 찌푸렸다. 사실 괜히 찾아온 게 아닌가 후회되기까지 했다.

우리는 그동안 본 일들을 이야기하며 담배를 나눠 피웠다. 선희는 가족들이 전화도 받지 않는다며 또 울먹였다. 아마도 버려진 기분이 들었던 것 같다. 그때 나는 선부르게 위로랍시고 내가 첫날 겪었던 일을 얘기해 주며 아마 위험해서 받지 않을 수 있고, 또 지금은 휴대폰들이 다 방전됐을 거라고 말했다. 집전화로 했는데 왜 안 받느냐고 물으면 어쩌나 했는데 다행히 집 전화는 없는 듯했다. 그리고 선희의 기분도 풀어줄 겸, 뒤뚱거리며 걷는 좀비 걸음도 가르쳐주었다. 그때 선희는 진짜 멍청해 보인다며 입을 틀어막고 웃었다.

나는 선희를 만나기 위해 올라오긴 했지만, 2층 옥상은 안전하지 않다고 생각했다. 잘못해 소리를 낼 수도 있고, 어떤 좀비가 아파트 위층에서 내려다보면 들킬 수도 있었다. 그래서 우리 집으로 가는 게 어떠냐고 제안했다. 그러나 선희는 용기를 내지 못했다. 아래층 마트에 먹을거리가 아직 많이 남아 있으니 굳이 그곳을 떠날 이유가 없었을지도 모르겠다. 어쩌면 내게 못 미더웠을 수도 있다. 아무튼 나는 약속한 휴대폰 건전지를 주고 안전한 나의 집으로 돌아왔다.

어제 그 웃음이 내가 본 선희의 처음이자 마지막 웃음이었다. 이럴 줄 알았으면 실컷 웃게 할 걸 그랬다. 아니, 만나지 말았어야 했다. 처음부터 옥상에서 선희를 보지 말았어야 했을지도 모른다. 나의 섣부른 위로가 선희의 마음을 더 아프게 만들었고 죽음으로 몰아버린 것 같다.

선희는 다시 혼자가 된 걸 견뎌내지 못했다. 선희는 그날 밤 내가 준 어머니의 옷과 피부를 두르고 가족을 찾아 집으로 찾아갔다. 그리고 좀비로 변한 엄마와 동생을 만났다. 그때 선희는 단호하게 돌아서야 했다. 그러나 어리석게도 좀비로 변한 엄마와 동생의 모습에 울먹이다 그만 좀비의 이목을 끌어버린 모양이다. 방으로 도망쳤고 창문으로 나가려했지만, 이미 창문 밖에도 좀비가 몰려들고 있었다. 옷장 안으로 숨었고, 나에게 전화를 걸었다. 살려달라고, 도와달라고, 그만 눈물이 나서 이렇게 됐다고 울먹였다. 이제 좀비가 방에 들어왔다고 옷장에 숨어 있다고 했다. 어딘지 묻긴 했지만 갈 용기가 나지 않았다. 떨리는 선희의 목소리 너머로 옷장을 긁는 소리가 들렸다. 마치 내 바로 옆에서 문을 긁는 것 같았다. '미친 새끼, 왜 이런 때 전화질이야! 다신 전화하지 마!' 그 사람이 왜 그런 말을 했는지 알 것 같다. 전화를 끊고 싶었다. 마치 내 바로 옆에 좀비가 서 있는 것 같았다. 그 좀비들에게 들릴까 봐 조마조마하며 무조건 달아나라고 속삭였다. 그저 속삭이기만 했다. 그때 내가 두려워한 건 선희가 숨은 옷장 밖의 좀비인지, 아니면 내 머릿속의 좀비인지 지금도 잘 모르겠다. 선희는 계속 울먹였고, 살려달라고 말했다. 마지막엔 비명을 질러댔다. 수화기로 그 소리가 너무 크게 들렸다. 내 머릿속의 좀비들이 그 소리를 들을 것 같았다. 밖의 좀비들까지 다 듣고 올라올 것 같았다. 나는 수화기를 틀어막았다. 그리고 전화를 끊었다.

선희의 자업자득이다. 나는 선희의 가족에 대한 집착이 화를 자초했다고 순간, 순간 그렇게 나를 위로한다. 그리고 내가 여기서 도우러 간다 해도 좀비처럼 느릿느릿 걸어가야 한다. 그럼 1킬로미터나 떨어진 선희의 집까지 1시간은 더 걸릴 터였다. 어차피 그 때까지 선희가 살아있을 확률은 없다. 어머니, 아버지를 죽인 게 후회된다. 이미 죽은 두 사람을 죽이고, 또 산 사람 하나를 죽게 만들었다.

※ 좀비처럼 걷기.

좀비처럼 퀭한 눈으로 뒤뚱거리며 걷다보면 왜 그들이 청각이 예민한지 절로 느끼게 된다. 초점을 잃은 눈과 부자연스런 동작으로 굳고 뻣뻣해진 피부로는 주변의 정보를 제대로 얻을 수가 없다. 결국 주변의 정보를 얻기 위해선 다른 감각을 이용해야 한다. 시각, 촉각, 청각을 빼고 미각과 후각이 있지만 미각은 과연, 쓸모가 있을까. 그리고 후각은 금방 마비된다. 결국 주변 정보를 얻기 위해선 귀에 많이 의지해야 한다. 그러니 청각이 극도로 예민해질 수밖에 없다. 어떨 때는 초원에서 풀을 뜯는 말이 전후좌우로 귀를 흔드는 것처럼 내 귀도 움직이면 좋겠다는 생각마저 든다.

좀비처럼 걸을 때 가장 고민거리는 방향 전환이다. 아직 좀비들이 무슨 생각으로, 무슨 이유로 방향을 바꾸는지 잘 모르겠지

만, 소리가 들리는 쪽으로 방향을 바꾸는 걸 보면 분명 뇌가 반응하고, 의지가 생겨서 바꾼다는 건데, 과연 그 의지가 이성적일까? 그리고 나는 청각보다는 이미 계획된 대로 이동해야 한다. 그래서 방향을 바꾸고 싶을 때는 바닥의 돌멩이나 잡동사니에 걸리거나, 바닥에 신발이 끌려 방향이 뒤틀린 것처럼 해서 방향을 튼다. 바닥이 고르고 깨끗하면 그런 식으로 방향을 틀 수 없겠지만, 지금 거리엔 여기저기 돌멩이며 거치적거리는 쓰레기가 넘쳐나니 그럴 일은 없다. 오히려 곧장 가고 싶은데 괜히 돌멩이나 쓰레기 더미에 걸릴까 봐 걱정이다.

다시 전기가 끊긴 동안 엘리베이터에 함정을 만들었다. 엘리베이터 문을 열어두고 빨래건조대 위에 얇은 널빤지를 깔아, 밟으면 바로 엘리베이터 통로로 떨어지게 만들었다. 이러면 최소한 바로 우리 집 현관문을 두드리진 않겠지.

만들기 전엔 만들까 말까 한참을 고민했다. 괜히 함정에 걸려 좀비가 떨어지면 그 소리로 다른 좀비들이 모일 수 있다. 하지만 고민하지 않기로 했다. 나중에 다시 전기가 들어와도 엘리베이터가 움직이지 못하게 옥상 엘리베이터실에서 엘리베이터 전원을 완전히 내려버렸다. 괜히 나중에라도 엘리베이터를 타고 좀비가 우리 집 현관 앞에 올라오는 건 보고 싶지 않다. 물론 그걸 타고 온 한두 놈이야 막을 수 있겠지만, 집 앞에서 놈들과 마주치고 싶진 않다.

아래층에 열린 현관문은 모두 닫아버리고 표시를 해뒀다. 열린 몇 집은 들어가서 살펴봤는데, 건질만한 건 쌀과 통조림 몇 개와 된장, 고추장, 유통기한이 지난 라면 몇 개가 전부다. 라면은 생각보다 유통기한이 짧다. 육 개월도 채 안 되는 것 같다. 1년은 두고 먹을 수 있는 비상식량인 줄 알았는데 아니다. 그런데 왜 전쟁이 나면 라면이 동이 날까. 반면 된장, 고추장은 발효식품이라 유통기한이 없다. 쌀은 쌀벌레가 있는 걸 보면 지저분해도 먹을 수는 있을 것 같다. 벌레가 있다는 건 최소한 사람이 먹어서 죽을 독은 없는 거다. 닫혀 있는 문은 살펴보지 않았다. 모험을 할 필요는 없다. 할 수도 없다. 누가 도와줄 사람도 없는데, 괜히 모험을 했다가 다치면 끝이다. 차라리 죽는 게 낫다.

나는 혼자가 아니다. 다른 사람이 있다. 그것도 아주 가까운 곳에! 분명하다!

먹을거리가 떨어져 마트로 갔다. 그동안 마트에 갈 때마다 진열대에 놓인 상품들의 위치가 조금씩 바뀌어 있었다. 처음엔 대수롭지 않게 생각했다. 좀비들이 우연히 마트에 들어왔다가 진열대에 부딪혀서 위치가 바뀌고 떨어진 거라 생각했다. 그런데 이번에 가보니, 그동안 내가 계산대 서랍에 숨겨둔 참치통조림이 모두 사라졌다. 좀비들이 어지르지 못하게 챙겨둔 것들이었다. 좀비들이 서랍을 열고 통조림을 다 가져갔다? 그건 말도 안 된다. 어딘가에 생존자가 더 있는 게 분명하다! 하지만 어디에? 어떻게 그들을 찾을 수 있을까?

마트 창고에서 검정 페인트를 찾아냈다. 옥상에 내 호수와 전화번호를 커다랗게 써 놨다. [102동 1501호, 010-4357-XXXX] 다른 건물에 누군가 살아있다면 보고 연락하겠지. 그리고 바람에 날아간 옷가지 대신 검정 페인트로 옥상바닥에 'HELP ME'라고 썼다. 애국심에 '도와주세요'라고 쓰려다가 헬기나 비행기를 조종할 줄 알면 영어는 기본일 테고, 우리말을 모르는 주한미군이 볼 수도 있으니 영어가 나을 것 같다.

이제 좀비처럼 걷는 게 익숙하다. 좀비처럼 사는 게 편할 때도 있다. 굳이 씻을 필요도 없고, 이성에게 잘 보이려고 예쁘게 꾸밀 필요도 없다. 경쟁도 없고 생긴 것도 모두 비슷비슷하다. 하지만 우리는 이성이 있는 인간이다. 이렇게 살면 안 된다. 왜? 약육강식의 치열한 경쟁보다 이게 나은 것 같은데, '이성 = 경쟁'일까? 그 많던 인간은 다 어디로 갔을까? 70억 인구, 서울과 수도권에만 2000만이 넘게 살았는데 다 어디 있는 거지? 다 좀비가 된 걸까? 도대체 좀비들은 언제 죽을까? 도대체 어디서 뭘 먹고 살아있는 걸까? 죽었다 깨어나면 안 먹어도 살 수 있는 걸까? 혹시 처음에 나타난 좀비들은 굶어죽고, 대신 다른 사람들이 매일 수천, 수만 명씩 좀비로 변하는 게 아닐까? 언젠가 나도 변하는 게 아닐까? 그럼 그 다음은? 내 영혼은 어떻게 되는 걸까? 지옥에 떨어질까?

도대체 어디서 어떻게 좀비가 나타나기 시작한 걸까? 설마 그 많은 사람이 다 좀비에게 물린 걸까? 금요일 퇴근 때만 해도 아무 일 없었다. 그럼 사흘 만에? 황사? 바이러스? 그럼 왜 나는 무사하지? 그리고 또 다른 사람들은? 어떤 항체가 있는 걸까? 설마 내가 선택받은 사람일까? 아니면 저주받은 사람일까? 알 필요 없다! 안다고 달라질 건 없다. 그래, 구조대가 오지 않는 한 달라지는 건 없다.

일주일이 지났지만 전화도 찾아오는 사람도 없다. 하긴, 좀비 흉내를 내고 다니려면 앞만 보고 걸어야 한다. 그러다 보면 옥상에 씌어진 주소와 전화번호를 보지 못할 것이다. 괜히 아까운 휴대폰 건전지만 낭비했다.

마트에서 가져온 식품을 구색이나 갖추려고 냉장고에 넣으려다 환하게 켜진 냉장고 안 백열등을 보고 전기가 다시 들어온다는 사실을 알았다. 그리고 저녁에는 수도꼭지에서 요란한 소리와 함께 물이 터져 나오기 시작했다. 그 소리에 놀란 나는 허겁지겁 수도꼭지를 잠갔다. 문득 의문이 생겼다. 과연 이런 인류멸망의 상황을 대비해 모든 게 자동으로 복구되게끔 설계된 것일까? 아니면 정부가 아직 멀쩡한 국민들을 위해 필사적으로 공급하고 있는 것일까? 서울에는 발전소가 없다. 경기도에는 있나? 어쩌면 서울만 이 난리일지도 모른다. 물은? 어딘가 수자원공사 직원이 최소한 한 명은 살아있는 게 분명하다. 자기도 답답하니 뭔가 조치를 취했겠지. 나는 그냥 받아먹기만 하면 되는 거다.

전기밥솥으로 밥을 했다. 생쌀을 씹어 먹다가 밥을 해먹으니 너무 부드럽고 온몸에 온기가 퍼지는 것 같다.

걸 곳도, 걸어올 사람도 없겠지만 낭비한 휴대폰 건전지를 충전했다. 어차피 꽂을 콘센트는 많다. 그리고 MP3플레이어를 충전하고 음악을 들었다. 걸그룹의 노래만 저장한 MP3였다. 그 많던 걸그룹은 다 어떻게 됐을까? 그 애들도 다 좀비가 됐을까? 상상만으로도 언짢아진다.

분명 모든 인간이 좀비가 된 건 아니다. 전기도 그렇고, 물이 나오는 걸 보면 분명 사람이 살아있다. 설마 좀비들이 갑자기 지능이 생겨 그런 시설을 가동하진 않았겠지. 문득 어딘가에 누군가가 살아있다면, 그리고 그가 우리 아파트 단지와 가까이 있다면? 마트의 물건이 안전하지 않을 거란 생각이 들었다. 종일 마트를 오가며 먹을거리를 옮겼다. 그러다 보니 이제 좀비쯤은 무섭지 않다. 오히려 인간이 더 무섭다. 내 먹을거리를 먼저 가져가는 인간 말이다!

물은 다시 나오지만 화장실은 쓸 수 없다. 변기 물 내려가는 소리를 듣고 놈들이 올라올 수도 있으니까. 전기도 전기밥솥으로 밥을 할 때만 쓰고 있다. 불은 높은 층이라 괜찮을 것도 같지만 큰길 쪽 내리막 언덕에서 불빛을 보고 오는 좀비가 있을 수도 있다. 조심해서 나쁠 건 없다.

빌어먹을 인간. 마트에 가는 길에 한 인간을 만났다. 이제 갈가리 찢겨 죽은 인간이라 욕은 하지 않겠다. 녀석은 처음부터 어수룩하게 행동했다. 비록 좀비처럼 위장은 했지만, 처음 그를 볼 때부터 나조차도 그가 인간이라는 걸 알 수 있었다. 사내는 내 맞은편에서 걸어오고 있었다. 군복 바지를 입고 있었는데 어디서 부상을 당했는지 다리를 질질 끌며 걷고 있었다. 그것까지는 괜찮았다. 하지만 신선한 피까지 흘리는 바람에 좀비들의 시선을 끌었다. 여기까지 무사히 온 게 기적이었다. 좀비들은 상처 입은 먹잇감을 쫓는 하이에나처럼 그 사내의 뒤를 졸졸졸 따라갔다. 그때까지 사내는 당황하지 않고 침착하게 좀비 흉내를 내고 있었다. 어쩌면 뒤에 눈이 없어서 그렇게 침착할 수 있었던 것일지도 모른다. 아무튼 좀비들이 그의 앞을 가로막자 사내는 당황하기 시작했다. 어떻게든 위험을 벗어나려고 서두르다가 좀비들에게 완전히 에워싸였다. 나는 맞은편에서 그 모습을 모두 볼 수 있었다. 게다가 내 뒤에 있던 좀비가 좀비 걸음으로 치면 거의 뛰다시피 해서 그에게 다가가는 걸 보고, 내키지는 않았지만 나도 그를 향해 걸어갈 수밖에 없었다. 좀비에 에워싸인 사내의 욕설이 들렸다. 이어 사내는 비명과 함께 발악하며 소리쳤다. "혼자 죽지 않아!" 순간 폭음과 함께 땅이 흔들리고 그를 에워쌌던 좀비들이 사방으로 날아갔다. 나 역시 폭풍에 휘말려 나가 떨어졌다. 수류탄이었나 보다. 귀가 멍하고 정신이 없었다. 좀비처럼 걸어야 하는데 귀가 멍하니 몸을 가눌 수가 없었다. 죽을 뻔했다. 죽으려면 혼자 죽지 왜 엄한 나까지 죽을 뻔하게 만드는지 욕지거리가 나오는 걸 간신히 참았다. 욕을 하면 좀비들이 나에게 달려들 테니까.

그리고 멍한 정신으로 주위를 둘러보다 나는 깜짝 놀랐다. 나와 똑같은 처지의 두 사람을 보았다. 겉모습은 분명 좀비처럼 보였지만 놀라고 당황해 정신을 차리지 못하고 쓰러져 있는 두 사람. 그들은 좀비처럼 바닥에 널브러져 허우적거리지 않고 자리에 앉아 정신을 차리려고 머리를 쥐어짜고 있었다. 분명 다른 좀비와 다른 행동이었다. 아마 나도 그들처럼 앉아 있었던 것 같다. 나는 재빨리 다른 좀비들처럼 바닥에 쓰러져 뒤집어진 거북이처럼 한참을 허우적거렸다. 그러느라 그들이 어떻게 됐는지, 어디로 갔는지 보진 못했다.

나는 온몸에 냄새나는 좀비의 찢어진 살가죽을 뒤집어써서 좀비들은 나를 그냥 지나쳐갔다. 하지만 거대한 폭음 때문에 온 동네 좀비들이 우리 아파트 단지 안으로 모여들었다. 베란다에서 내려다보니 마치 인파로 가득한 주말의 명동거리 같았다. 좀비들이 아파트와 아파트를 섬으로 나눠놓은 것 같았다. 거대한 바위섬으로. 새들과 새만이 이어주는 바위섬.

이제 상가 마트에는 먹을 게 없다. 통조림과 햄, 쌀을 다 집으로 옮기고 나니 묘한 쾌감이 들었다. 넉 달은 먹을 수 있을 것 같다. 그런데 이것도 다 떨어지면? 1킬로미터 떨어진 이마트에 아직 물건이 남아 있을까? 지금 있다 해도 한 달 후에도 남아 있을까? 너무 위험한 일일 수도 있다. 하지만 선희도 집까지는 무사히 갔는데 나도 갈 수 있을 것이다. 차를 타고 갈 수 있으면 좋겠지만 마트에서 짐을 싣는 동안 좀비들이 모여들 테고, 전기자동차는 소음이 적어 청각이 예민한 시각장애인들도 위험할 수 있다던데, 전기자동차가 있으면 좋겠다. 소음기가 달린 총도.

이마트는 폭도들이 한 번 휩쓸고 간 것 같았다. 건질 게 없었다. 과일/채소 매장 쪽은 하얗게 곰팡이가 피고 썩은 과일과 야채들로 냄새도 장난이 아니다. 게다가 매장을 어슬렁거리는 좀비들도 많았다. 어쩌면 나처럼 좀비로 위장한 인간일지도 모르지만, 좀비인 척하느라 자세히 찾아볼 수도 없었다. 아무튼 이제 구조대가 오든가 정부가 다시 제 역할을 하든가 할 때까지 버틸 음식은 충분하다. 넉 달 안에, 최대한 육 개월 안에 온다면 말이다.

사람을 죽였다. 어차피 좀비라도 부모를 죽인 놈이 그깟 사람 하나 죽이는 게 무슨 대수인가 싶기도 하지만, 아무리 그래도 이번엔 진짜 사람이었다. 좀비가 아니다.

옥상에서 똥을 싸고 다시 내려오는데 좀비가 우리 집 앞에 서 있었다. 너무나 놀랐다. 나는 맨손이었고, 녀석의 손에는 기다란 멍키스패너가 들려 있었다. 망설일 새가 없었다. 나는 재빨리 몸을 날렸고 특히 녀석의 머리와 목을 노렸다. 둔탁한 소리와 함께 녀석의 손에서 멍키스패너가 떨어졌다. 그 소리가 요란하게 복도를 울렸다. 나는 본능적으로 멍키스패너를 눌러 소리를 줄이고 다시 집어 들었다. 그리고 사정없이 녀석의 머리를 내려쳤다. 처음엔 몰랐다. 피가 터져 나왔다는 걸. 뒤늦게 정신을 차리고서야 바닥에 피가 흐르고 얼굴에 피가 묻은 걸 깨달았다. 덜컹 겁이 났다. 사람이었구나! 내가 사람을 죽였구나! 하지만 사람을 죽였다는 죄책감보다 계단을 타고 흘러내리는 피가 좀비들을 불러 모을 수도 있다는 생각이 먼저 들었다. 허둥대며 옷가지를 들고 나와 바닥의 피를 닦아내고 시체를 안방으로 옮겼다.

어떻게 알고 온 걸까? 마트에서 내가 먹을거리를 옮기는 걸 보고 내 식량을 탐낸 걸까?

갑자기 옥상에 써놓은 호수와 전화번호가 생각났다. 까맣게 잊고 있었다. 문득 수류탄으로 자폭한 그 사내도 아파트 옥상 벽에 주소를 보고 나를 찾아오려고 한 건 아닌가 하는 생각이 들었다. 옥상 벽에 쓴 주소와 전화번호를 다시 시너와 검은 페인트로 지워버렸다.

이마트보다는 좀 멀지만 평소 이마트보다 손님이 적었으니 어쩌면 먹을 만한 게 남아 있을지도 모른다는 생각에 홈플러스에 가기로 하고 아파트 현관을 나오다가 103동 전기계량기함 앞에서 있는 좀비를 발견했다. 계량기가 돌아가는 게 그 녀석의 관심을 끈 것 같다. 잠시 103동에 누군가 살아있고, 그래서 계량기가 돌아가는 게 아닌가 생각했지만, 항상 플러그가 꽂혀 있는 냉장고가 전기를 쓰고 있는 것이려니 하고, 그냥 지나쳐 홈플러스에 다녀왔다. 먹을 건 없었다. 대신 실리콘을 가져와 안방의 문과 창문을 완전히 봉해버렸다. 이제 시체 썩는 냄새는 좀 덜하다.

좀비 영화나 핵전쟁 후 인류에 대한 영화에서 나처럼 고립되거나 혼자 떠돌게 된 사람이 나올 때면 난 똥을 싸고 어떻게 뒤를 닦을까 궁금했다. 그런데 의외로 50미터짜리 두루마리 화장지가 오래 간다. 혼자 지낸 지, 석 달은 지난 것 같은데 50미터짜리 두루마리 하나 개박에 쓰지 않았다. 허긴 먹는 게 부실하니 똥도 덜 나오겠지. 당연한 거다. 놀랄 일은 아니지. 아무튼 어머니가 사다 놓은 50미터짜리, 30개들이 화장지 박스 두 개가 아직 그대로 남아 있다. 똥만 쌀 때만 쓰면 15년은 쓸 수 있을 것 같다. 그때까지 살 수 있을지는 모르겠지만, 최소한 똥을 못 싸서 죽진 않을 것 같다.

비명이 들렸다. 여자의 비명이었다. 정말 오랜만에 듣는 여자의 비명이었다. 도대체 지금까지 잘 버텼으면서 어쩌다가 저런 실수를 한 걸까? 지금까지? 그러고 보니 이젠 좀비가 나타난 게 언제인지, 얼마나 지났는지 정확히 모르겠다. 달력을 넘기는 걸 잊은 탓이다. 휴대폰을 켜서 날짜라도 확인해 볼까 하다가, 괜히 휴대폰 시작음이 좀비의 관심을 끌지 않을까 싶어 그냥 덮어버렸다. 세상이 너무 조용하다. 그러고 보니 비명이 들렸을 때 112에 전화라도 해볼 걸 그랬다. 깜빡했다, 그런 게 있었다는 걸. 다시 전기가 끊겼고, 물도 끊겼다.

계절이 있다는 건 좋은 것 같다. 며칠이 지났는지 몰랐는데 날이 더워지고 연일 비가 내리는 걸 보니, 지금이 장마철인 것 같다. 장대같이 쏟아지는 장맛비에 샤워도 하고 이도 닦았다. 딱딱한 비누와 바짝 마른 칫솔을 보고, 내가 참 지저분하게 살아왔다는 걸 깨달았다. 『나는 전설이다』에는 치과를 갈 수 없으니 열심히 치실질까지 하며 치아를 관리하던데, 나는 뭐하는 건가 생각해 봤다. 그건 좀비와 흡혈귀의 차이인 것 같다. 『나는 전설이다』는 이미 위치가 흡혈귀에게 알려져 있고, 흡혈귀는 또 해가 진 후에만 나타난다. 밤에만 집에서 놈들을 경계하면 된다. 하지만 좀비는 하루 종일 내 주위에 있다. 그러고 보면 좀비보다 차라리 흡혈귀가 낫다. 예전 직장인들 우스개로 멍청하고 부지런한 상사가 가장 최악이라는 말처럼 느리고 잠도 없는 좀비는 진짜 최악이다. 그리고 한국에 십자가가 얼마나 많은가. 옥상에서 보면 보이는 것만 수십 개다. 『나는 전설이다』의 내용처럼 종교가 달라 소용이 없다면 그땐 코란이나 卍자, 불경, 불상 못 구할 게 없다. 우리나라에는 없는 종교가 없으니, 어떤 종교의 흡혈귀라도 쉽게 대응할 수 있다. 마늘은 또 어떤가, 먹기도 잘 먹지만 집집마다 마늘 없는 집이 없다. 김장하고 남은 마늘은 마늘장아찌를 담그거나 양념용으로 다져 냉장고에 넣어둔다. 그러고도 남아서 다용도실에 걸어둔다. 우리 집 다용도실에도 마늘이 한 자루 걸려있다. 이 정도면 흡혈귀는 제 발로 우리나라를 떠났을 거다.

왜 하필 좀비가 나타났을까. 흡혈귀가 나타나지. '좀비보다 흡혈귀!' 흡혈귀가 만만하다.

물에 빠진 생쥐처럼 거리를 걷는 좀비들을 보고 있자니, 그냥 곱게 죽지, 죽지도 못하고 저게 뭐하는 짓이냐 싶기도 하고, 마치 미로에서 출구를 찾는 치매에 걸린 실험용 쥐 같기도 했다. 그리고 미처 생각하지 못했는데, 비가 와서 나갈 수가 없다. 옥상에서 실험해 봤는데, 얼굴과 팔에 붙인 좀비 피부가 빗물이 씻겨 내려간다. 장마가 끝날 때까진 집 안에만 있어야겠다. 문득 빗물관을 타고 빗물이 떨어지는 소리가 좀비들을 아파트 안으로 불러들이지 않을까, 마음에 걸린다.

빌어먹을 107동 7층에 한 여자가 목을 맸다. 그동안 어떻게 잘도 숨어 있었을까? 아마 마트에서 나와 통조림을 놓고 경쟁하던 경쟁자 중 하나가 아닐까 싶다.

옥상에서 좀비들이 107동 앞에 잔뜩 모여 있는 보고 무슨 일인가 쳐다보다가 7층 베란다 난간에 목을 맨 여자를 봤다. 우선 이번 일로 내 예상과는 달리 좀비들이 제법 높은 곳까지 볼 수 있다는 걸 알았고, 내가 그동안 너무 바닥만 보고 살았다는 걸 알았다. 7층의 시체를 발견하는 데 오래 걸렸기 때문이다. 아무튼

7층 난간을 올려다보는 좀비들의 모습이 구원을 바라는 지옥의 인간들 같았다. 아니면 벌통 밑에서 꿀이 떨어지길 기다리는 곰이거나. 문득 자살한 여자와 얼마 전 비명을 지른 여자와 무슨 관계가 아닐까 생각해 봤다. 자매? 커플?

아무튼 자살은 참 야비한 짓이다. 특히 지금 같은 상황에서, 그것도 남들 다 볼 수 있는 난간에 목을 매는 짓은 남을 위한 배려라고는 쥐똥만큼도 찾아볼 수 없는 짓이다. 게다가 그 시체 때문에 썩은 생선에 파리가 꼬이듯 좀비가 꼬여들었다. 민폐다. 게다가 우리 집에서는 보이지 않지만 옥상 남쪽에선 시체가 바람에 흔들리는 모습이 너무나 잘 보인다. 안 보려고 해도 올라가면 이상하게 자꾸 눈이 간다. 허공에서 춤추는 그녀의 모습. 문득 「풍장」이라는 시가 생각났다. 지은이도, 내용도 기억은 안 난다.

기다리는 자에게 복이 있나니! 바람에 날리던 107동 여자의 시체가 드디어 바닥에 떨어졌다. 목이 빠져라 쳐다보며 며칠을 기다리던 좀비 몇 놈이 말라비틀어진 시체를 차지했다. 그때부터 아비귀환이었다. 뒤에 있던 좀비들이 앞으로 달려들었고, 그 소리가 단지 안에서 메아리치면서 까마귀 떼처럼 시끄럽고 을씨년스러웠다. 그 여자는 죽어서도 민폐다.

여자의 자살로 많은 생각을 하게 됐다. 아직 살아있는 사람이 얼마나 될까 궁금해졌고, 내가 또 얼마나 버틸 수 있을지, 어떻게 해야 하루라도 오래 버틸 수 있을지 생각하게 됐다. 또 나는 절대 저렇게 죽진 말아야겠다고 다짐했다.

혼자 중얼거리지 말자. 그러다 미친다.

자기 전에 혼자라는 생각을 잊으려고, 아니면 사람이 그리워 친구들과 옛 여자친구를 떠올리며 대화를 나눴다. 상대는 내 머릿속에 있었지만, 나는 낮게 속삭이며 그들과 대화를 나눴다. 그러다 조금 전, 막 잠이 들려는 순간에 누군가 내 귀에 대고 간지럽게 속삭이는 소리에 화들짝 놀라 일어났다. 너무나 선명한 목소리였다. 좀비가 들어온 줄 알았다. 하지만 좀비가 말을 했을 리는 없다. 그 감미로운 목소리가 뭐라고 했는지 기억은 나지 않는다. 가끔 영화에 등장하는 정신병원에서 혼자 몸을 웅크리고 흔들며 중얼거리는 정신질환자가 이런 건가 싶다. 미치지 말자. 미치면 내가 좀비가 돼도 된 줄 모를까? 미친 좀비라. 실험할 생각은 전혀 없다.

좀비와 더불어 흡혈귀와도 싸우는 기분이다. 온몸에 피딱지가 앉았다. 모기 때문이다. 빌어먹을 모기, 피 빨 사람이 나밖에 없는 건가. 모기 때문에 잠을 잘 수가 없다. 15층까지 올라온 만큼 힘도 좋고, 굶주린 녀석들이라서 그런지 독하기도 엄청 독하다. 모기를 잡을 거라고는 손바닥밖에 없는데 소리가 걱정이다. 누군가 조용히 살고 싶다는 생각을 한다면 말해주고 싶다. 조용히 살아야 하는 사람에게 그런 생각은 사치라고. 모기향을 구해봐야겠다. 이 세상이 좋은 점은, 상점의 물건은 돈 없이도 다 가져갈 수 있다는 거다. 나쁜 점은 배달이 안 된다는 거다.

신은 도대체 모기를 왜 만든 걸까? 인간이 교만해지지 말라고? 모기를 통해 신의 뜻이 지상에서도 이루어지길 바라신 걸까.

욕을 하고 싶진 않지만, 그건 아니지 않느냐고 말해주고 싶다.

빌어먹을 신. 도대체 뭘 하고 있는 걸까? 먼 하늘에서 내려다보니 사람과 좀비가 구별되지 않는 걸까.

오랜만에 휴대폰을 켜서 다시 무작위로 전화를 걸어보려고 했는데, 아예 신호가 없다. 정전이라 중계기며 전화국 다 먹통이 된 것 같다.

옥상에서 이불을 일광소독하며 마지막 '레종 블랙'을 피웠다. 빌어먹을, 이제 담배를 '디스'로 바꿔야 한다. 이래서 세상은 혼자 살 수 없는 거다. 만약 'KT&G'의 직원 중에 아직 살아있는 사람이 있다면, 그는 죽을 때까지 필 담배를 챙겨놨겠지.

지구에 사람들은 얼마나 남았을까? 미국은 총이 많으니 어떻게든 좀 남아 있지 않을까? 중국은 원래 넓고 인구도 많으니 좀 남아 있지 않을까? 최소한 이 아파트 단지 내에 나 말고 또 몇이나 살아있을까, 쓸데없는 생각만 하다가 뒤늦게 106동 옥상에서 투신자살하는 남자를 보았다. 처음에 좀비가 올라온 줄 알고 무척 놀랐다. 그러다 그가 난간에 올라섰을 때야 그가 인간인 걸 알았다. 소리쳐 부르고 싶었지만, 그건 정말 자살행위였다. 그래서 계속 나를 봐주길 바라며 두 팔을 흔들었는데 일은 순식간에 벌어졌다. 무슨 일이 벌어질지 예상은 했지만, 그를 도울 수가 없었다. 남자는 순식간에 사라졌고, 이내 포대자루가 떨어지는 듯한 소리가 울렸다. 그리고 좀비들이 환호하는 소리가 들렸다. 내려와 생각해 보니 내가 그 남자를 구할 자격이 있었나 싶다. 안방에 내가 죽인 시체가 있는데, 그런 내가 누군가를 구하려하다니.

분명 그 남자가 자살한 이유는 하나다. 먹을 게 떨어졌기 때문이다. 좀비가 나타나기 전 같으면, 외로워서, 실연, 우울증을 자살 이유로 뽑았겠지만, 지금 같은 상황에서 외롭다는 건 배부른 소리다. 실연? 그런 건 없다. 우울증? 어쩌면 우울증이라고 할 수도 있겠다. 하지만 지금까지 버텼으면서 그렇게 쉽게 포기하다니. 문득 내가 「올드보이」의 최민수가 된 기분이 들었다. 어쨌든 갇혀서 최민수는 군만두를, 나는 쉰 김치와 생쌀만 먹고 있다. 나도 운동을 해야겠다. 나는 절대로 패배자로 죽진 않겠다.

우리 인간이 만든 세상은 인간이 없어서 멈췄지만 지구에는 아무 문제가 없다. 인간이 없어도 지구는 잘 돌아간다. 지구가 자전과 공전을 멈추는 것도 아니고, 시간이 멈추는 것도 아니다. 바람도 바뀌고, 공기는 더 좋아졌다. 계절도 계속 바뀌고 철새들도 날아온다. 여기가 툰드라 지역이면 순록들도 오겠지. 순록을 따라 늑대도 오고. 짐승들은 계절을 따라 이동하는데 좀비들은 아무데도 가지 않는다. 빌어먹을 녀석들. 아무튼 지구는 잘 돌아간다. 그냥 인간만 없을 뿐이다. 인간이 지구를 지배했다는 건, 이제 전설 같다. 신이 지구를 창조했다면, 그건 인간만을 위해선 아닌 것 같다.

악몽을 꿨다. 선희가 나왔다.

선희는 나무관 속에 두 팔을 가슴 위에 모으고 누워 있었다. 좀비들이 그녀를 에워쌌다. 그 좀비들 속에 내가 있었던 것 같다. 좀비들이 선희를 끄집어냈다. 그리고 갈기갈기 찢어지는 순간 선희의 몸이 '쾅'하고 터졌다.

잠에서 깼을 때, 가위에 눌린 것 같았다. 몸이 움직이지 않고 소리도 지를 수 없었다. 차라리 다행이다. 최소한 비명을 질러 좀비들을 불러들이진 않았으니까. 아무튼 시체 꿈이 길몽이라는 말, 이젠 웃기는 소리다.

도저히 참을 수가 없다. 미치겠다. 엘리베이터에 만든 함정은 전혀 소용이 없었다. 좀비들한테도 미끼가 있어야 하나? 빌어먹을 좀비들! 똥을 싸러 가는데 좀비 한 마리가 옥상으로 나가는 문 앞에 서 있었다. 그동안 그런 일이 없어서 휴지만 들고 올라갔다가 죽을 뻔했다. 집에서 멍키스패너를 가지고 나와 우선 인간이면 어쩌나하고 먼저 녀석에게 말을 걸었다. 빌어먹을 녀석은 분명한 좀비였다. 녀석의 다리부터 부러뜨리고, 몸통, 그 다음 머리를 박살냈다.

아무래도 빌어먹을 총이 필요하다. 깨끗하고 깔끔하게 죽일 수 있는 총. 조용하게 처리해야 하니 소음기가 달린 녀석으로. 왜 우리나라는 빌어먹을 총기소유를 불법으로 정했을까? 주먹 하나로 자신을 지킬 수 있다 이건가? 우리나라가 태권도 종주국이라서? 개나 소나 다 태권도를 하나? 나는 무림고수가 아니다. 아하! 지들도 백범 김구처럼 저격당할까 봐 그런 건가? 정말 이 나라가 내게 해준 건 없는 것 같다. 빌어먹을 대한민국!

예전에 예비군 훈련을 받은 군부대라도 가볼까 했는데, 버스를 타고 잠이 들어서 훈련소가 어딘지, 어떻게 가야 하는지 전혀 모르겠다. 혹시 동사무소엔 있을까? 아니, 더 가까운 곳에 더 좋은 게 있다.

큰길 건너 공사장에서 다이너마이트, 기폭장치, 전선과 격발기를 챙겨왔다.

공사현장은 멀리서 볼 땐 몰랐는데, 가까이서 보니 보기보다 깊게 파여 있었다. 도대체 지하주차장을 몇 층으로 지으려고 한 건지 알 순 없지만, 좀비들을 다 거기에 밀어 넣고 덮어버리면 좋겠다고 생각했다. 하지만, 그 구덩이도 세상의 좀비를 다 묻을 순 없다.

펜스가 처진 공사장 안은 좀비들이 없었다. 대신 컨테이너 사무실에 좀비 넷이 갇혀 있었는데, 좀비가 나타난 이후로, 한 번도 그곳에 사람이 있는 걸 본 적이 없으니 몇 달째, 것도 밀폐된 컨테이너에 갇혀 있었던 게 분명하다. 그런데도 아직 걸어다니고 있다니. 내 느낌인지 나를 보자 마치 구세주라도 본 듯 반가워하는 표정을 지었다. 잠시 사람인가 하고 다시 자세히 봤는데 확실한 좀비였다. 아니면, 넷 중에 하나는 나처럼 좀비 흉내만 내고 있었던 걸까? 아니다. 오랫동안 갇혀 있었으니, 사람이라면 벌써 굶어죽었을 것이다.

다시 공사장을 나올 때, 나를 따라온 건지 우연인지 좀비가 공사장 안으로 들어왔다. 혹 이 녀석도 나처럼, 내가 죽인 안방의 그 사람처럼 좀비로 위장한 사람이면 어쩌나 싶어 잠시 망설였다. 하지만 녀석은 나를 보자 찢어진 목구멍으로 앓는 듯한 소리를 내기 시작했다. 그게 좀비들의 환호성이다. 나는 망설임 없이 옆의 삽을 주워 머리통에 박아버렸다. 그리고 다시 내려치려고 삽을 뽑아들었는데 머리통이 삽날에 딸려 올라왔다. 그대로 바닥에 던져버리고 만약을 위해 녀석의 피부를 벗겨내 돌아왔다.

군대에서 배운 것들 중에 사회에서 가장 쓸데없는 게 사격술과 지뢰설치요령이라고 생각했다. 우리나라처럼 총기며 폭발물 관리가 철저한 나라에서 전쟁이 나지 않는 한, 게다가 예비군도 끝나면 전혀 쓸 일이 없다고 생각했기 때문이다. 하지만 지금은 내게 가장 중요한 기술이 됐다.

세상은 참 알 수 없는 거다. 올해 초만 해도 내 올해 계획은 결혼이었는데, 얼마 전엔 어떻게든 살아남는 것이었고, 지금은 곱게 죽지 않는 거다.

전선 중간에 끊어진 곳은 없는지, 원시적인 방법이지만 격발기를 연결해 확인했다. 반대편 끝에 침을 바른 손가락을 대고 전기가 오는지 확인했다. 살아있음을 느꼈다.

곱게 죽지 않겠다는 각오로 아파트 기둥에 다이너마이트를 설치하기로 했다.

어차피 이대로, 구조대가 오지 않는다면 올해를 넘기긴 힘들다. 그리고 평생 먹을 충분한 식량이 있다 해도 여기서 편히 늙어 죽을 순 없다. 아파트 건물도 낡았고, 예전에 무슨 다큐멘터리에서 인류가 사라진 후에 관리가 되지 않아 건물들이 무너져 내리는 걸 본 기억도 있다. 이 아파트는 언제까지 버틸까? 이미 건설된 지 20년 된 아파트다. 앞으로 길어야 30년? 그땐 계단도 낡고 허물어져 오도가도 못 하다가 여기서 굶어죽을지도 모른다.

매뉴얼대로라면 기둥에 구멍을 뚫고 그 안에 설치해야 하지만, 그건 좀비가 없을 때 얘기고. 지금은 무사히 설치만 해도 다행이다. 어떻게 해야 다이너마이트의 효과를 극대화시켜 아파트를 무너뜨릴 수 있을까 고민하다가 모두 건물 남쪽 기둥에 설치하기로 했다. 그럼 아파트는 남쪽 벽이 무너질 테고, 연쇄적으로 아파트가 무너질 것이다. 북쪽 기둥이 운 좋게 버틸 수도 있겠지만 어차피 건물 반이 무너지면 안의 좀비들도 다 깔려 죽을 것이다. 설마 깔려도 죽지 않는 건 아니겠지? 어차피 머리만 깨지면 되니까, 상관없다. 그리고 남쪽은 바로 벽돌담이 가리고 있어, 설치하는 동안 좀비들의 시선을 조금은 덜 받는다.

이제 준비는 끝났다.

이틀 전에 옥상에서 기폭장치를 연결한 전선을 늘어뜨리고 기다렸다. 처음에 늘어뜨렸을 땐 녀석들이 조금 관심을 가지는 것 같더니 오늘은 아무도 없다. 다이너마이트를 가지고 내려가 기둥의 환히 보이는 곳에 큼지막하게 설치했다. 좀비들은 아무도 나를 막지 않았다. 멍청한 놈들!

옥상의 전선은 옥상 공용안테나를 모퉁이에 옮겨 좀비들 손이 닿지 않게 높이 걸쳐놓고, 옥상 엘리베이터실 위까지 팽팽하게 연결했다.

잠시 내가 살아남을 수 있는 방법을 생각해 봤다. 놈들을 우리 아파트로 불러들이고, 놈들이 옥상까지 올라올 때, 나는 옆 103동으로 피하는 거다. 그런데 그게 가능할까? 옥상에는 3개의 출입구가 있다. 1, 2호 계단에서 올라오는 입구와 3, 4호, 5, 6호에서 올라오는 계단 입구. 좀비들이 1, 2호 계단으로만 올라온다면, 아니, 이중 한 곳으로만 안 올라온다면 내가 도망칠 방법은 있다. 하지만, 현관을 막을 방법이 없다. 막으려면 제법 요란한 공사를 해야 하는데 굶주린 좀비들이 구경만 하고 있진 않을 것이다. 그런데 좀비들이 뭘 먹기는 하는 걸까? 인간을 물어뜯는다는 게 배를 채우는 것일까? 상관없다.

타이머가 있으면 놈들을 불러들이고 한두 시간 안에 녀석들을 어떻게든 헤집고 아파트를 나갈 수도 있을지 모른다. 하지만 그게 가능할까? 그들 속에 섞여 그들을 헤집고 계단을 내려가야 하는데, 게다가 바짝 붙어 있으니 숨도 참아야 할 텐데 그건 불가능할 것 같다. 그리고 가장 중요한 건 다이너마이트를 시간에 맞춰 터뜨릴 타이머가 없다. 집에 아직 움직이는 시계는 있는데, 빌어먹을 타이머를 어떻게 만들어야 하는지 모르겠다.

큰길 건너나 103동 뒤에 숨어서 폭파시킬 수도 있다. 하지만 전선을 놈들이 건드려 끊어놓지 않는다는 보장이 없다. 안전하게 2층 높이로 올리려면 놈들의 시선을 끌 수밖에 없다. 선을 안전하게 깔려고 내 안전을 넘길 순 없다.

벌써 가을이다. 단풍이 무섭게 물들고 있다. 노랗고 붉은 단풍이 예쁘다고? 흥, 시한부 선고를 받은 기분이다. 게다가 빌어먹을 감기라도 걸리면 그땐 끝이다. 놈들을 속일 수 없다. 빌어먹을 겨울, 빌어먹을 계절.

젠장, 처음 계획대로 하는 게 최선이다. 어차피 이제 먹을 것도 떨어져가고, 생식도 지겹다. 게다가 겨울이 오면, 난방도 안 되는 집에서 추위를 견딘다는 건 불가능하다. 전기라도 들어온다면 전기장판으로 따뜻한 겨울을 날 수 있겠지만 장마 이후로 전기도 수돗물도 없다.

네빌(『나는 전설이다』의 주인공 이름)과 나의 입장은 확실히 다르다.

지금 나는 치아 진료를 못 받는 게 겁나지도 않고 성인병? 퇴행성 질환? 하나도 안 무섭다. 하나도 걱정 안 한다. 지금 내게 가장 걱정하는 건 감기다. 빌어먹을 감기. 좀비들도 감기에 걸리고 기침도 하면 좋겠다. 하하하. 역시 흡혈귀가 좀비보다 상대하기 쉽다.

어차피 혼자서는 살 수 없다. 혼자서는 불가능하다. 내가 무성생식을 하지 않는 한 말이다. 우린 너무 진화했다. 어쩌면 무성생식을 하는 박테리아가 가장 고등한 생명체일지도 모른다.

우선 옥상 문은 다 잠가뒀다. 녀석들이 촘촘히 차게 해야 한다. 아주 촘촘히. 심호흡을 하고 하늘을 바라보았다. 맑다. 구름이 떠 있는 걸 보면 신기하다. 분명 눈에 보이고, 형체가 있는데 떠 있을 수 있다니. 부럽다.

어디 숨어 있다 다시 나타났는지 한동안 보지 못했던 참새가 나타났다. 지긋지긋한 까치와 비둘기는 그대로다. 옥상 난간에 기대 아래를 내려다보았다. 좀비들이 뒤뚱뒤뚱, 느릿느릿 세월아 네월아 하며 걷고 있다. 그들에게 시간은 정말 무한한 것 같다.

나는 녀석들의 관심을 끌기 위해 집에서 가지고 나온 냄비와 프라이팬을 두드렸다. 그리고 목이 찢어져라 고함을 질렀다. 가감

없이 사실대로만 말했다.

"야이, 개새끼들아! 다 올라와! 나 여기 있다! 네 놈들 다 죽여 버리겠어! 내가 이렇게 얘기해도 무슨 소린지 모르지! 내 말 잘 들어, 여기 폭탄을 설치했어. 여기가 네 놈들 무덤이야! 빨리 올라와! 내가 아주 영원한 안식을 주겠어!"

다시 냄비와 프라이팬을 두드렸다.

"만약 사람이 있다면 잘 들어요! 지금 102동을 무너뜨릴 거예요! 사람들은 다 피해요! 사람들은 다 단지 밖으로 나가요! 한 시간 정도 시간이 있어요! 당황하지 말고, 천천히 빌어먹을 좀비처럼 뒤뚱뒤뚱, 느리게 걸어요! 지금까지 해온 대로, 당황하지 말고 좀비처럼 걸어서 여기서 멀리 가요. 다시 한 번 말할 게요. 어서 여기서 벗어나요!"

그때 나는 보았다. 마치 강물을 거슬러 올라가는 연어처럼, 아파트로 몰려드는 좀비들 사이를 헤집고 나가는 사람들을.

하나, 둘, 셋, 넷, ……열, 열하나, 열둘, 열셋!

나는 내 눈을 의심했다. 저들이 다 지금까지 좀비인 척하며 좀비들 틈에서 살아온 인간이라니! 빌어먹을 인간들. 여기 아파트 단지 안에만도 인간이, 인간이 저렇게 많았다니! 그럼 대체 서울에는 얼마나 많은 인간이 더 남아 있는 거지? 그리고 그동안 왜 우린 몰랐던 걸까? 왜 우리는 서로를 숨기면서 살아온 거지? 우리는 왜 서로가 서로를 좀비라고 믿으면서 살아온 걸까? 좀비가 무서워서? 좀비처럼 살아야 같잖은 목숨을 부지할 수 있어서?

한두 명이었다면 그러지 않았겠지만 열 명이 넘는 걸 보니 욕을 해주고 싶었다. 잘 먹고 잘 살라고 욕을 해주고 싶었다. 하지만 이제 그게 무슨 소용인가.

다시 이제 서로의 존재를 알게 된 저들이 앞으로 과연 예전처럼, 진짜 인간처럼 서로 도우며 살게 될까? 그럴 여유가 있을까? 도망치느라 바빠 다른 사람이 있다는 걸 알기나 할까?

나는 다시 소리쳤다.

"여러분! 여러분 주변에 아직 사람이 있어요. 지금 아래에도 열 명이 넘게 있어요. 여러분, 여러분 말고도 더 많은 사람이 살아있어요! 여러분은 혼자가 아니에요. 진짜예요. 많아요! 사람을 찾아요! 이웃이 있어요!"

목이 찢어질 듯 외치는 동안 좀비들이 옥상 문을 두드리기 시작했다. 막연한 기대로 문을 다 확인해 봤지만, 아쉽게도 내가 도망칠 문은 없었다.

나는 엘리베이터실 위로 올라갔다. 그리고 이제 보이지 않는 사람들을 향해 계속 소리쳤다. 혼자가 아니라고!

그렇게 정신없이 소리치다보니, 목이 갈라지고 아파 더는 소리칠 수 없었다. 머리를 감싸 쥐고 내가 지금 무슨 짓을 하는 건지, 내가 잘하는 짓인지 생각해 봤지만, 정답은 없었다.

뭔가 터지는 소리가 들리고 좀비들이 문을 부수고 옥상 위로 올라왔다. 고장난 장난감처럼 뒤뚱거리는 좀비들, 한땐 세상을 다 차지한 줄 알았던 좀비들이 퀭한 눈빛으로 나를 찾으며 두리번거렸다. 그리고 엘리베이터실 위의 나를 발견하고 다가오기 시작했다. 나를 갈망하는 좀비들이 두 팔을 들고 내게 다가왔다. 록페스티벌의 주인공이 된 듯한 상황이었지만 기분은 바닥에 떨어져 뭉개진 기분이었다.

나는 하늘을 향해 빌었다. 썩은 동아줄이라도 좋으니 제발, 뭐 하나만 내려 보내달라고. 하지만, 그건 동화일 뿐이다. 그래서 다시 빌었다. 이 빌어먹을 아파트가 좀비의 무덤이 되게 해달라고. 그리고 격발기를 바라보았다. 손이 떨렸다. 용기가 나지 않았다. 하지만, 이제 피할 길은 없었다. 내가 이렇게 죽을 줄이야! 하지만 아직은 아니다! 아직은 아닐 거야!

좀비들이 모여들면서 전선을 걸쳐놓은 안테나가 흔들리기 시작했다. 젠장, 전선이 바닥에 떨어지고 좀비들이 그걸 끊게 되면 모든 게 끝이다. 오도가도 못 하는 상황에서 놈들의 먹이가 되고, 나까지 좀비가 될 수 있다. 젠장, 그래도 용기가 나지 않는다. 이건 엄연한 자살이다! 하지만, 계속 망설이면 이보다 더 비참하게 죽을 수도 있다. 정말 살길은 없는 걸까? 눈물이 났다. 많은 사람들이 살아있다는 걸 알았다면 이런 결정을 하진 않았을 것이다.

빌어먹을 안테나가 쓰러졌다. 격발기를 눌렀다. 귀를 찢을 듯한 폭음이 들렸다. 잠시 아무 일도 일어나지 않았다. 모든 게 멈춰버린 것 같았다. 젠장, 실패인가? 다이너마이트가 부족했나? 이대로 좀비에게 물어뜯기는 건가? 눈물이 났다. 그때 '쩍'하는 소리와 함께 바닥이 갈라지고 꺼지면서 좀비들이 떨어지기 시작했다. 마치 지옥에 빨려 들어가는 듯했다. 그와 동시에 아파트가 기울고, 내 몸이 기울었다. 나는 중심을 잃지 않으려고 버둥거렸다. 그러나 그대로 좀비들의 품에 안길 것 같았다. 좀비들과 함께 지옥으로 떨어질 것 같았다. 나는 중심을 잃고 허공에 몸을 맡겼다. 공기가 나를 감싸는 것 같다. 바람이 내 귀를 멀게 만든다. 허공에 뜬 나는 더 이상 혼자가 아니다. 혼자일 수 없다.

| ZA 문학 공모전 수상작 |

어둠의 맛

펭귄

후보자는 자신이 당선되더라도 좀비가
지역구에서 한 명이라도 나오면,
의원직을 사퇴할 용의가 있다는 인터뷰까지 했다.
놀랍게도 지지율이 가파르게 상승했다.

시작점은 용산 남일당 건물이 아니다. 대부분의 사람이 모르는 사실이다. 물론, 불에 탄 시체가 1년 가까이 시체 보관소에 있었던 것과 용산에서 좀비가 처음 출현한 점까지 거짓이라는 얘기는 아니다. 다만, 시체 보관소에 있던 시체가 좀비가 됐다는 얘기는 사실과 다르다. 남일당 건물은 용산 4가에 해당되는데, 실제 좀비가 처음 출현한 지역은 용산 5가이기 때문이다.

서울 대다수 지역이 그렇듯, 재개발은 사람들을 미치게 했고, 세입자들은 예전과 다르게 동절기에도 쫓겨나야 했다. 용산 5가 신명빌딩에서 치킨집을 하던 고윤회 사장은 3개월치 영업 손실금만 받고 쫓겨나자 노상에 천막을 쳤다. 잠시 자리를 비운 사이, 용역이 세 번째로 천막을 철거하자 고윤회는 회사 시절 늘 하던 쥐색 양복을 입고, 새벽에 재개발 건물 1층으로 들어갔다. 철거민

고윤회는 형광등 끝에 넥타이를 묶어 목을 매달아 자살했다. 시체는 다음날 아침 순찰을 돌던 용역에게 발견됐다.

기겁을 한, 용역이 시체를 둘러업고 나오는 걸 다른 철거민이 발견했고, 잠시 동안 용역이 철거민을 살해했다는 오해에 충돌이 일었다. 용역은 시체의 팔과 머리를 잡았고, 철거민들은 다리를 잡은 채, 시체 줄다리기 한 판이 벌어졌다.

가을 운동회에서 벌어지는 줄다리기가 아니었으니 '으쌰으쌰' 같은 구호 대신 용역들은 '씨발씨발'로 힘을 냈고, 철거민들은 '살인용역'을 외치면서 양복바지가 찢어지도록 시체를 잡아당겼다. 팽팽한 힘의 구도를 깬 건 시체의 용트림이었다.

"끄—으—윽."

고속도로에서 차가 지나간 후 남는 소리의 여운처럼 길고 긴 트림을 끝으로 시체가 벌떡 일어났다. 이윽고 초점 없는 눈으로 주위를 한번 둘러보더니 입에서 검은 피를 수돗물 튼 것 마냥 콸콸 쏟아냈다. 용역들은 처음 보는 모습에 놀라 가까이 오지 못했고, 철거민들은 괜찮으냐는 말만 수십 번 반복하며, 마치 사랑보다 아름다운 말이 괜찮으냐는 물음인 것처럼 묻고 또 물었다.

헝클어진 쥐색 양복차림의 남자가 몸이 하얗게 질릴 때까지 검은 피를 쏟는 모습은 누가 봐도 괜찮아 보이지 않았다. 사람들은 이 남자가 죽었다는 느낌을 강하게 받았으나 어째서 계속 꿈틀거리며 피를 쏟는지 알지 못했다. 몇 분 전에는 철거민들에게 남자의 죽음이 끝이 보이지 않는 보상과의 싸움에서 승리를 가져다줄 카드처럼 보였으나, 이제는 그런 생각이 들지 않는다. 아까부터 용역이 자신들이 죽이지 않았다고 했는데, 비로소 그 말이 귀에 들어왔다.

남자는 걸쭉한 피를 전부 토해내고 나서야 속이 시원하다는 표정으로 바닥에 쓰러져 죽었다. 남자가 쏟아낸 검은 피가 봉긋한 도로 위에서 흘러 하수구에 고인 무지갯빛 오물과 만나 뒤섞였다.

한참을 멍하게 있던 사람들은 뒤늦게 112와 119에 신고를 했고, 남자의 아들인 나는 구급차를 타고 재개발 지역을 떠났다. 구급차 문이 닫히기 전에 철거민 몇 명이 기침을 하는 모습을 봤다. 혼란스러운 와중에도 그 모습이 참 기이하게 여겨졌다.

아버지는 살면서 겪은 모든 원한을 한 번에 쏟고 가신 듯 편안해 보이셨다. 치킨집 인테리어 비용에 1억이 들어갔는데, 지금 나갈 수는 없다며 우시던 모습은 찾아볼 수 없었다. 늘 억울하다는 말을 입버릇처럼 달고 다니셨는데, 그 입이 미소 짓고 있었다. 슬픈 감정보다 그래도 다행이라는 안도감이 먼저 들었다.

방지 턱에 덜컹거리는 구급차 안에서 어처구니없게 졸음이 쏟아졌다. 스트레스를 많이 받으면 오히려 졸음이 오는구나 했지만, 몸도 무척 피곤했다.

"웬 땀을 그렇게 흘려?"

구급요원이 물었다.

이마에 손을 대보니 땀이 흥건했다. 땀이 난다는 느낌을 전혀 못 받았기에 몸이 이상하다는 것을 느꼈다. 내가 구급대원에게 뭐라 대꾸하기 전에 마른기침이 새어 나왔다.

"콜록."

나는 그제야 구급차 문을 닫기 전에 기침하던 사람들 모습이 떠올랐다. 머릿속에 전염병 세 글자가 떠나지 않았다. 나도 곧 아버지처럼 검은 피를 쏟아낼 듯 속이 메슥거렸다.

구급차 문이 열렸을 때, 난 뒤도 돌아보지 않고 도망쳤다. 구급대원이 날 불렀지만 대답하지 않았다. 그저 병원에서 죽기 싫어서 그랬다. 어머니처럼 죽는 게 두려웠다.

어머니는 위암 말기로 뼈만 남은 육신을 매일같이 저주했다. 몇 시간 후면, 생이 끝나는 와중에도 어머니 얼굴엔 짜증이 가득했다. 아무리 진통제를 투여해도 어머니는 자신을 둘러싸고 울면서 자지러지는 친척들을 향한 혐오를 거두지 않으셨다. 육체적 고통보다 많은 사람들이 자신만 뚫어져라 쳐다보는 상황이 싫으셨고, 병원 벽에 스며든 약냄새와 꺼끌꺼끌한 환자복, 반복적인 천장 무늬와 간호사가 자신을 곧 죽을 사람처럼 대하는 태도까지 모든 것이 어머니를 지치게 했다.

어머니는 자식에게 사랑한다거나 남편에게 수고했다거나 친척에게 따로 부탁의 말을 하지 않고, 조용히 마지막 말을 하셨다.

"짜증나."

세상만사가 짜증났던 어머니와 억울했던 아버지는 희한하게 잘 어울리는 한 쌍이셨다. 그래서인지 아버지는 어머니의 마지막 말에 별다른 반응이 없었지만, 물도 못 삼키시던 분이 너무나 또렷이 발음한 그 말이 나에겐 세상 무엇보다 충격적이었다.

절대로 병실에서 죽고 싶지 않았다. 어머니처럼 사람들에게 둘러싸여서 위장된 슬픔 안에 그래서 언제 죽는 건지가 궁금한 친척들의 표정을 보고 싶지 않았다. 그런 모습이 어떻게 보이는지 궁금하겠지만, 몸이 아프면 느낄 수 있는 법이다. 고통은 사람을 극단적으로 예민하게 하여 둔감한 오감을 깨운다. 한 번 오감이 깨어나면 그때는 통제 불가능이다. 만물이 보내는 아주 작은 신호도 놓치지 않게 된다. 겉으로 울고 있는 사람 어깨의 떨림과 목소리, 눈빛만으로도 그 사람의 진실함을 알 수 있다.

간혹, 고통에서 벗어나게 돼 그때 내가 봤던 표정은 아파서 괜한 오해를 한 거라고 착각하지만. 그건 착각이 아니다. 고통이 예민한 오감을 깨워서 진실을 본 것인데 아쉽게도 고통이 사라지면 둔감한 육체는 오히려 자신의 실수라고 생각한다.

그러니 어머니는 그때 친척들이 뱉어내는 안타까운 말들과 눈물 사이로 진실을 본 것이다. 친척을 향한 혐오의 눈길을 나는 이해했다. 그리고 나도 별반 다르지 않을 것이다. 나를 둘러싼 사람들을 향해 죽음의 마지막 순간에 할 수 있는 말은 짜증난다는 말 외엔 없다는 걸 안다.

물론, 아버지의 시체를 두고 도망 간일은 죄책감이 들기에 충분하다. 본의 아니게 아버지는 마지막까지 억울한 일만 겪게 됐으니까.

나는 지금은 어디인지 기억나지 않는 건물에 들어갔다. 아마 3층 화장실로 기억한다. 기억이 희미한 이유는 내가 인간에서 좀비로 변하고 있었기 때문이다. 그래서 어쩐지 겪기는 했지만 반신반의한 부분도 있고, 확실히 말하기 어려운 부분도 있다. 술 취한 다음날에 전날 상황이 어땠는지 확실히 기억하는 사람이 어디 있겠는가? 인간에서 좀비로 변하는 일이 뭔가 대단한 것처럼 들리겠지만, 술 취한 상황 말고는 달리 비유할 수 없을 만큼 정신이 흐려지는 일이다.

정신없이 화장실에 들어가서 사람이 없다는 걸 확인하고 나서 문을 걸어 잠그고 거울을 봤다. 내가 가만히 있는데도 세상이 옆으로 기울고 있었다. 물을 틀고 얼굴을 씻는데 얼굴에 감각이 없었다. 마취를 해서 누가 칼로 내 살을 헤집고는 있는데, 얼핏 만지고 있다고 착각하는 것처럼 얼굴을 찔러도 아프지가 않았다.

"뭐지?"

혼잣말했으나 귀에 들리지 않았다. 신경이 하나씩 끊어지는 경험에 온몸에 소름이 돋았으나 실제 거울 속의 나는 발기했다. 곧이어 눈도 멀었다. 움직이지 않고 가만히 있으려고 했는데, 실제로는 바닥에 쓰러져서 버둥댔던 것 같다. 나중에 시력이 돌아오고 감각들이 제자리를 찾자 정신을 차리고 일어나서 거울을 봤다.

얼굴이 하얗게 질려서 핏기가 없었다. 얼굴을 씻으려고 오른손을 수도꼭지로 가져가는 순간에 손목을 보니 살이 움푹 패 있었다. 놀라서 소매를 팔꿈치까지 잡아당겼더니 팔목 전체가 썩어서 군데군데 뼈도 드러났다. 뼈 주위 피부가 괴사한 듯 검고 딱딱하게 변했고, 시큼한 냄새도 났다.

웃옷을 벗자 더욱 처참했다. 팔목은 그나마 괜찮은 수준이었다. 가슴이 무너져 내려 장기가 보였다. 검게 변색된 심장 일부가 뛰지 않고 딱딱하게 굳어 있었다. 손끝으로 만져보니 돌보다 더 단단했다. 배에는 작은 구멍 수십 개가 뚫려 있어서 자세히 보면 꿀렁거리는 대장의 움직임을 확인할 수 있었다.

영화에서나 보던 좀비처럼 온몸이 썩고 왜곡됐다. 심장은 뛰지 않지만, 의식은 그대로이다. 생각과 기억은 여전히 과거의 나와 동일했다. 차라리 인육을 탐하는 영화 속 좀비처럼 다른 존재가 됐다면 좋았을 일이다. 오히려 예전과는 다르게 온몸에 오감이 살아나 모든 것이 생생했다. 내 오감이 화장실 문밖의 메마른 공기 냄새가 흐트러지며 땀 냄새가 섞이고, 무거운 발걸음 소리를 들었다. 나는 재빨리 옷을 추스르며, 문을 열었다.

풍채 좋은 할아버지가 내가 갑자기 문을 여니 멈칫 놀라셨다. 나는 할아버지와 눈도 마주치지 않고 밖으로 나왔다. 혹시나 뛰지 못하고 비척대며 걷지 않을까 두려워 잠시 뛰어봤으나 예전과 다르지 않았다. 얼굴이 썩지 않아서 천만다행이다.

"속보입니다. 용산에서 시작된 전염병이……."

편의점 TV에서 나오는 아나운서의 말이 유리창을 넘어 내 귀로 흘러들어왔다. 고개를 돌려 TV를 보니 난리가 났다. 속칭 좀비병이라는 전염병이 빠르게 확산돼 정부에서 긴급대처에 나섰다는 내용이다. 나는 괜히 움츠러들었다. 죄진 사람처럼 고개를 떨어뜨리고 걸어야 했다.

여기까지가 내가 확실히 기억하는 좀비병에 관한 시작점이다. 그 다음은 모두가 아는 얘기이다. 사람들이 좀비로 변해갔다. 좀비병은 환자의 피나 타액이 상처나 입으로 들어오면 100퍼센트 전염되며, 낮은 확률로 공기 감염도 가능하다. 서울에서 시작된 좀비병은 지방으로 빠르게 번져갔다. 특히 농촌 지역이 심각했는데, 좀비가 돼도 사실을 감추고 병원이나 경찰에게 알리지 않는 경우가 많아서 피해가 컸다. 설사 알린다 해도 수용시설이 없어 좀비병에 걸린 사람을 다시 가족에게 돌려보내는 일도 있었다. 도시 지역은 좀비 파파라치도 있고, 혹시라도 좀비가 눈에 띄면 바로 잡아가곤 해서 큰 피해는 없었으나 그렇다고 전염이 끊이지도 않았다.

나는 항상 도망 다녔다. 공사판이나 숙식 가능한 아르바이트를 하며, 계속해서 거처를 옮겼다. 병원에 가지 않겠다는 결심은 변하지 않았다. 어차피 집을 가져본 적이 없었으니 아쉬울 것도 없었다. 좀비가 돼 좋은 일은 음식을 조금만 먹어도 오래 버틴다는 점이다. 일주일에 한 끼만 먹어도 문제가 없다. 밥은 느끼해서 먹지 못하고 대신 생고기를 먹는다. 생닭 한 마리나 돼지고기 반 근이면 일주일이 거뜬하다.

영화에서처럼 인육을 탐하기는커녕 소식과 절제된 식사를 했다.

떠도는 삶과 좀비의 삶에 적응했을 즈음, 정육점에서 돼지고기 반 근을 주문하여 주인아저씨가 썰고 있을 때였다. TV에서 세종시에 좀비 수용소를 세운다는 뉴스가 났다.

"옳거니."

주인아저씨가 흥겹게 고기를 썰며 말했다.

"……잘 됐네요."

"좀비 새끼들 아주 그냥 싹 모아놓고 지들끼리 살라고 해야지. 이거 어디 위험해서 밖에 돌아다닐 수도 없고 말입니다."

"……그러게요."

내가 기어들어가는 목소리로 대꾸했다.

수용소 건설에 대해 세종시를 제외한 모든 지역이 쌍수를 들어 환영했다. 모든 매체에서 세종시가 적합한 후보지였다고 정부의 선택을 칭찬하기 바빴다. 이미 수용소를 세울 만한 부지도 확보돼 있고, 교통편도 좋다. 국토의 중간에 위치하여 전국에서 2시간 이내에 좀비 수송이 가능했다. 뉴스에서는 신이 나서 수용소의 예상 모습까지 보여줬다. 누가 봐도 감옥과 다를 바 없었지만, 그렇다고 좀비들이 항의할 리도 없었다.

시간이 지날수록 좀비에 대해 사람들이 짜증을 냈다. 뻔히 의식이 있으면서도 밖에 돌아다니는 행위를 에이즈 환자가 무분별한 성행위를 저지르는 것과 똑같이 위험한 행동으로 여겼다. TV에서는 연방 공익광고가 나왔다.

자신의 썩어버린 몸을 보며 고뇌하는 좀비가 경찰에 자수하여 수송버스를 탄다. 버스에서 내려 도착한 곳은 분수대 위로 나비가 날고 그리스에나 있을 법한 깨끗하고 하얀 돌로 지어진 수용소. 역시나 하얀 수용복을 입은 좀비들이 달려나와 반기면서 함께 웃는다.

수용소에서 새 삶을 시작하세요.

자수하여 광명 찾자는 식의 자막까지 나오고 나서야 끝이 난다. 저렇게 호텔처럼 깨끗한 수용소라면 알아서 찾아갈 것이다. 세트장에서 찍은 게 티가 나는 참으로 뻔뻔한 광고다. 아마 CF를 만든 사람들은 좀비가 되면 지능이 급격하게 떨어진다고 알고 있나 보다.

누군가 좀비 포카리스웨트라고도 부르는 밝고 화사한 공익광고는 3탄까지 나왔다. 허나 광고의 문제만은 아니다. TV에서 방영되는 프로그램 대다수가 좀비를 멍청한 괴물로 희화하거나 나병

환자나 에이즈 환자 취급하여 눈물샘을 자극했다. 혹은 그 둘을 비판하는 옴부즈맨 프로그램이 전부다. TV는 끊임없이 이미지를 만들고 가공해 나갔다. 대부분 편하게 누워서 봐도 머리에 각인될 만큼 좀비는 단순한 이미지였다.

현실은 대단히 복잡했다. 보험처리만 해도 영원히 끝나지 않을 전쟁처럼 느껴졌다. 보험사는 심장이 뛰지 않기 때문에 사람으로 인정하기 어렵다고 했고, 좀비들은 의식이 있기 때문에 같은 사람이라고 대응했다. 설사 재판에서 좀비들이 이긴다 해도 그건 최소 10년 후의 일일 것이다. 법원의 판결이 있기 전에는 좀비들은 인간이면서도 인간이 아닌 존재. 즉, 정체성이 부재한 상태로 꼼짝없이 세종시 수용소로 들어가야 할 팔자였다.

가끔 인터넷에 진지한 글들이 올라오곤 했다. 정신지체장애인이나 나병환자를 인간으로 본다면, 좀비 역시 인간으로 봐야 한다는 논리였으나 댓글은 '네가 좀비구나. 신고해야겠다.' 따위가 대부분이었다. 좀비는 인터넷에서조차 자유롭지 못했다. 넷상 어딘가 좀비들이 활동하는 커뮤니티 사이트가 있다는 소문이 돌았고, 실제로 몇몇은 걸려서 단체로 수용소행 버스에 올라타야 했다. 그밖에 좀비 커뮤니티를 모방한 사이트가 어린 학생의 유치한 장난으로 밝혀지기도 했고, 유명 연예인이 사실은 좀비라는 가십은 언제나 끊이지 않고 사람들의 호기심을 자극했다. 사람들은 계속해서 좀비 목격담을 인터넷에 올렸다. 좀비를 찾는 행위는 일종의 놀이로 변질 돼 위성사진을 제공하는 사이트나 지도 사이트, 구글링을 통해 의심 가는 사람들을 뒤져 좀비를 밝혀냈다.

그러나 눈을 까뒤집고 인터넷을 돌아다닐 필요가 없는 것이 시골에 가면 밭을 가는 좀비들을 심심치 않게 볼 수 있었다. 노인 좀비들이 어슬렁거리면서 내기 장기 한판 하러 마을회관으로 모이거나 한겨울에 고쟁이 바람으로 툇마루에서 닭 한 마리 뜯거나 좀비병이 아니라 은혜 받았다며 지팡이를 불쏘시개로 쓰는 할머니는 이제 시골의 일상이 됐다. 도시 사람들은 그런 모습을 극도로 불쾌해했고, 발 빠른 유통사는 '친인간농산물' 등급을 발명하여 좀비가 아닌 사람이 만든 농산물을 몇 배 비싼 가격을 붙여 팔았다. 정말 인간이 만드는지 어떤지는 알 길도 없지만, 생산을 인간이 하더라도 유통과정에서 좀비가 쓰이지 않을 수 없기 때문에 소용없는 짓이다.

좀비병이 퍼지고 나서 1년 후에 '6시 내 고향' 부터 폐지됐다. 그야 당연히 고향에 사람이 없는 까닭이다.

"우리 마을엔 좀비 그런 거 한 놈도 없응께."

방송에서 그렇게 말한 할머니조차 좀비가 됐다. 이장만큼은 사람을 뽑던 시골 어른들도 더 이상 마을에 사람이 없자 점차 좀비가 이장을 맡게 됐다.

시골뿐 아니라 공장에서도 좀비는 사람보다 인기가 많았다. 오감이 발달하여 위험감지능력이 좋고, 쉽게 다치지 않고 피곤도 모른다. 식사도 일주일에 한 끼만 주면 된다. 가끔 월급이 밀려도 신고한다는 협박에 별 수 없이 제자리로 가서 일하는 좀비는 부려먹기 알맞았다. 좀비는 외국인 노동자 자리마저 빠르게 흡수하여 실질적으로 우리가 쓰는 물품이나 먹을거리 대부분은 좀비가 만들게 됐다.

이쯤 되자 나도 그냥 시골 아니면 공장에나 들어갈까 하는 생각이 없었던 것은 아니다. 공장이야 억울할 일이 많다 쳐도 맘 편하게 귀농하여 배추나 길러서 시골의 젊은 좀비가 되고 싶었다. 시골은 도시와 다르게 대부분 좀비들이니 남과 다르다는 생각을 하지 않고 살아도 되지 않겠는가? 괜히 버티다가 수용소로 끌려가면 말짱 도루묵이다. 시골처럼 알면서도 잡아가지 않는 곳에 가서 사는 것도 나쁘지 않다. 그런 이유로 나는 한동안 어디에 정착할지 알아보며 시간을 보냈다.

그러다 TV 뉴스를 보게 됐다. 뉴스에서는 최소 한 꼭지 정도 좀비 관련 뉴스가 나왔는데, 그날은 자살하는 좀비에 관한 내용이었다. 좀비가 된 여대생이 처지를 비관하여 자살했다는 간단한 뉴스였다. 별생각 없이 보다가 뉴스에서 고급주택단지를 보여줄 때, 나도 모르게 자리에서 일어났다.

"정혜선?"

내가 아는 집이었다. 갑자기 기억이 났다. 고등학교 때, 생일파티 초대를 받아 처음으로 부자동네를 가봤다. 조용하고 깨끗한 거리, 돌로 세워진 높은 담. 난 그 담에 낙서가 하나도 없다는 게 제일 신기했다. 집 구경은 놀라움의 연속이었지만, 내가 가장 놀랐던 점은 벽이 단단했다는 것이다. 내 방 벽은 스티로폼에 합판을 덧대고 누런 벽지를 붙여서 건넛방 기침 소리까지 들렸는데 부잣집 벽은 견고했다. 남들 안 보는 사이에 몇 번 꾹 눌러봤던 기억이 난다. 선물은 준비 못 했는데 아무도 신경 쓰지 않았다. 그저 인원수를 채우기 위해 초대됐을 뿐, 혜선이와 친한 사이도 아니었다. 2층 방에서 거실로 내려오며 친구들이 많이 왔다는 사실에 안도의 미소를 짓던 혜선이 얼굴이 떠올랐다.

친절하면서도 결벽증이 있어서 남들이 자신의 물건을 만지는 걸 싫어했던 아이 정도로 기억하고 있었다. 자살이라니 이유가 뭘까 궁금했다. 달라진 외모에 충격을 받아서 그랬을까? 나처럼 얼굴이 썩지 않는 경우는 드문 편이다. 보통 신체에서 70퍼센트 이상의 피부가 변형되는데 그 변형이 얼굴에 집중됐다면 여자 입장에서 견디기 힘들 수도 있다.

멋대로 단정 짓는 걸 좋아하는 편은 아니지만, 내심 확신했다. 나도 아직 벗은 내 몸을 보면 놀랄 때가 있다. 공주처럼 자란 혜선이는 적응할 수 없는 일이다.

뉴스에서 자살한 당사자의 집을 보여준다는 건 큰 실례니까 어쩌면 그쪽 동네에서 벌어진 일은 맞지만, 혜선이는 잘살고 있을지도 모른다. 그런데 자꾸 혜선이가 생일파티 때 애들이 많이 와서 안도하던 순간이 떠올랐다. 깍쟁이 같긴 해도 인기가 없는 편도 아니었는데 뭐가 그리 걱정이었을까? 친하지도 않은 나는 왜 불렀을까? 생일선물 살 돈도 없는 나에게 말이다.

실제 누가 죽었는지도 모르는 상황이니 쓸데없는 생각이라 여겨 잊으려고 노력했다. 밤이 되도록 어디에서 잘지 결정을 못 해 공원 벤치에 앉아 있었다. 졸린다고 누워 있으면 순찰 돌던 경찰에게 끌려가는 수가 있으니 조용히 앉아 있었다.

어둠의 맛이 알싸했다. 오감이 발달하자 공기의 맛이 느껴졌다. 전과 다르게 사먹는 생수에서도 상품별로 약간씩 맛이 달랐다. 같은 공기도 시간대에 따라 다르다. 정오의 공기가 삼삼하다면, 저녁은 시원했다. 해가 완전히 진 어둠의 맛은 좋게 표현하자면 박하사탕처럼 화하다. 톡 쏘는 맛이 있다. 눈이 내릴 때, 입을 벌려 눈을 맛보는 아이처럼 혀를 내밀고 밤 공기 맛을 음미했다.

"너도 어둠의 맛을 알았을까?"

밤에 하는 혼잣말은 확신을 갖게 한다. 혜선이가 좀비가 됐다면, 이 맛을 알게 됐을 것이다. 좀비는 지나치게 예민하다. 나만 해도 인사담당자가 나를 그냥 쓸지 소매를 걷어 올리라고 할지 말하기 전에 알 수 있다. 만약, 그런 기미가 조금이라도 보이면 내가 먼저 일 못하겠다며 빠져나오곤 했다. 혜선이는 자신을 위로하는 말 중에 진짜는 단 한마디도 없다는 걸 알아차렸을지 모른다. 모두가 혜선이의 '변신'을 안타까워만 하지 어깨에 손을 올리며 힘을 주는 말을 했을 리 없다. 가족구성원 모두가 반드시 지키려는 노력이 없다면, 혜선이는 추락할 수밖에 없다. 추락은 정말로 순수하게 계급적 추락을 의미한다.

좀비는 새로운 계급의 출현보다는 발현의 의미가 더 크다. 그 전에는 좀비가 없었을까? 외모만 좀비가 아니었을 뿐이지 늘 있었다. 다만, 이번 좀비 사태가 벌어지면서 암묵적인 계급이 드러났다. 정부통계상 10만 명, 실제로는 그 몇 배에 해당하는 수드라 계급. 혜선이는 브라만에서 한순간에 수드라가 됐다. 수용소로 가게 되면, 세면대가 없거나 뜨거운 물이 안 나오고 벽은 합판이라 소리 내어 울지도 못한다. 끊임없이 불편을 강요당해야 한다.

친구가 몇 명이나 왔는지 확인하며, 안도하던 아이. 외모보다 자신의 위치에 대해 더 큰 불안을 품는 아이가 좀비가 되면, 자살 외에는 길이 없을 수도 있다. 혹시라도 가족에게 좀비병을 옮기면, 자칫 가족 전체가 추락할 수도 있다. 이미 가족 중에 누군가 좀비가 있다는 사실만으로 명예가 더렵혀지는 일이라면, 나머지 가족들이 안고 있는 짐을 덜고 싶어 하지 않을까?

나처럼 더 떨어질 것도 없으면 마음이라도 편하지만, 가난이 죄가 되는 시대에 계급적 추락은 인생의 추락이기도 하다.

나는 그날 결국 어디서도 잠들지 못하고 밤을 지새워야 했다. 혀끝에 닿는 알싸한 맛이 모두 사라질 때까지 벤치에 앉아 일어나질 못했다.

나는 결국 수용소로 갈 수밖에 없지 않을까? 그런 물음이 머릿속을 떠나지 않았던 이유는 신문에 난 기사 때문이었다. 큰 뉴스거리는 아니지만, 좀비들이 벌이는 작은 사건들을 모아 일주일에 한 번씩 좀비 천태만상이란 기사가 나곤 했다. 그중에 노숙자가 편안한 겨울을 나려고 스스로 좀비가 돼 수용소로 들어갔다는 기사가 문제였다. 처음에는 아무 문제가 아니었다. 그런데 보궐선거 중인 후보 한 명이 이 사건을 들먹이면서 일이 커졌다. 후보자 신지휘가 방송 인터뷰에서 좀비를 몰아내야 할 뿐만 아니라 지원도 줄여야 한다고 강력하게 주장했다.

"우리 지역구민들이 내는 혈세가 노숙자를 먹여 살리는데 쓰이는 형편입니다. 저는 이걸 절대 좌시하지 않고, 피 같은 세금이 올바르게 쓰이도록 만들겠습니다."

후보자는 자그마한 기사를 확대하고, 노숙자와 수용소라는 단어에 줄까지 친 자료를 카메라에 들이밀며 단호한 어조로 말했다.

좀비는 소수다. 그런 소수를 자극하고 이해관계가 있는 사람들까지 적으로 돌리는 행위는 결국, 다수에게 표를 받기 위한 숫자 놀음의 결과였다. 기사는 전혀 검증도 안 됐다. 차라리 범죄를 저질러서 감옥에 가지 수용소로 갈 이유도 없고, 신체가 완전히 망가지는 걸 바랄 사람은 없다. 기자의 실수거나 노숙자가 정신이상자일 수도 있다. 유행도 아니고 유행이 될 조짐도 없는 사건이다. 하지만, 내 돈으로 노숙자를 먹여 살리고 있다는 호소는 유권자들에게 감정적으로 먹혀들어갔다.

어차피 선거철이 도래하면, 좀비는 최대의 화두로 등장할 터였다. 보궐선거에서 갑작스러운 좀비 얘기가 나온 건 당 차원에서의 의도적인 간 보기일 가능성도 컸다. 의심이 들 수밖에 없는 것이 후보자의 발언이 화제가 되자 연일 국회에서는 좀비들에게 사용되는 복지기금이 과한 수준이라며, 복지부장관을 압박했다. 정부도 국민의 뜻을 존중하겠다는 이유로 지원금을 대폭 삭감했다. 시사프로그램에서는 아직 좀비 수용소가 다 건설이 안 된 상황에서의 삭감은 부실공사를 부를 것이며, 지금 수용소에 면회소를 지어야 하는데 이렇게 되면, 면회소 규모와 시설이 제대로 갖춰질 리 없다고 했다. 결국, 피해는 고스란히 좀비 가족들이 받아야 한다고 비판했다.

보궐선거 후보자의 플래카드에는 다음과 같은 문구가 적혀 있었다.

좀비 없는 깨끗한 지역. 신지휘가 만들어가겠습니다.

후보자는 자신이 당선되더라도 좀비가 지역구에서 한 명이라도 나오면, 의원직을 사퇴할 용의가 있다는 인터뷰까지 했다. 놀랍게도 지지율이 가파르게 상승했다. 지역구 대다수 주민은 정말로 좀비가 한 명도 없다면, 땅값이 어느 정도 오를 거라는 소문을 굳게 믿고 있었다. 아니더라도 최소한 맘 놓고 거리를 활보해도 되니 어쨌든 좋다고 생각했다. 게다가 신지휘와 경쟁하는 후보자는 기껏해야 일 잘하는 의원이라는 낡은 구호만 외치고 있어서 신지휘의 당선은 기정사실화 됐다.

보궐선거가 끝나고 선거철이 돌아오면 너나 할 것 없이 좀비를 지역구에서 내몰겠다는 공약을 내세울 게 뻔했다. 아파트와 땅을 가진 사람들은 적극 찬성할 것이고, 집을 곧 살 예정이거나 여력이 있는 사람들 역시 동조하여 좀비들을 내몰 것이다. 집이 없는 사람들은 어차피 투표를 잘 안 하니 문제 될 것은 없다.

이런 상황이니 언제까지 도망치며 살 수 있을지 암담했다. 시간문제일 뿐, 결국엔 수용소행 버스에 몸을 싣고 도시에서 쫓겨날 것이다. 심장이 멈췄는데도 가슴이 갑갑했다. 철거민 신세가 돼 쫓겨났다가 좀비가 됐는데, 수용소 외엔 선택지가 없다. 보기가 하나뿐인 문제를 풀어야 하는 꼴이다. 결과는 이미 정해져 있었다.

이쯤에서 나 자신은 스스로를 합리화 시키는데 애를 썼다. 폭력은 반드시 나쁜가? 그러니까 이렇게 모두가 좀비를 없애려하는 와중에도 점잖게 말로 해야 하는가? 법은 이미 인간에게 유리하게 만들어져서 법에 호소할 수도 없다. 말로 할 수도 없다. 정체를 밝히고 공개적으로 말하는 순간 수용소로 끌려가게 된다. 아무리 생각해도 방법이 없다면, 폭력이 방법이 될 수 있지 않을까?

폭력이 옳다고 봤다. 적어도 이 경우에 말이다. 내부에 적을 만들어 놓고 자기들끼리 똘똘 뭉치려는데 가만히 당하고만 있어야 할까? 자신의 뜻을 밝히려 몸에 C4 폭탄 띠를 두르고 돌진하는 자살 폭탄테러범에게 말로 하라고 타이르면 들을 리 없다. 젠체하며 폭력은 옳지 않다고 말하면 반감만 산다.

잃을 게 많으면 목숨을 내놓지 않아도 된다. 부자들이 언제 땅값 내렸다고 테러나 분신자살 하는 경우를 본 적 있는가? 비통함에 가슴을 치면서 망했다고 울부짖는 모습을 본 적 있는가? 땅값이 오르질 않아서 애끓는 심정으로 삭발이라도 하던가? 정말로 그런 부자가 있다면 그 마음만은 인정해 줘야 한다. 아파트 근처에 장애인 복지시설이 들어선다고 주민들이 단상에 올라가 눈물의 삭발식을 하며 아침이슬을 부른다면, 그 진정성만큼은 높이 평가해 줄 만하다. 자살폭탄테러범의 마음가짐과 다를 바 없는 굳센 의지 아닌가? 하지만 그런 부자들을 본적 없다. 오로지 비천한 사람들만이 버릴 게 목숨밖에 없다. 지금 가장 비천한 존재는 좀비다. 나 역시 잃을 거라곤 목숨밖에 없다.

폭력이 꼭 나쁜 것만은 아니다. 안중근 의사나 윤봉길 의사를 테러범이라고 할 수 있을까? 눈앞에 이토히로부미를 암살하려는 안중근 의사가 있다고 가정해 보자 '그래도 폭력은 옳지 않아요.' 이런 말을 하며 반대할 사람이 어디 있을까? 누군가를 파괴하려는 행동은 동기에 따라 다르게 평가 받아야 한다. 그렇다면, 내가 신지휘 후보자를 만나 악수를 청하고 그에 응하는 신지휘 후보자의 팔을 물어버린다고 해서 뭐가 잘못이겠는가?

보다 높은 차원의 파괴 행위는 남이 아닌 자신을 파괴시키는 거겠지만, 차마 그렇게는 못 하겠다. 난 전태일 만한 그릇이 못된다. 하지만, 물 수는 있다. 이 정도는 심각한 수준의 폭력행위도 아니다. 목숨을 앗아가지도 않고, 재산상에 심각한 손해를 입히지도 않는 행위다. 게다가 나는 좀비다. 무는 행위는 인간들이 정해놓은 좀비라는 이미지에 그다지 위배되는 모습도 아니다.

불편이야 좀 겪겠지. 사람들이 멸시하고 쫓아내려 하겠지만, 수용소의 삶이 비참한 수준은 아니다. 좀비가 되면 몸이 더 튼튼해지고 오감이 깨어나 어둠의 맛도 알게 된다. 광고에서 말한 새로운 삶이 시작되는 것이다. 좀비가 돼도 자아는 동일하니까. 아무튼 환경이 변할 뿐이다.

그리고 혹시나 의원직을 유지한다면 그야말로 혁명적인 일이다. 좀비의원이라니. 생각만 해도 가슴이 뛴다. 대정부질문 기간에 복지부장관에게 좀비에 대한 지원금을 늘려야 한다고 주장하는 좀비의원. 지금은 소수지만, 필요하다면 다수가 되는 것은 식은 죽 먹기다. 아예 이참에 좀비당을 만드는 것은 어떨까? 지금 당장 시작해도 시골과 수용소에 있는 좀비들 표는 확보된 셈이다. 처음에는 군소정당이겠지만, 다수당이 되는 일은 쉽다. 당원들에게 하루에 두 명 이상 물기 운동을 전개해 나가면 된다. 좀비가 다수가 되면 당도 커지고 영향력도 커지기 마련이다.

TV에서 좀비 아나운서가 공기 중 감염은 마스크만 써도 막을 수 있다면서 인간들에게 마스크를 반드시 착용해야 한다고 설명을 해주고, 좀비 걸그룹, 좀비와 인간의 사랑과 불륜을 다룬 드라마, 좀비 광고, 날씨를 맛으로 표현해 주는 '오늘의 날씨' 프로그램이 나온다고 생각해 보라. 진정한 다문화사회 아닌가?

그러기 위해선 우선 첫 번째로 인간들에게 위협을 가해야 한다. 유력한 의원 당선 후보자를 좀비로 만들면, 파장은 커지게 돼 있다.

우선은 인터넷에 접속해 기초정보를 수집했다. 중앙선거관리위원회 재·보궐선거 사이트에서 기본적인 인적사항을 볼 수도 있지만, 개인 홈페이지도 있고 뉴스에 사무실 개소식도 나서 사무실 위치는 어렵지 않게 찾아냈다.

후보자 사무실 근처로 출발했다. 가는 도중에 사무실에 전화를 걸어 후보자 스케줄을 물어봤다. 생각보다 친절하게 알려줬다.

"휴먼 아파트 경로당 방문하러 가셨고, 이따가는 산악회 기념식이 있고요."

"혹시, TV에서 취재 하지는 않나요?"

"내일 시장 상인들 만날 때 인터뷰 차 온다고 했는데, 무슨 일로 물어보시나요?"

"팬이여서요. 낼 시장에 나가서 응원하겠습니다."

"감사합니다. 혹시 선거 자원봉사하실 생각은 없으신가요?"

"……아직은요."

나는 곧바로 전화를 끊어버렸다.

내가 도착한 지역은 선거 열기로 뜨거웠다. 지하철 출입구에 일렬로 늘어선 아줌마 부대가 열성적으로 구호를 외쳤다. 반대편에 아줌마 부대는 벌써 결과는 정해졌다는 듯이 무표정한 얼굴로 플래카드를 들고 있었다.

"의원은 아무나 하나. 의원은 아~무나 하나."

도로에 선거 유세차량이 지나가자 트로트를 개사한 선거송이 거리에 울려 퍼졌다. 지나가는 사람들은 별 관심 없어했다. 이맘 때면 으레 듣는 매미 울음소리 같은 소음이라 여기는 듯 했다.

아주머니 중 한분이 내게 신지휘 후보자 정책에 관한 전단지를 건네줬다. 노숙자에 대한 신문기사와 좀비를 몰아내자는 선동 문구로 가득했다. 나는 전단지를 접어 주머니에 넣었다. 선거송이 들리지 않게 되자 아주머니에게 물었다.

"아주머니 휴먼 아파트 어딘지 아세요?"

"1차 아니면 2차?"

"둘 다요."

내 물음에 아주머니는 길을 알려줬고, 나는 우선 휴먼 아파트로 1차 단지로 향했다. 내 배에 난 수십 개의 작은 구멍들에 비치는 창자같이 구부러진 골목길을 지나 아파트 입구로 들어서자 나오던 신지휘 후보자 무리와 마주쳤다. 후보자는 단정하게 가르마를 탔지만, 얼굴에 한 화장이 기름에 뭉개지고 번들거렸다. 전단지와 똑같은 미소를 띠고 내게 인사했다. 얼결에 나도 같이 인사를 했다.

"여기 사시나 봐요?"

"예. 기호1번 신지휘 후보님이시죠?"

"맞습니다. 기호 1번."

후보자와 보좌관이 동시에 엄지를 치켜세웠다.

"저는 무조건 1번 찍을 겁니다."

나도 똑같이 엄지를 치켜들며 말했다.

"감사합니다."

후보자가 깍듯이 인사를 했다. 우리는 서로 살갑게 웃으면서 헤어졌다. 아파트 안으로 들어가는 척하다 다시 나와 후보자 사무실로 갔다. 1층이 빵집이고 2층이 후보자 사무실이었다. 나는 건물 옥상에 올라가서 밤을 보냈다. 별 하나 없는 시커먼 하늘아래 시뻘건 교회 첨탑이 별보다 반짝였다. 나는 시멘트 바닥에 앉아 하늘을 향해 입을 벌렸다. 오늘은 어둠이 김빠진 콜라마냥 밍밍했다.

해가 뜨고 한참이 지나서야 신지휘 후보자 무리가 사무실 밖으로 나왔다. 나는 급히 뛰어나와 택시를 잡고 시장으로 갔다. 시장은 평소보다 북적이는지 상인들 얼굴에 웃음꽃이 피었다. 나는 언제 어디로 후보자가 올지를 몰라 시장 골목 가운데쯤에서 기다렸다.

초조한 마음에 앞뒤 연달아 고개를 돌려가며 보고 있는데, 내 앞 만두가게 주인이 솥뚜껑을 열었다. 자욱한 김이 농도 짙은 안개처럼 펴졌다가 사라지는 순간, 방송국 카메라와 신지휘 후보자의 얼굴이 아른하게 보였다. 나는 죽어버린 심장이 다시 뛰기라도 하는 양 긴장감에 호흡이 가빠졌다. 후보자는 어묵을 하나 집어먹고 상인과 얘기를 나누었다. 야채가게 할머니와 포옹을 하며 웃기도 했고, 바닥에 떨어진 쓰레기를 주워 주머니에 넣으며, 기호 1번을 뽑아달라고 부탁했다.

"거진 의원나리 됐다고 봐야제."

만두가게 주인이 만두를 솥에서 꺼내면서 말했다.

나는 기다리지 못하고 조금씩 신지휘 후보에게 다가갔다. 고등어 한 손을 사고 보좌관에게 건네고 돌아서던 찰나였다.

"의원님 팬입니다."

후보자는 내 말에 멋쩍어하며 대꾸했다.

"아직 의원 아닙니다."

"거의 됐다고 봐야죠."

나는 웃으면서 손을 내밀었다.

후보자는 망설임 없이 악수를 했다. 의외로 손이 차가웠다. 나는 악수한 오른손에 잔뜩 힘을 줬다.

"감사합니다."

후보자는 카메라 앞인지라 전혀 당황한 티를 내지 않고 손을 빼내려 애썼다. 카메라 렌즈에는 유권자 손을 잡고 열렬히 흔드는 후보자의 모습이 찍히고 있었을 뿐이다. 나는 카메라를 바라보며, 왼손으로 후보자의 소매를 걷어 올리고 나서 그의 팔을 물려고 고개를 숙였다.

내 눈앞에 후보자의 팔목에 동전만 한 크기의 검게 변색된 피부조직이 보였다. 나는 당황해서 잠시 동안 가만히 서 있었다. 후보자는 급히 소매를 내렸고, 보좌관과 경호원이 나를 밀쳐서 후보자에게서 떼어냈다.

"당신 왜 그랬어? 왜 그랬냐고? 알고 있잖아?"

나는 마구 소리 질렀다.

더 얘기할 수 없도록 경호원이 나를 덮쳐 꼼짝 못하게 제압했다. 보좌관이 쪼르르 달려와 내 소매를 걷어 올렸다.

"좀비다. 저 녀석 좀비야."

누군가 외쳤고, 시장은 난리가 났다. 겁에 질린 사람들이 도망치느라 야채와 주전부리가 땅바닥에 쏟아졌고, 비명이 난무했다. 카메라는 이를 신나게 찍었다.

나는 신에게 바쳐지는 제물처럼 번쩍 들렸다. 후보자는 벌써 도망가는 중이었다. 그의 등 뒤로 나는 내가 낼 수 있는 가장 큰 목소리로 외쳤다.

"알고 있잖아. 당신도 그렇잖아. 어둠이 맛이 뭔지 알잖아."

"입 막아. 저거 입 막아."

후보자가 도망가면서 보좌관을 보며 말했다.

난감해하던 보좌관이 급하게 손으로 내 입을 막으려 했고, 나는 고개를 들어 그 손을 물려고 했다. 치아가 부딪히는 '딱딱' 소리에 놀란 보좌관이 하는 수 없이 임기응변으로 넥타이를 풀러 내 입에 재갈을 물렸다.

"후흐자느 조비 쿨럭."

생각보다 넥타이는 쓸만했다.

이제 완벽히 제압한 나를 락스타처럼 사람들이 손으로 받쳐서 시장 입구로 운반했다. 어떻게든 넥타이를 풀려고 애썼지만, 헛수고였다. 그 와중에 내 시선은 부리나케 뛰는 후보자에게 향했다.

하지만, 후보자의 등은 내게서 멀어졌고, 대신 경찰 사이렌 소리가 가까워졌다.

| ZA 문학 공모전 수상작 |

잿빛 도시를 걷다

황희

엄마의 얼굴은 상한 소고기처럼 거무죽죽했고
뜯겨나간 살가죽 위로 허연 광대뼈가 솟구쳐 있었다.
머리는 산발에다가 군데군데 진흙과 함께
뭉쳐 있기까지 했다.

나이트 비전 고글을 쓰고 밤길을 드라이브하는 것은 지원의 넘버원 취미였다.

물론 헤드라이트 따윈 켜지 않는 것이 원칙이다. 그래야 어둠의 바다에 완벽하게 잠수 할 수 있으니까. 자동차 카세트테이프에서 레이디 가가의 살짝 맛이 간 듯한 목소리가 흘러나오고 있었다. 그녀는 가사를 따라 흥얼거리며 천천히 레드우드 빌리지 근처를 돌았다. 언제나 이 시각의 도로는 차 한 대 없었고 그녀는 이 황량한 어둠을 사랑했다. 이곳은 도시와는 동떨어진 고지대 산동네라 공기가 신선했고 가끔 새벽엔 야생 사슴과 토끼가 나타나기도 한다. 공동묘지 겸 공원으로 사용하고 있는 공원길을 천천히 드라이브했다. 6개월 전에 죽은 엄마의 묘 앞에서 잠시 시간을 보내고 사거리로 나왔다.

빨간불. 신호대기를 하고 있자니 소방차와 구급차가 사이렌을 요란하게 울리며 지나갔다. 한밤에 듣는 사이렌 소리는 언제나 머리끝을 쭈뼛하게 만든다. 이 시각에 누군가 죽었을까? 아니면 화재라도? 남의 비극 따위는 지원의 관심을 그리 오래 끌지는 못한다. 단지 자동차 문이 잠겼는지 다시 한번 확인하게 만드는 정도였다. 신호가 길어지자 지원은 도로의 좌우를 살폈다. 아무도 없는데 확 지나가 버려? 그런 생각이 들었지만 이내 단념했다. 감시카메라가 숨겨져 있다는 걸 알고 있었기 때문이다. 잠시 편하자고 제 멋대로 했다가 나중에 우편함에서 신호위반 벌금을 내라는 독촉장을 발견하고 싶진 않았다.

신호를 기다리던 지원의 시선 안으로 문득, 무엇인가 비일상적인 모습 하나가 잡혔다. 지원은 재빨리 헤드셋에 붙어 있는 녹음버튼을 눌렀다. 그리고 비일상적인 존재의 모습을 묘사하기 시작했다.

"남자는 목을 오른쪽으로 꺾은 채 걷고 있다. 맥없이 흐느적거리는 두 팔. 절룩이는 한쪽 다리와 지면에 질질 긋는 다른 쪽 다리. 교통사고를 당한 노숙자? 아니면, 술 취한 노숙자?"

경기가 바닥으로 곤두박질쳐 나날이 노숙자들이 늘어나고 있는 실정이라 그녀의 추측은 몹시 현실적인 셈이었다. 횡단보도를 건너오는 노숙자의 묘사를 마친 지원은, 아까부터 마을버스정류장에 앉아 있던 또 다른 남자를 돌아보았다. 그는 덩치가 크고 더러운 얼룩이 덕지덕지 묻은 흰 앞치마를 입고 있다. 고글을 당겨 남자의 얼굴을 확대해 보았다. 눈을 감고 있는 이 남자의 얼굴 또한 어딘가 이상했다. 눈두덩은 퀭하게 들어가 있고 양쪽 볼은 움푹 패였다. 입술은 생기라고는 느껴지지 않는 거무튀튀한 색이었다. 두 팔을 축 늘어뜨리고 있었는데 한쪽 팔에 뭔가를 쥐고 있는 것 같았지만 의자 밑으로 들어가 있어 잘 보이지 않았다.

"……마치 죽음에서 돌아온 시체 같다. 밤이란 것이 늘 알 수 없는 얼굴이지만 오늘 밤은 어딘가 몹시 이상하다."

중얼거리며 다시 정면으로 고개를 돌릴 때였다. 지원은 헉. 하고 숨을 멈추었다. 머리끝이 뾰족하게 일어나고 등골로 오한이 달렸다. 단 몇 초 사이, 아까 횡단보도를 걸어오던 그 노숙자가 바로 앞에 와 있는 것이 아닌가. 노숙자와 시선이 마주치는 순간, 힘이라고는 없어 보이던 노숙자가 두 팔을 앞으로 내밀더니 힘껏 상체를 뒤로 젖혔다가 보닛을 꽝. 하고 내리쳤다.

"악!"

머리끝이 쭈뼛 섰다. "씨발." 험한 욕지기가 절로 튀어나왔다. 약속이라도 한 듯 도로 옆 버스정류장에 앉아 있던 남자도 뒤뚱거리며 도로를 건너오고 있었다. 지원의 차를 향해 걸어오고 있는 남자의 손엔 정육점에서 고기의 뼈를 자를 때 사용하는 도끼칼이 쥐어져 있었다. 숨을 헐떡이던 지원은 후진해 차를 뺀 다음 가속 페달을 힘껏 밟고 줄행랑을 쳤다.

아파트로 돌아온 지원은 혹시라도 좀 전에 자신이 겪은 해괴한 사건이 나올까 싶어 TV를 틀었다가 TV요금을 내지 않아 한 달 전에 TV가 끊겼다는 사실을 떠올렸다. 그러고 보니 아파트 월세를 내야 할 날도 다가오고 있었고 인터넷 요금을 지불해야 할 날도 가까웠다. 자동차 보험금도 내야 했고 난방비와 수도세, 전기세들을 내야했다. 지불해야 할 돈을 생각하자 갑자기 머릿속에서 벌레들이 우글거리는 것 같았다. 두 손으로 머리카락을 마구 쥐어뜯었다. 세상에 종말이 찾아오지 않는 이상 돈과의 싸움은 죽을 때까지 반복될 일이었다.

위층에서 우당탕 몸싸움을 벌이는 소리가 난다. 어떤 작자들이 사는 건지 오밤중에 부부 싸움이라니. 어제는 앞 동에서 유리창이 박살나고 요란한 비명소리가 터져 나오더니, 오늘 아침에는 어느 동인지 어떤 여자가 베란다에 나와 서서는 하루 종일 미치광이처럼 "학, 까르르르, 학, 까르르르" 이런 미친 소릴 내며 웃어댔다. 대박 한번만 터져주면 이런 정신병동 같은 아파트에서 나가는 건데……. 그나저나 아까 식겁한 일을 누군가에게 털어놓고 수다를 떨고 싶었다. 담배를 피며 거실을 서성이던 지원은 문득 뭔가 생각났다는 듯 주머니에서 휴대전화를 꺼냈다. 알고 지내는 사람들의 리스트를 훑어보며 오늘 밤의 이야기를 나눌만한 상대가 있는지, 그러니까 '미친년 지랄하네.' 라며 정신병자 보듯 하지 않고 진지하게 들어줄 친구가 있는지 생각했다. 관둬라. 진지한 얼굴로 들어주더라도 내가 자리에 없으면 곧장 험담으로 바뀌잖아. 그러니까 사람들과 말을 섞고 사는 건 바보짓이다. 수다를 떨기 위해 '친구'라는 존재를 필요로 하는 자신을 비웃는 지원은 심하게 비뚤어져 있었다.

비 오는 소리를 들으며 게슴츠레 눈을 떴다.

머릿속으로 '지겹도록 오는 비'라는 문장이 떠올랐다. 머리맡의 수첩을 펴고 문장을 적어 넣으려다가 얼굴을 찡그리며 관뒀다. 솔직하지 못한 문장이었다. 지원은 1년 내내 비가 내려도 좋아할 인간이었다. 오히려 화창한 날은 공포증을 느낄 만큼 싫다. 집 밖에서 사람들이 웃고 떠드는 소리, 남들의 행복에 겨운 얼굴을 보는 것. 그것은 고문이었다.

지원은 손가락 끝으로 굳게 내려진 블라인드를 살짝 들어올려 밖을 살폈다. 어두침침한 아침 9시. 마음이 차분하게 가라앉는다. 손을 뻗어 전기스위치를 올렸다가 욕지기를 퍼부었다. 누군가의 뺨이라도 때리듯 전기스위치를 후려쳐 내렸다. 침대에서 내려선 지원은 곧장 화장실로 들어가 방광을 비웠다. 세수를 할까하다가 귀찮아서 관뒀다. 부엌으로 와 전기 스위치를 올렸다. 역시 불이 들어오지 않았다. 그러고 보니 조금 전에 블라인드 밖으로 아파트 단지를 내다보았을 때 정전이라도 된 듯 어두컴컴해 보였던 것이 떠올랐다. 주전자에 물을 올려놓고 물이 끓는 동안 어제 밤새 써둔 글을 읽는데 '쿵. 쿵.' 하고 누군가 거실 창문을 세게 두드리는 소리가 났다. 왜 문 놔두고 유리창을 두드리고 지랄이래? 그녀는 인상을 쓰고는 거실 창쪽으로 걸어갔다. 이런 시간에 찾아올 사람은 아무리 생각해도 없었다.

"누구세요!"

현관문에 대고 짜증스럽게 물었다.

"원아. 엄마."

대체 뭐라는 거야? 지원은 얼굴을 찡그리며 거실 블라인드 사이로 밖을 내다보았다. 그 순간 유리창에 얼굴을 바싹 들이밀고 집 안을 엿보는 붉은 두 눈과 마주쳤다. 악! 지원은 비명을 지르며 황급히 뒤로 물러났다. 블라인드가 화르르 내려와 이글거리던 붉은 눈을 지워냈다. 지원은 하얗게 질려버린 얼굴로 서서 조금 전에 본 얼굴을 떠올렸다. 유리창 너머에 서 있던 사람의 얼굴을 기억해 내는 순간 꽝! 하고 번개가 치며 시퍼런 불빛이 집 안으로 뛰어들었다.

엄마의 얼굴은 상한 소고기처럼 거무죽죽했고 뜯겨나간 살가죽 위로 허연 광대뼈가 솟구쳐 있었다. 머리는 산발에다가 군데군데 진흙과 함께 뭉쳐 있기까지 했다. 찢어진 스타킹은 시뻘겋게 피가 말라붙은 무릎 살밑에 가까스로 붙어 있었다. 비바람이 불자 엄마의 다리에 붙어 있던 스타킹은 찢어진 검은 비닐봉지처럼 휘날렸다. 새끼발가락은 뭉개진 살가죽을 비집고 밖으로 삐죽 튀어나와 있었고 발 복사뼈는 흰색 알전구처럼 발등 옆에 튀어나와 있었다.

엄마는 6개월 전에 죽었다.

엄마는 6개월 전에 죽었다.

같은 말이 입 안에서 게거품처럼 뽀글뽀글 끓어올랐다. 지원은 다시 창쪽으로 다가가 블라인드를 걷었다. 엄마는 조금 전과 똑같이 유리창에 얼굴을 바싹 갖다대고 있다가 지원의 얼굴이 보이자 쾅! 하고 이마로 유리창을 들이받았다. 두리번거리던 빨간 눈알 한 쌍이 지원의 얼굴을 쏘아보았다. 마치 야광 빔처럼 붉은 기운이 흉물스러운 눈알 주위로 번져나는 것만 같다.

"원아. 엄마. 원아. 엄마……"

엄마는 뭉개진 입술을 벌려 같은 말을 되풀이하기 시작했다. 그럴 때마다 양 손바닥으로 유리창을 '탕. 탕.' 내려쳤다. 그러더니 갑자기 '우웩.' 하고 토했다. 시뻘건 핏덩이가 유리 위로 주르륵 흘러내렸다. 지원의 심장이 귀밑에서 벌컥댔다. 눈앞이 아찔해지며 다리가 후들후들 떨려왔다. 매끄러운 유리 표면을 타고 흘러내리는 오물 속에 눈에 익숙한 것들이 차츰 보이기 시작했다. 절단된 손가락, 새까만 머리카락이 붙어 있는 두피조각, 어느 부위인지 알아볼 수 없는 살점. 살점. 살점. 아직도 지난밤의 악몽을 꾸고 있는 것이라고 혼잣말로 중얼거리며 질끈 눈을 감았다 떴다. 하지만 엄마는 여전히 그곳에 서서 새빨간 눈으로, 피투성이 얼굴로 딸을 바라보고 있었다.

"원아. 쿵. 엄마. 쿵. 원아. 쿵. 엄마. 쿵. 원아. 쿵. 엄마……"

엄마는 다시 손바닥으로 유리창을 두드리며 같은 말을 반복했다. 지원은 엄마의 얼굴을 뚫어져라 쳐다보았다. 표정을 만드는 근육이 더 이상 그 역할을 하지 않는 듯 어떠한 감정도 담겨 있지 않은 무표정한 얼굴이었지만 왼쪽 눈썹 위의 사마귀는 그대로였고 색이 바래긴 했지만 영구눈썹문신도 그대로였다. 땅속에 묻혔던 엄마는 대체 어떻게 땅속에서 걸어 나온 것일까. 어제 새벽 거리에서 마주쳤던 시체 같았던 두 남자의 모습과 언젠가 전 남편과 함께 보았던 일본 영화가 떠올랐다. 「환생」이라는 제목의 영화는 어느 작은 마을에 죽은 사람들이 돌아오기 시작한다는 설정이었다. 음침한 공동묘지를 끼고 있는 레드우드 빌리지라면 그런 이상 현상이 일어날 수도 있을 것 같다는 생각이 든다. 공동묘지에서 죽은 사람들이 돌아오고 있는 것일까. 문 하나를 사이에 두고 오랜 시간, 모녀는 서로를 마주보고 있었다. 문득 자신이 쇼윈도 안에 갇힌 먹잇감 같다는 생각이 들었다가 사라진다.

문을 열까. 말까. 열까. 말까. 엄마 추울 텐데.

그렇게 망설이는 동안에도 엄마는 "원아. 엄마. 원아. 엄마." 하고 외쳐댔다. 단조롭고 슬픈 목소리에 코끝이 찡해져왔다. 문손잡이를 잡는데 박쥐우산을 쓴 옆집여자가 엄마 옆으로 다가오고 있는 것이 보였다. 옆집 여자는 아파트 이웃들 중 그나마 얼굴을 아는 편에 속했다. 그녀의 직업이 작가라는 소릴 들은 후로 가끔 빵을 구워 건네주기도 했던 이웃이었지만 우울증으로 정신병을 앓고 있었다. 거절할 수가 없어 헤헤 웃는 친절한 얼굴로 빵을 받긴 했지만, 빵 속에 뭘 집어넣었을지 찜찜해 곰팡이가 피도록 까지 방치해 두었다가 버리곤 했다. 멋모르고 빵을 받고는 냄새에 홀려 와작 깨물었다가 죽은 생쥐 반 토막을 씹은 적이 있었다.

이웃 여자는 평소에 쓰고 있던 도수 안경을 쓰지 않고 있었다. 엄마의 몰골이 잘 보이지 않는 것인지 겁도 없이 엄마의 곁으로 다가서더니 한없이 친절한 표정을 짓고 엄마의 어깨에 살며시 손을 올려놓았다. 바로 그 순간, 여자의 좁은 이마가 위로 치켜 올라갔다. 양쪽 귀가 놀란 토끼처럼 쫑긋해지더니 두 눈이 휘둥그레지고 입이 크게 벌어졌다. 그제야 엄마의 턱밑으로 줄줄 흐르는 붉은 피와, 엄마가 서 있는 자리 주변의 핏물을 발견한 것이었다. 여자는 황급히 손을 떼고 악 하고 비명을 질렀지만 이미 때는 늦었다. 엄마가 여자 쪽으로 몸을 돌리더니 입을 커다랗게 벌리고 목덜미를 와작 깨물었다. 지원은 유리창 안쪽에 서서 한번 죽었던 엄마가 산사람의 생살을 물어뜯고 우물우물 씹어대는 것을 지켜봐야 했다. 엄마의 이빨이 바닥에 쓰러진 이웃여자의 목덜미를 덥석덥석 물때마다 여자의 하체가, 슬리퍼를 신은 발이 꿈틀거렸다.

엄마의 식사는 계속되었다. 커다랗게 벌어진 여자의 입 안으로 팔을 집어넣더니 시뻘겋고 물컹한 내장을 줄줄 끌어내 먹기 시작했다. 지원은 휴대전화를 집어 든 채 달달 떨고만 있었다. 신고를 해야 할지 말아야 하는지 판단이 서지 않았다. 그때였다. 저쪽에서 어떤 사람이 걸어오고 있었다. 그 사람 역시 우산을 쓰지 않았음에도 불구하고 쏟아지는 빗속에서 서두르는 기색이 없었다. 지원은 구원을 바라는 심정으로 그 남자를 노려보았다. 누군가, 그녀 대신 이 끔찍한 상황을 신고해 주길 바랐다.

덩치가 큰 남자는 천천히 걸어오더니 눈앞에서 끔찍한 일이 벌어지고 있는데도 아랑곳없이 슥 한 번 쳐다보더니 앞 동으로 쑥 들어가 버렸다. 덩치 큰 남자가 앞 동의 어둠 속으로 사라지고 나서야 지원은 남자가 어젯밤 정육점 칼을 들고 있던 바로 그 남자라는 것을 깨달았다. 머릿속이 하얗게 비어버리는 것만 같았다.

"원아. 쿵. 엄마. 쿵. 원아. 쿵. 엄마. 쿵……"

식사를 마친 엄마가 다시 일어나 유리창을 두드리기 시작했다. 이번엔 손이 아닌 머리였다. 이마로 쿵쿵 유리창을 부술 듯이 덤벼왔다. 그녀는 재빨리 119를 눌렀다. 하지만 전화는 불통이었다.

"에이 씨!"

그녀는 화가 치밀어 버럭 소리를 지르고는 전화를 끊어버리면서도 마음 한구석에서는 전화가 연결되지 않아 다행이다 생각했다. 곧장 부엌으로 들어와 냉장고 문을 열고 냉장고 속의 물건들을 모조리 쓸어냈다. 선반까지도 빼내고 나자 플러그를 뽑아내 버렸다. 만약의 경우 빠져나가기 쉽도록 뒷문을 활짝 열어놓은 뒤,

전기 충격기를 단단히 거머쥐고 다시 현관으로 와 문손잡이를 잡았다. 그리고 몇 번 심호흡을 한 다음 현관문을 벌컥 열고 소리쳤다.

"엄마! 들어와! 젠장."

그들은 소리 없이 움직인다.

당신의 등 뒤로 소리 없이 나타나 덥석 목덜미를 문다. 그렇기 때문에 등은 항상 벽에 붙이고 움직여야 한다. 엄마는 지원을 끌어안을 듯 두 팔을 앞으로 내밀고 뻗정다리로 걸어들어 오더니 갑자기 입을 크게 벌리곤 득달같이 달려들었다. 예상했던 일이었다. 전기 충격기를 들이밀었다. 전기충격에 잠시 정신을 잃은 엄마를 냉장고 안으로 밀어 넣고 냉장고 문을 닫았다. 왜 하필 냉장고인지는 그녀 자신도 알지 못했다. 미리 준비해 둔 박스테이프로 냉장고를 친친 감아 문을 고정시켰다. 그런 다음, 열어놓은 뒷문을 걸어 잠그고 거실로 돌아와 담배를 피워 물었다. 냉장고를 뚫어져라 노려보며 담배연기를 세게 빨아 당기자 날카롭게 솟아 있던 신경이 차분하게 가라앉는 것 같았다.

대체 무슨 일이 일어나고 있는 것인가. 그녀는 곰곰이 생각을 해봐야 했다. 아파트 단지 안에서 사람이 뜯어 먹히는 일이 일어났다. 이웃 여자는 비명을 질렀고 흥건하게 쏟아진 피는 멀리서 봐도 선명하게 보인다. 아무리 비가 오는 날이라도 그렇지 누군가 봤을 텐데 아파트는 기분 나쁠 정도로 조용하다. 꽤 오랫동안 엄마가 이상한 목소리를 내며 유리창을 쾅쾅 두들겨댔는데 옆집 여자 말고는 누구하나 창문을 열고 내다보지도 않았다. 아주 가끔 한밤중이나, 새벽을 이용해 외출할 뿐, 거의 밖에 나가지 않는 그녀로서는 이 아파트 단지 안에 무슨 일이 벌어지고 있다고 해도 누군가 전화를 걸어와 말해주지 않는 이상 알 도리가 없다. 경찰이 출동하지 않은 것으로 미뤄봐서는 상상할 수 있는 어떤 끔찍한 일이 일어난 것은 아닌 것 같다. 돈을 못 내 TV와 인터넷이 끊겨서 그렇지 수돗물도 잘나오고 난방도 잘된다. 하지만……. 며칠동안 우편함은 텅 비어 있었고, 밤마다 싸우는 소리와 비명소리가 끊이지 않았다. 그리고 정육점 칼을 쥔 그 놈이 앞 동으로 들어갔고 오늘은 정전이다.

그녀는 휴대전화를 챙겨 주머니에 넣고 부엌 서랍장에서 손전등을 꺼내들다 주춤했다. 차에 두고 내린 나이트비전 고글을 이럴 때 사용해야 한다는 생각이 들었지만 차 세워둔 곳까지 가기가 두려웠다. 버리러나가기가 싫어 거실에 세워두었던 부서진 스탠드 봉을 무기 대신으로 챙겼다. 그리고 공동세탁실 사용이나 우편물 확인이 아닌 다음에야 나갈 일이 없던 뒷문을 열었다. '나가지 마. 나가면 죽을지도 몰라.' 마음 한구석에서 또 다른 목소리가 경고를 보내왔지만 지원은 복도로 나섰다.

복도는 몹시 어두웠다. 지원의 기억으로는 복도엔 항상 불이 켜져 있었는데. 정전 때문인가. 아니면……. 먼저 공동세탁실을 확인했다. 단단히 잠겨 있었다. 작년 겨울에는 웬 부랑자가 들어와 자고 있는 바람에 세탁하러 들어왔다가 기겁을 했던 적이 있었다.

세탁실 옆은 조금 전 엄마에게 뜯겼던 여자의 집이었다. 그녀는 문고리를 잡은 채 망설였다. 그녀가 알기론 이웃 여자는 어떤 남자와 함께 살고 있었는데 그게 워낙 오래전의 일이라 지금은 어떻게 되었는지 모르겠다. 문고리를 잡고 문을 치자 '딱. 딱.' 하고 차가운 소리가 울렸다. 그녀는 얼굴을 찌푸리고는 잠시 기다렸다. 아무런 반응이 없었다. 귀를 대보았지만 아무도 없는 것 같았다. 하긴 누가 있었다면 여자가 물어뜯기며 비명을 지를 때 달려 나왔겠지. 마지막 확인삼아 손잡이를 돌려보았지만 안으로 굳게 잠겨 있었다.

지원은 계단을 따라 위층으로 올라갔다. 각 호마다 들러 문을 두드려 볼 작정이었다. 위층 첫 번째 집의 문은 열려 있었지만 소리를 내도 아무런 기척이 없었다. 그녀는 안으로 들어서며 버릇처럼 현관 벽으로 손을 뻗어 전기스위치를 올렸다. 역시 불은 들어오지 않았다. 불법가택침입 같아 현관에 선 채로 손전등만 휘휘 비춰보고는 돌아섰다.

3층부터는 신발을 신은 채로 과감하게 남의 집 안으로 들어섰다. 확인한 호수가 많아질수록 그녀는 몸이 떨려왔다. 아파트 전체에 아무도 살고 있지 않은 듯, 사람의 흔적이 느껴지지 않았던 것이다. 그녀는 고개를 가로저었다. 그럴 리가……. 오늘 아침까지만 해도 천장을 구르는 소리가 났었다. 그렇지. 천장을 구르는 소리. 지원은 1층으로 다시 뛰어 내려갔다.

"실례합니다. 누구 계세요?"

현관문의 손잡이가 떨어져 나가고 없었다. 입구에서부터 크게 소리치고 안으로 들어섰다. 실내는 어둠이 무겁게 가라앉아 있었다. 손전등을 비추었다. 동그란 손전등 불빛이 어둠 속에 숨은 집 안의 풍경을 조금씩 부분적으로 드러내주었다. 손전등을 이리저리 비추며 거실로 접근했을 때였다. 동그란 불빛 속으로 누군가의 발이 먼저 드러났다. 거무튀튀한 맨발은 소파 밑에 내려져 있었고 조금씩 흔들리고 있었다. 그녀는 누군가의 발을 지나 다리를 거슬러 올라갔다. 무릎을 비춰보던 그녀는 흠칫 놀라 멈추었다. 또 다른 발이 있었다. 아주 작고 앙증스러운 두개의 발. 이 작은 인간이 어른의 무릎을 타고 앉아 뭔가를 하고 있다. 무엇을 하고 있는지 알아차리기는 그렇게 어려운 일이 아니었다. 춥. 춥. 춥. 냠. 냠. 냠. 고양이가 생쥐의 살점을 뜯어먹을 때 이런 소리가 나겠지. 두 개의 발이 작고 연한 입으로 혓바닥을 놀려가며 뭔가를 먹고 있다. 뭔가를…… 뜯어먹고 있다.

'그냥 돌아서. 나가.'

지원은 자신에게 소리쳤다. 하지만 눈으로 확인하고 싶다는 욕구가 도망치라는 경고를 무시하고 손전등으로 상대방의 얼굴을 비추었다. 아이의 작은 얼굴이 검은 물 위로 달이 떠오르듯 동실 떠올랐다. 크르렁……. 아이의 목에서 그런 소리가 났다. 그녀를 노려보는 두 눈은 이글이글 타오르는 듯한 붉은 순막으로 뒤덮여 있었고 코밑은 시뻘건 피로 젖어 있었으며 턱 밑으로 끈적끈적한 피가 뚝, 뚝, 떨어지고 있었다. 사내아이인지 계집아이인지 분간할 수 없는 아이가 피로 물든 작은 이빨을 드러내며 크르릉 거렸다. 그녀는 토하고 싶었다. 뒤로 한 발짝 물러서는 순간, 공기를 찢어발기는 듯한 괴성을 지르며 아이가 달려들었다.

지하로 달려 내려온 그녀는 뒷문으로 들어와 문을 쾅 닫고 재빨리 잠금장치를 걸었다.

"원아. 엄마. 원아. 엄마."

냉장고에서 엄마의 목소리가 들려왔다. 엄마는 지원이 나간 뒤에도 계속 저러고 있었던 것일까. 마치 고장 난 앵무새 인형 같다. 지원은 휴대전화를 열고 119를 눌렀다. 받아. 받아. 제발. 받아. 신호음이 끊겼다. 그리고 남자의 목소리가 들려왔다.

"아까 전화했다가 끊었던 분이시죠?"

"네. 죄송합니다. 아까는……."

"그곳 위치가 어딥니까? 대체 어디서 전활 거는 거죠?"

"여긴 레드우드 빌리지 아파트예요."

"이런 맙소사. 아직 그곳에 있는 겁니까?"

"네?"

"거긴 벌써 끝났다고요!"

"끄, 끝나다니요?"

"사람들이 모두 다 대피했습니다. 남아 있는 사람이 없을 텐데?"

"자, 잠깐만요. 무슨 일이죠?"

"아니, 죽었다 살아났습니까? 뉴스도 안 보세요?"

"무슨 일이냐니까요!"

"일단 그 동네를 빠져나오세요. 그러면 알게 될 겁니다. 도움이 필요하시면……."

전화기 너머에서 경찰이 뭐라고 이야길 하고 있었지만 지원은 전화를 끊어버렸다. 왠지 아주 오랫동안 누르지 않았던 번호를, 지금, 바로 지금 누르고 싶다는 충동이 일었기 때문이었다. 아까 위층에서 그녀를 향해 이빨을 드러내고 달려들었던 아이의 후두

부를 쇠 봉으로 후려쳤었다. 거의 무의식적인 반사작용에 불과했지만 머리를 맞고 쓰러진 아인 다시 일어나 덤비지 못했다. 아이의 정체가 무엇인지 따위를 떠나 그런 식으로 아일 때리다니 양심의 가책이 느껴졌던 것이다. 아직도 아이의 후두부를 후려칠 때 났던 빠각, 하고 목뼈가 부러지는 소리가 귓전에서 웅웅 거려 그녀는 어깨를 떨며 진저리쳤다. 누가 우리 신애를 그렇게 때린다면……. 그녀는 보이지 않는 상대를 향해 빠드득 이를 갈며 신애의 휴대전화번호를 눌렀다. 신호음은 길게 늘어졌다. 신호가 가는 동안 수십 번은 그냥 끊고만 싶어 입술을 깨물며 참아야 했다.

'돈 십 원도 못 벌어오는 게 무슨 작가라고.'

'책 냈잖아. 그것도 장편으로.'

'팔린 게 200부가 고작인 장편? 너 그걸로 끝났잖아.'

'끝난 게 아니야. 난 아직도 쓰고 있다고. 이번엔 대박 날 거야.'

'관두고 착한 아내, 성실한 엄마 노릇이나 해!'

머릿속에서 전남편과의 대화가 뱅뱅 돌며 분노를 끌어냈다.

끊어버릴까. 끊어버릴까.

냉장고 속에서 엄마의 목소리가 다시 들려왔다.

"원아. 엄마. 원아. 엄마."

"엄마?"

혀 짧은 소리가 전화기 너머에서 들려왔다. 이혼과 동시에 남편에게 뺏겨버린 딸 아이였다. 순간, 가슴이 뭉클해지며 코끝이 시렸다.

"신애야!"

"엄마!"

"엄마 목소리 기억하는구나."

"엄마. 나 무서워."

7살짜리 딸아이가 전화기 너머에서 다짜고짜 울음을 터트렸다.

"왜 울어? 아빤?"

"아빠는 그저께 새엄마랑 나갔는데 아직 안 와. 집에는 아무도 없어. 순이가 날 물려고 해서……"

"순이가 누구야?"

"새엄마가 사준 강아진데 그게 날 물려고 해."

그러고 보니 전화기 너머로 개 짖는 소리가 요란하게 들려왔다.

"무서워."

"거기 어디야!"

"욕실."

"아빠한테 전화해서 얼른 오라고 해!"

"아빠도 엄마도 전화를 안 받아. 엄마 나 무서워 죽겠어."

"신애야. 어, 엄마가 지금 갈게."

그녀는 지키지도 못할 약속을 하고 말았다.

"신애. 거기 주소 아니?"

"모, 모르는데?"

"주소 같은 거 적혀 있는 거 찾을 수 있어?"

"모, 몰라. 여기서 못 나가. 무서워. 밖에 순이가 문을 긁어대."

'이런 멍청한 년.' 그녀는 자기 자신에게 욕지기를 퍼부었다. 주소 따윌 찾으라며 아이를 위험으로 몰아가는 생각 없는 엄마라니. 이러니 엄마자격이 있을 리가 없다. 남편에게 애를 뺏긴 것은 당연한 일이었다.

"걱정 마. 신애야. 엄마가 주소 찾아서 금방 갈게."

그녀는 일단 전화를 끊고 주소, 주소, 하며 거실을 서성였다.

새 여자의 집으로 이사 들어간다고 남편이 언뜻 말을 한 것 같다는 기억이 났다. 그녀는 국방색 배낭을 거꾸로 뒤집어 가방 안의 것을 모조리 쏟아냈다. 담배, 라이터, 볼펜, 수첩, 지갑, 구깃구깃해진 영수증들, 사탕 하나. 이쑤시개. 기리노 나쓰오의 소설책 한 권. 안경 통이 바닥으로 우르르 떨어져 내렸다. 그녀는 소설책을 집어 들고 책장을 좌르르 넘겼다. 그녀의 기억이 틀리지 않다면 책을 읽던 중 남편의 전화를 받아서 건성으로 통화하면서 낙서를 했던 기억이 났다. 책갈피 사이에 수첩에서 찢어낸 종이 한 장이 끼워져 있었다. 부산 남산동. 3층 집. 넓은 정원. 부잣집이라고 휘갈겨 적혀 있었고 중간 중간에 이빨을 드러낸 사람 얼굴이 낙서되어 있었다. 남편의 새 여자를 저주하며 얼굴을 그리고 낙서를 했던 기억이 났다. 그녀는 다시 신애의 번호를 눌렀다. 신호가 몇 번 가지 않아 신애가 전화를 받았다.

"엄마가 주소 찾았어. 지금 갈게! 거기서 나오지 말고 기다려 알았지?"

"언제 올 건데?"

액정화면 위로 배터리가 부족하다는 표시가 깜빡였다.

"엄마가 여기서 부산 쪽 경찰서에 전활 걸 거야. 그러면 경찰 아저씨들이 신애를 구해주러 금방 갈 거야. 알았지?"

"네. 엄마도 빨리 오세요."

그녀는 전화를 끊고 119로 다시 전화를 걸었다. 저쪽에서 전화를 받는 순간이었다. 깜빡이던 휴대전화가 딱 끊겨버렸다. 정전 때문에 충전기를 사용할 수도 없는 상황이다. 그녀의 머리가 빠르게 회전했다.

"공중전화!"

지원은 자지러지게 비명을 지르며 허겁지겁 쏟아낸 물건들을 배낭에 다시 집어넣고는 가슴 위로 끈이 가로지르도록 배낭을 메고 현관문을 벌컥 열었다. 이 동네에 단 하나 남아 있는 빨간색 공중전화. 밤의 산책길 때마다 지나치며 보아둔 그곳. 현관을 나서던 그녀는 기겁을 하고 멈춰 섰다. 그들이 길을 가로막고 있었다.

열 명도 넘는 사람들이 머리 위로 주룩 주룩 비를 맞으며 맹한 얼굴로 그녀를 바라보고 서 있었다. 고개를 갸웃거리며 사람을 뚫어져라 보는 얼굴들이라니. 식칼을 들고 더러운 앞치마를 두른 남자를 선두로, 아주 가끔 마주치곤 했던 아파트의 노인들과 임산부와 아줌마, 아저씨들이, 싱크대가 고장 났을 때나 변기 물이 내려가지 않았을 때 찾아와 고쳐주곤 했던 아파트 관리인들과 매일 같은 시각, 아파트 우편함에 고지서를 넣어두곤 하던 우체국 직원의 얼굴이, 그녀가 때려죽였다고 생각했던 아이도 그들 속에 있었다. 두려움에 떨며 그들을 바라보는 그녀를, 그들은 묵묵히 노려보았다. 사람들의 매무새는 엉망이었다. 머리는 산발이었고 입 근처엔 시커멓게 말라 붙은 핏자국으로 벌겋게 물들어 있었으며 피부는 거무튀튀한 색이었지만 눈빛만은 선홍빛이었다. 어떤 이들은 목이 물린 채로, 어떤 이들은 팔이, 어깨가, 눈두덩이, 볼이, 물어뜯기거나 그 부위의 살점이 찢겨져 나간 채로 시체처럼 서 있었다. 묘한 열기가 그들 사이를 맴돌았다.

지원이 뒷걸음질치자 그들은 앞으로 다가왔다. 문득 등 뒤로 현관문 손잡이가 와 닿았다. 등 뒤에서 현관문이 털썩 거렸다. 엄마가 냉장고에서 빠져나온 것이다. 지원은 옆으로 몸을 비켜 문에서 멀어지며 빠져나갈 궁리를 했다. 차 세워둔 곳까지만 가면 도망칠 수 있다.

문이 벌컥 열렸다. 엄마가 지원을 향해 두 팔을 내밀고 저벅 저벅 걸어 나왔다.

"원아. 엄마."

그렇게 중얼거리던 엄마는 벼락처럼 몸을 던져 지원의 어깨와 머리채를 와락 움켜잡았다. 지원은 더러운 벌레를 털어내듯 두 팔을 허우적대며 엄마의 팔을 쳐내려 했지만 불가항력적인 힘이었다. 엄마는 마침내 입을 크게 벌리고는 이웃집 여자의 목덜미를 물었던 것처럼 딸의 목덜미를 향해 얼굴을 갖다 댔다. 보드라운 살가죽을 물려던 순간, 엄마는 움찔 몸을 굳히며 고개를 치켜들었다.

'엄마. 미안해.'

지원은 온 힘을 다해 꽉 쥐고 있던 것을 놓았다. 엄마가 상체를 빳빳하게 추켜세웠고 멍한 얼굴로 딸을 보았다. 두려움과 슬픔과 애통함이 뒤범벅이 되어 울음소리도 신음소리도 아닌 어떤 소리가 되어 지원의 입 밖으로 새어나왔다.

'엄마. 정말 미안.'

연필이 엄마의 목 한가운데를 관통했다. 노란색 몸통에 흰색 지우개가 달린 연필은 대충 틀어 올린 지원의 머리에 비녀 대신으로 꽂혀 있었던 것이었다. 엄마가 숨을 쉴 때마다 목에 꽂힌 연필이 오르락내리락 거렸다. 그럼에도 불구하고 엄마의 눈은 고통

따위는 느끼지 못하는 듯 변함없는 선홍빛이었다.

'우리 지원인 이제 다 컸는데도 살에서 베이비파우더 냄새가 나.'

'내 몸에선 엄마 살 냄새가 나는데?'

'엄마 살 냄새?'

'응. 달걀노른자 냄새, 치약 냄새. 파마약 냄새. 날 안아줄 때마다 엄마 냄새가 내 살에 베나 봐.'

이 와중에 언제였는지도 기억나지 않는 어린시절의 대화 한토막이 불쑥 떠올랐다.

'뛰어!'

마음속에서 사이렌이 울리며 뭉클뭉클 떠오르던 달콤한 추억을 싹 지워버렸다.

지원은 자동차 열쇠를 꼭 쥔 채 주차장을 향해 달렸다. 달리는 그녀의 뒤를 그들은 어기적어기적 따라오고 있었다. 엉성한 걸음이었지만 맹목적인 것이 다 그러하듯 엉성한 걸음에 비교도 안 될 만큼 빨랐다. 지원이 차 문을 열고 운전석 문을 꽝 닫는 순간, 그들은 몸을 날려 왔다. 엄마는 목에 연필을 꽂은 채로 운전석 창문을 손바닥으로 꽝, 꽝 쳤고 정육점 남자는 섬뜩한 칼로 조수석의 유리창을 후려쳐댔고, 아파트 관리인 유니폼을 입은 남자들은 커다란 렌치를 치켜들고 보닛으로 기어 올라왔다. 그녀는 시동을 걸고 후진 기어를 넣은 다음, 가속 페달을 세게 밟았다. 차가 부르릉 소리를 냄과 동시에 발통이 미끄러지며 요란한 소리를 냈다. 차가 후진하자 후미로 달려들던 놈들이 속속히 떨어져 나갔고 운전석에 악착같이 매달렸던 엄마도 차에서 떨어져 나가 바닥을 뒹굴었다.

아파트 입구를 빠져나오며 흘끗 사이드 미러를 보았다. 한 무리가 되어 어기적어기적 걸어오는 그들의 모습 속으로 엄마의 모습이 도드라져 보였다. 지원의 차바퀴가 타고 넘은 엄마의 한쪽 다리가 비정상적으로 꺾여 있었다.

지원은 시동을 걸어 놓은 채로 공중전화에 동전을 넣고 119 다이얼을 돌렸다. 하지만 쉽게 연결되리라고 생각했던 통화는 끝내 불통이었다. 수화기를 내려놓으려 할 때였다. 벽에 그림자가 비쳤다. 그녀의 등 뒤에서 무엇인가가 스윽 일어서고 있었다. 그녀는 몸을 홱 틀면서 다짜고짜 수화기로 얼굴을 후려치고는 차로 뛰어들었다. 등 뒤로 소리 없이 다가오는 것들은 확인할 필요조차 없는 적일뿐이다. 언젠가 봐두었던 가장 가까운 경찰서를 향해 거칠게 차를 몰았다.

현실은 레드우드 빌리지를 벗어나 도심으로 접어들면서부터 확연히 드러났다. 한낮의 도심을 질주하는 차는 지원의 차뿐이었고 곳곳에서 차들은 전복되거나 부서져 있었다. 가게는 시꺼멓게 불에 타 있었고 내장이 드러나고 살점이 뜯겨나간 시체들이 군데군데 누워 있었다. 지원은 종말 같은 풍경을 목격하면서 가슴 한구석으로 분노가 치밀었다.

'어떻게 이렇게 되도록 까지 내겐 전화 한 통 해준 사람이 없었을까!'

이 나이가 될 때까지 죽어도 무덤에 찾아 올 인간 하나 만들어 놓지 못했다니. 인생을 잘못 살았다. 거짓웃음, 체면치례, 아부와 인간관계의 갈등과 맞부딪쳐 싸울 생각보다는 무조건 피하고만 살아왔다. 싫고 불편하면 도망쳤고 제 취향이 아닌 것은 절대로 발을 들여놓지 않았다. 사람을 사귄다는 것은 즐거운 일이 아니라 삶을 불편하고 복잡하게 만드는 쓸데없는 짓이었다. 지원은 자타가 공인하는 사회 부적응자였다.

다른 사람들은 어떻게 되었을까, 모두 그들처럼 괴물로 변해버렸을까. 그렇다면 남편도? 신애의 새엄마도?

경찰서 건물이 가까워지자 지원은 경악하며 차 속도를 줄였다. 마치 사람의 시체를 뒤덮은 까마귀 떼처럼 여기저기에 산송장들이 퍼지고 앉아 사람들을 뜯어먹고 있었다. 어깨로부터 뽑아낸 팔 하나를 들고 닭다리 뜯듯 뜯어먹고 있는 놈, 찢어진 뱃가죽에 손을 집어넣고는 내장을 줄줄 빼 입 안으로 마구 쑤셔 넣는 놈. 종말로 보이는 풍경 위로 잿빛 비가 주룩주룩 내리고 있었다.

놈들 중 하나가 번쩍 고개를 치켜들고는 이쪽을 노려보더니 크르르 하고 짐승 같은 인후음을 냈다. 그러자 열심히 고깃덩이를 뜯어 먹는 데만 열중하던 그들이 모두 고개를 치켜들었다.

가속 페달을 꾹 밟으려던 지원의 눈앞으로 길바닥에 떨어져 있는 휴대폰이 들어왔다. 놈들로부터 쫓기던 누군가가 떨어뜨린 것인지 휴대폰은 멀쩡해 보였다. 휴대폰은 놈들과 그녀의 차 중간에 놓여 있었다. 산송장들이 벌떡 벌떡 일어나 먹잇감들로부터 떨어져 나왔다.

지원은 가속 페달을 세게 밟으며 운전대를 꺾었다. 끼이익. 타이어를 긁으며 휴대폰 앞에서 차를 멈추고 운전석 문을 벌컥 열었다. 놈들과 휴대폰 사이를 가로막은 차를 향해 놈들이 달려들었다. 휴대폰을 잽싸게 손에 넣은 지원은 운전석 문을 꽝 닫았다. 그러나 한 놈의 손이 더 빨랐다. 차 보닛을 돌아온 경찰 제복을 입은 놈은 한 손으로는 차문의 모서리를 움켜잡고 다른 한 손은 차 안으로 밀어 넣어 지원의 머리채를 움켜잡고 당겼다. 놈들이 보닛 위로 기어올랐고 조수석 유리창을 머리로 꽝꽝 들이박았다. 조수석 유리창이 와장창 박살이 났다. 무수한 손들이 지원의 목을 잡으려 쏟아져 들어왔다. 경찰이 무시무시한 힘으로 운전석 문을 뜯어내고는 지원의 목을 움켜잡았다. 지원은 경찰의 손에 질질 끌려나왔다.

산송장들이 지원을 먹기 위해 득달같이 몰려들었다. 순간 탕! 소리가 나더니 경찰 복장의 좀비 얼굴이 박살났다. 미지근한 피와 살점이 지원의 얼굴로 와락 달려들었다. 발작에 가까운 비명을 지르는 지원 앞에서 또 다른 산송장들의 머리통이 박살났다.

"정신 차리고 차를 이쪽으로 몰아와요!"

굵직한 남자의 목소리가 났다. 피로 얼룩진 흰색 셔츠를 입고 팔뚝까지 소매를 걷어 올린 잘생긴 남자가 경찰서 입구 쪽, 모래주머니를 쌓아 놓은 곳에 서서 연신 총을 쏘아대고 있었다.

"어서!"

무슨 정신으로 차에 올랐는지 기억도 나지 않았다. 지원은 차를 홱 돌려 진격했다. 운전석 앞으로 허수아비 쓰러지듯 놈들의 몸이 홱홱 튕겨나갔다. 한 놈씩 들이박을 때 마다 지원은 소리쳤다.

"죽어! 죽어! 죽어!"

"어서 타요!"

남자의 앞으로 차를 대며 소리를 질렀다.

"출발!"

총알주머니를 가슴에 두른 남자가 조수석에 올라앉으며 소리쳤다. 지원은 가속 페달을 힘껏 밟았다. 살육의 도시가 멀어지고 있었다.

"에이. 개 좀비 새끼들!"

지원은 투덜거리는 남자를 흘끗 돌아보며 주운 휴대전화로 신애에게 전화했다.

"아빠 왔어?"

"아니. 아빤 내가 싫어서 새 엄마랑 도망쳤나봐. 엄마 나 배고파."

"순이는 아직 밖에서 짖고 있어?"

"응."

"배고파도 2시간만 참아. 엄마가 2시간 안에 도착할 거야. 아니, 이제 1시간45분이면 도착하겠다."

"엄마, 올 때 양념치킨 사와. 나 지금 그게 무지 먹고 싶어."

신애의 어이없음에 그녀는 허탈하게 웃었다.

"그래. 양념통닭 사갈게. 그럼 그때까지 꼭 거기 있는 거다."

"응."

"양념통닭?"

전화를 끊자 옆자리의 남자가 피식 웃었다. 하얗고 고른 치아가 드러나는 싫지 않은 웃음이었다. 그녀는 이혼하지 않았다면 이런 위기에 어떻게 되었을지 잠깐 생각했다. 세상에 종말이 와도 가족이 함께라면 두려울 것도 안타까울 것도 없을 것 같았다. 이혼하지 않았다면 지금 신애가 자신과 함께 있지 욕실 같은 곳에 숨어 있진 않았을 것이다.

"무슨 생각합니까?"

"네?"

짧은 스포츠형 머리를 하고 있는 남자는 온 몸이 비에 흠뻑 젖어 있었다.

"춥겠네요. 히터 틀까요?"

"아니에요. 기름을 아껴야 합니다."

남자는 어깨를 떨며 진저리를 쳤다.

"규라고 합니다."

"한지원입니다."

"어떻게 지금까지 감염되지 않고 살아남았어요?"

"사회부적응자라 세상이 이렇게 되는 것도 모르고 방콕하고 살았어요."

"큭. 사회부적응자요?"

규라는 남자가 또 웃었다.

"지금 어디로 가는 겁니까?"

"딸애가 혼자 갇혀 있데요. 부산으로 갑니다. 어디에 내려줄까요?"

"부산은 이미 상황 끝났는데. 좀비들 천지에요."

"그래도 상관없어요."

신애를 품에 안을 수 있다면, 제 품에서 안도하는 신애를 볼 수 있다면 불구덩이 인들 뛰어들지 못할까. 규는 잠시 생각하는 듯하더니 다시 말했다.

"핸드폰 그거 돌려주세요."

"네?"

"제가 떨어트린 겁니다."

규가 피식 웃으며 손을 내밀었다. 지원은 말없이 휴대폰을 건넸다.

"나중에 몇 번 더 사용하게 해주세요."

"잠시 실례."

규는 고개를 끄덕여 보인다음 어디론가 전화를 했다.

"아이가 있다는 주소가 어디죠?"

규의 갑작스런 질문에 지원은 의아한 표정으로 돌아보았다.

"차를 태워주셨으니 밥값은 해야지요. 제 친구 중에 쓸 만한 놈들이 전국적으로 꽤 있어요. 네트워크를 작동시키면 부산 쪽에도 있을 겁니다."

"아! 그렇군요."

지원은 밑져야 본전이라는 생각으로 주소를 알려주었다.

'네트워크라……. 사람과 사람들의 연으로 이어진 거미줄.'

"친구들이 많은가 봐요? 좋겠어요."

"이래봬도 제 별명이 마당발이에요. 이런 저를 부러운 눈으로 돌아보는 지원 씬?"

지원은 대답대신 씁쓸하게 웃었다.

"아. 사회부적응자라고 했죠? 저도 한때는 그랬는데……. 결국 인간은 인간끼리 구원하기도 하고 서로 망치기도 하죠. 저도 그들 중 하나고, 저 역시 타인에게 상처를 줄 수 있다는 걸 깨닫고는 마음을 열었죠."

그의 말에 마음 한구석이 찔렸다. 하지만 상처받는 것도 주는 것도 싫다.

"아니, 이기심을 버린 건가. 여하튼……. 어. 나다. 부산 쪽에 애 하나 구해올 녀석 있는지 알아봐줘. 주소가……."

규는 주소를 불러주고 전화를 끊었다.

"인간은 결코 혼자서는 살 수 없어요. 하다못해 좀비들도 인간이었을 적의 버릇을 버리지 못하고 집단을 이루어 움직이는 것처럼. 소속감이 있어야 살아요."

그걸 누가 모르나. 이 남자 안면 트면 잔소리 꽤나 할 것 같다. 거리감을 두는 것이 좋겠다고 생각하며 직업이 뭔지 물었다.

"원래 직업은 평범한 샐러리맨이었는데 세상이 뒤바뀌니 제 직업도 바뀌어 버렸네요."

그때 규의 전화가 울렸다. 규는 한쪽 눈을 찡긋해 보이곤 전화를 받았다. 바람둥이.

"응. 그쪽에 누구? 아, 종철이? 빙고. 저기 아이 이름이 뭐예요?"

"시, 신애. 7살."

"신애. 7살. 욕실에 갇혀 있나 봐. 그 집 개가 감염됐나봐. 개 이름은 순이래."

언뜻 한 번 말한 개 이름을 기억하고 있다니, 지원은 규라는 남자의 얼굴을 관심을 가지고 흘끗 쳐다보았다.

"알았어. 애 구하고 나면 곧바로 전화 때려. 그쪽으로 지금 가고 있으니까."

지원은 이상하게도 몸이 뜨겁고 눈까풀이 무겁게 내려오는 것 같아 자신의 얼굴을 쓸어내렸다. 그때 연료부족을 알리는 신호가 마치 먼 곳의 소리처럼 아득하게 들려왔다. 규가 그녀를 빤히 쳐다보며 뭐라고 말하는데 잘 들리지 않았다.

"여기, 주유소가……."

지원의 목소리가 고장 난 녹음기처럼 늘어졌지만 자신은 깨닫지 못했다. 지원은 두 눈을 까뒤집으며 운전대에 얼굴을 처박았다.

뿌연 의식 속으로 폭죽 터지는 소리가 들려왔다. 아주 먼 바다에서 들려오는 듯 희미한 소리. 짙은 안개가 낀 듯 축축하고 추운 곳에 누워 있는 것만 같았다. 아니, 추운 것은 날씨가 아니라 자신의 몸임을 지원은 겨우 깨달았다. 누군가 제 몸의 근육을 찢어발기는 듯 고통스러웠다. 의식이 들기 시작하자 폭죽 소리는 점차 가깝게 들려왔다. 땅. 땅. 땅……. 그리고 정체불명의 뜨거운 열기가 바로 옆에서 느껴졌다.

"대체 왜 이러는 거야!"

"쏘지 마. 쏘기만 해 봐!"

싸우고 있는 목소리는 남자와 여자다. 여자는 처음 듣는 목소리였지만 적의로 넘치는 앙칼스러운 목소리였고 여자의 살에선 담배와 술 냄새, 그리고 탄약 냄새와 콘돔 냄새가 났다. 그리고 남자의 목소리는 바로 규였다. 둘 다 서로를 향해 날카로운 감정을 내뿜으며 으르렁대고 있다.

그녀는 냄새에 이상하게 민감해진 자신에게 당혹해하며 눈을 떴다. 게슴츠레하게 열린 눈앞으로 총질을 해대는 낯선 남자의 등이 보였다. 폭죽이라 생각했던 것은 총소리였다. 그녀는 정신을 가다듬으며 자신이 처해 있는 상황을 파악하려 애썼다. 그들이 있는 곳은 어느 빈 건물 안이었고 지원의 차는 보이지 않았다. 건물 밖은 좀비들이 꾸역꾸역 몰려들고 있었다. 지원은 '산송장'이라고 말했는데 규는 '좀비'라고 말했던 기억이 난다. 멍하던 지원의 눈에 순간적으로 당혹감이 일었다. 시커먼 총구가 자신의 이마 앞에 있음을 뒤늦게 알아차린 것이었다. 총구를 들이대고 있는 것은 콘돔 냄새가 살결에 베어 있는 낯선 여자.

"괜찮아요? 정신이 들어?"

규가 여자의 권총을 밀쳐내곤 지원의 얼굴 앞으로 얼굴을 들이밀었다. 지금의 상황이 전혀 이해되지 않아 지원은 멍한 얼굴로 눈을 떴다 감았다.

"대체 언제 물린 거야! 제길."

"무, 물리다니……"

"당신 감염됐어. 조만간 좀비로 변할 거야. 시간이 얼마 남지 않았어."

규가 말했다.

감염이라니. 영화 속에서나 보던 좀비라는 말도 생소한데, 감염이라니. 그녀는 본능적으로 자신의 허벅지를 내려다보았다. 청바지 위로 피가 스며 올라 있었다. 자신이 찌른 연필에 목을 관통당한 엄마의 모습이 떠올랐다. 이제 생각해 보니 엄마와의 다정했던 어린 시절을 회상하고 있는 동안 엄마가 허벅지를 물었던 것 같았다. 끔찍한 통증에 머리는 '뛰어!'라고 외쳤고 순간 엄마의 턱을 무릎으로 쳐 올리곤 미친 듯이 도망쳤던 것 같다.

"변한다고……? 저들처럼……?"

지원이 혼잣말을 중얼거리자 권총을 든 여자가 지원을 노려보았다.

"미안하지만 우리한테도 룰이 있어. 물린 사람은 친구라고 해도 그 자리에서 머리를 쏴 죽여 버리지 않으면 우리가 당해. 지금은 살기 위해 타인을 죽여야 하는 종말의 시대라 너 하나쯤 죽여 버린다고 해도 상관없어."

'하.' 하고 지원은 속으로 웃었다. 우리가 여태 살아온 시간들 역시 살기 위해 타인을 죽여야 했던 시대가 아니었던가. 겉으로 드러난 상황이 다를 뿐 지금과 그때가 어떻게 다른지도 모르겠다. 종말이라니, 종말 따윈 없어. 단지 새로운 시대가 도래 하고 있을 뿐이야.

"변할 때 쏴도 늦지 않아. 그땐 내 손으로 쏠 거야."

규가 얼굴을 돌리며 말했다.

"규, 네 그 약한 마음 때문에 장 선배가 당한 걸 벌써 잊었어?"

"그만 해둬."

등을 돌리고 총을 쏘던 남자가 여자를 돌아보며 한 마디 거들었다. 그러자 여자는 "씨발." 하고 들릴 듯 말 듯 욕을 하고는 권총을 거두고 뒤로 물러났다.

"시, 신애는……."

"아인, 우리 쪽 사람이 무사히 구해냈데요. 걱정 마세요."

지원은 눈을 감았다. 그러자 또다시 냄새들이 몰려왔다. 규의 살에서 지원의 냄새가 났다. 싸구려 인스턴트 커피 냄새와 마른 종이 냄새, 따뜻한 전기 냄새, 비릿한 쇠 냄새, 로션 냄새, 간장과

배 즙을 넣어 볶은 불고기 냄새, 스티로폼, 컵라면, 나무젓가락, 고추장, 멸치, 치약, 또 다른 남자의 피 냄새, 양파로 만든 과자, 김치, 사탕, 아스피린…….

규의 살에는 지원을 비롯해 규가 접촉한 사람들의 살 냄새가 났다. 그 냄새들 속에서 지원은 사람들의 행동패턴을 고스란히 유추해 낼 수 있었다.

냄새에 후각을 맡기고 있자니 금방 허기가 졌다. 생살을 씹고 싶은 미칠 것만 같은 욕망과 인간이 인간의 살을 물어뜯는다는 것은 있을 수 없다는 도덕성이 지원의 머릿속에서 싸워댔다. 눈을 감고 사지를 늘어뜨린 채 벽에 기대 있는 지원의 입에서 침이 질질 흘러내렸다. 규에게 침 흘리는 더러운 모습을 보이고 싶지 않았다. 하지만 그런 생각도 점차 옅어져갔다. 이젠 방금 무슨 생각을 했는지도 기억이 나지 않는다. 옆에서 좀비들을 향해 총을 쏘며 욕지기를 퍼부어대는 남자가 그녀에게 조금의 자비를 베풀려했던 규라는 남자라는 사실도 점차 잊히고 있었다. 오로지 생살을 이빨로 물어뜯어 질겅질겅 씹어대는 제 모습만이 보였다. 입안에서 군침이 돌았다. 배가 고파 뒈지겠다.

"지금 떠나야 해. 총알이 다 떨어져가고 있어. 더 이상 지체하다간 다 죽어."

낯선 남자가 초조한 표정으로 일어나 규의 어깨에 손을 올렸다. 낯선 남자의 살에선 화염이 치솟는 드럼통과 꼬챙이가 끼워진 채 지글지글 굽히는 까마귀 고기가 보였다. 이제 냄새는 냄새로 그치지 않고 냄새를 선명하게 보여줬다.

뒤로 물러났던 여자가 권총 한 자루를 지원의 손에 쥐어주었다.

"한 발이야. 당신을 데리고 떠날 순 없어. 알아서 해. 나라면 짐승처럼 사람의 생살이나 뜯어먹고 사는 좀비로 변하기 전에 자살하겠어."

지원은 끝까지 눈을 뜨지 않았다. 눈을 뜨는 순간, 저들이 쏠 것만 같아서였다. 동공 위에 엷은 순막 같은 것이 생겨난 것 같았다. 마치 렌즈를 꼈을 때 느껴지던 이질감과 비슷한 기분. 그 순막이 열을 발산했다. 전 남편과 치열하게 싸워대던 순간이랑 비슷했다. 살의를 품거나 적개심으로 분노할 때면 느껴지던 그런 열기였다. 그리고 이젠, 그 이질감조차도 느껴지지 않는다. 지원은 자신이 이미 변했다는 것을 깨달았다.

지원은 눈을 감은 채 그들의 발소리가 멀어지는 모습을 머릿속으로 그렸다. 발소리 하나가 잠시 멈춰 서서 이쪽을 돌아보는 것 같았다. 지원은 멈춰 선 사람이 규라는 것을 본능적으로 알아차렸다.

"알아들을 수 있을지 모르겠지만 아인, 걱정 마세요. 우리가 잘 키울 테니까요."

뭐라고 말한 남자는 다시 발걸음을 떼어놓았다. 지금이라도 번쩍 눈을 뜨고 일어나 순식간에 그들의 목덜미를 물고 생살을 뜯어먹고 싶어 미칠 것만 같았다.

그런데 방금 말한 놈의 이름이……. 뭐였더라. 이름이라는 것이 있었던 것 같은데. 기억나지 않는다. 대신 뭔가를 기억하려 애를 쓰자 머릿속으로 '신애, 엄마. 신애, 엄마. 신애, 엄마'라는 말만 끊임없이 들끓었다.

크르렁……. 지원의 목구멍에서 이상한 소리가 났다.

크르렁……. 아랫배에 힘을 주고 소리를 내려할 때마다 그런 소리가 났다.

크르렁……. 어쩐지 이 소리가 좋아진다. 소리를 낼 때마다 자신이 강해진 느낌이 들고 친구들이 몰려올 것만 같았다. 계산하지 않고, 배신하지 않는, 배고픔을 채우겠다는 맹목성만을 가진 친구들이.

인간이었을 적의 기억이 사라지고 현재의 본능만이 지배하자 얼굴 근육도 급속도로 달라졌다. 양미간이 중앙으로 모여들고 입술은 잇몸 위로 말려 올라간다. 눈은 움푹 들어가고 얼굴에서 표정이 사라졌다. 표정이 사라지자 이상하리만큼 편안해진다.

지원은 자신의 손에 들려 있는 권총을 보며 고개를 갸우뚱거렸다. 대체 이것이 무엇일까. 권총을 이빨로 물어보다가 집어던지곤 일어섰다. 다리는 후들후들 떨려왔지만 견딜 만했다. 한 발작 앞으로 내딛자 온 몸의 관절이 경련했다. 천천히 걷는 동안 뒤뚱거리며 걷는 것도 익숙해져갔다.

신…… 애. 크르렁. 엄…… 마. 크르렁. 신애. 크르렁. 엄마…….

머릿속으로 떠오른 단어를 목구멍으로 내뱉을 때마다 크르렁 소리가 따라붙었다. 신애와 엄마라는 그 단조롭고 슬픈 단어는 지원에게 남은 마지막 기억이었다.

신애라고 발음하자 보드라운 아이의 살결을 어루만지는 것 같은 기분이 들었다.

보드라운 아이의 살결이 냄새를 풍겼다.

전 남편의 키스와 달콤한 사탕 맛이,

기저귀 냄새와 비누 냄새. 그리고 베이비파우더 냄새가,

추억이라는 추상적인 그리움 속에 고스란히 깃들어 있었다.

그것은 몹시도 그리운 살 냄새였다.

냄새를 뿌리며 바람을 타고 아이가 달리고 있다.

펄럭이는 계집아이의 치맛자락 아래로 연하고 연한 내장과 피와, 살 냄새가 풍긴다.

수초처럼 일렁이는 아이의 짙은 머리카락이 넘실넘실 육즙을 흘린다.

심장이 벌컥거리기 시작했다.

어서, 어서 빨리 그 생살을 한 입 가득 베어물어봤으면…….

지원은 아이의 살 냄새를 쫓아 잿빛 도시를 걷기 시작했다. 문득 등 뒤에서 비바람이 불어왔다. 어디선가 날아온 총알 하나가 그녀의 머리통을 날려버렸다.

| ZA 문학 공모전 수상작 |

도도 사피엔스

안치우

나 질병본부 백신 팀에 소속된 박사야!

치료제 만들려면 감염자들이 필요하다고.

당신들이 실험 대상 돼줄 거 아니면 감염자들 잘 모셔!

매일 아침 세면대 거울에서 마주치는 내 얼굴보다 부검대에 누운 변사체가 더 친숙해져버렸다. 심지어 내가 저들을 해부하는 것인지 저들이 날 해부하는 것인지 물아일체의 경지마저 느끼곤 한다. 여기 실려 오는 사체들은 똑같은 화두를 던져주고 떠난다. 인생은 한낱 미망이라는 깨달음을 모든 사체들이 유언으로 남긴다. 일순간에 무너질 줄도 모른 채 만세동락을 꿈꾸는 미욱한 존재가 인간임을 증명해준다. 진수성찬을 즐기다 급사하는 사람이 있는가 하면, 신혼 여행길에 유명을 달리하거나 적금 만기일을 며칠 앞두고 횡사하기도 한다. 심지어 법의관을 아비로 둔 어린아이가 변사체로 실려 온 경우도 있었다. 인간의 삶이 한순간에 반전된다는 개념은 철학자의 허세가 아니라 현실인 것이다. 삶이란 건 참으로 하찮게 꺾이는구나, 오늘도 쓴웃음을 삼키며 메스를 든다.

"과장님, 준비됐습니다."

허공 어딘가에 시선을 묻고 있던 나를 검시관이 재촉하는 말투로 불렀다. 법의관 수가 태부족인데다 워낙 일거리가 밀려있다 보니 잠시 상념에 빠지는 것조차 사치처럼 느껴지는 곳이다. 서울 본소에 비해 범죄적으로 한결 평화로워 보이는 강원지역이지만 변사체들이 침묵으로 내지르는 통곡은 여전히 무겁게 웡웡거린다.

부검실 안으로 들어섰다. 사체에 함께 딸려온 보고서를 먼저 훑었다. 치양산 숲속 계곡에서 발견됐다고 적혀있다. 이미 유류품과 신분증을 통해 실종 신고 됐던 인물로 밝혀졌다. 사라진 애완견을 찾으러 간다고 떠난 게 마지막이었다고 한다. 치양산 산장에서 일했던 42세 남자인데, 문제는 타살 여부였다.

사체 속에서 몇 가지 이상한 점들이 눈에 띄었다. 피부 거죽에 비해 내부 장기가 급속도로 부패된 상태였다. 시반과 강직 상태로 보아, 사망 시각은 십여 시간 전으로 추정되지만 부패 속도는 훨씬 늦춰졌을 것이다. 발견 장소가 산속 굴의 암석 바닥인 데다가 장대비라는 궂은 날씨까지 더해지면서 부패를 지연시킬 만한 변수가 많았다. 문제는 이런 변수가 내부 장기에는 전혀 작용하지 않았다는 점이다. 질병이 있을 경우 내장의 부패 속도가 빨라진다는 점을 감안하더라도 겉과 속이 이렇게 차이가 난다는 것은 기이한 일이다. 숨이 끊어지기도 전에 장기가 먼저 부패되기라도 한 것처럼 말이다.

경계를 허물고 서로 혼합돼 버린 장기들 틈에서 유독 시선을 끄는 부위가 보였다. 흉골 아랫부분이었다. 좌측 폐와 우측 폐 사이가 이지러진 채 피떡으로 심하게 엉겨 붙어 있었다. 보조하던 병리사가 흠칫 물러서며 '결핵'이란 말을 웅얼거렸다. 결핵균은 공기를 통해 전염되기 때문에 폐결핵 환자를 부검할 때는 몇 배로 긴장하게 된다. 하지만 그동안 봐온 결핵 사체들 상태와는 달랐다. 더구나 고인은 산장에서 일하던 정력 넘치는 사내였는데 본인이 자각하지 못한 채 중증 폐병을 앓았다는 건 말이 안 된다.

직접사인은 패혈성 쇼크로 나왔다. 타살은 아니지만 쇼크사에 이르는 과정이 석연찮았다. 애초에 타살 여부만 가리려는 의례적인 조사라 담당 형사는 내 부연 설명을 귀담아 듣지 않았다. 사실 가장 이상한 점은 냄새였다. 사체 썩은 내는 넘치게 맡아봤지만 이번처럼 독특한 적은 없었다. 특히 피떡이 엉킨 폐 부위에서 심했는데, 통상적인 악취 외에도 설명하기 힘든 야릇한 구린내가 묻어나왔다. 안심하며 떠나는 형사를 보면서 찜찜한 기분이 들었다.

다이옥신 중독으로 사망한 농부를 끝으로 일정을 마쳤다. 부검 감정서만 작성하고 바로 일어섰다. 깜깜소식이던 영무한테서 연락이 왔는데도 오늘에서야 짬이 났다. 영무는 대학 시절 사진 동아리에서 만난 친구다. 몇 년 전에 박물관 학예연구원직을 접고 고향인 춘천으로 내려가 작은 화랑을 차렸다.

명절 귀경길처럼 차들이 굼뜨게 움직였다. 기름유출 사건 때문에 방제팀이 몰려들었다는 소식은 전해 들었다. 인근 공장의 보일러 탱크가 파열되면서 기름이 그대로 개천으로 흘러들어갔다고 한다. 하지만 방송사는 지방의 한 동네가 겪은 재난에는 관심이 없었다. 서울 전역에, 심지어 상수원에까지 퍼지고 있는 녹조 현상에 대한 뉴스만 흘러나왔다. 상수원에 문제가 일어난 곳은 한국만이 아니었다. 다른 나라들도 상수도에서 약물이 과다 검출되면서 비상이 걸렸다. 오랜 세월 생활쓰레기로 버려진 각종 알약들이 축적되다가 임계점에 다다른 것이다. 국내건 외국이건 식수 오염 소식으로 미디어가 들끓었다. 전 세계인들이 애용하다 버린 각종 의약품들이 산천초목을 오염시키더니 이제는 버린 자들에게 되돌아올 모양이다. 별의별 약물이 뒤섞여서 생기는 이른바 칵테일 효과가 가져올 재앙에 대해 지구촌 언론은 끊임없이 떠들어댔다.

하천과 맞닿은 도로로 들어섰다. 많은 운전자들이 자가용을 버려둔 채 냇가 쪽 갈대숲을 내려다보고 있었다. 사진을 찍거나 심란한 표정으로 수군대는 사람들로 갓길이 북적였다. 차를 멈춰 세우고 그쪽으로 걸어갔다. 빼곡히 늘어선 행렬 너머로 검은 덩어리가 뭉텅뭉텅 고여 있는 광경이 얼비쳤다. 악취를 품은 기름띠가 하천을 잠식하는 중이었다. 하지만 사람들의 시선이 쏠린 곳은 오염된 물길이 아니었다. 철을 앞질러 날아 온 백로 한 쌍이 기름얼룩을 짐처럼 짊어진 채 수풀 속에서 비틀거리고 있었다. 기름때가 깃털에 스며들면 비행 능력까지 망가지고 만다. 저 녀석들은 더는 날지 못할 것이다. 자기들이 왜 갑자기 날아다니는 자유를 빼앗긴 것인지 까닭 모를 절망 속에서 죽어갈 뿐이다.

춘천 시내 번화가 골목길로 접어들자 영무네 화랑 간판이 보였다. 3층 난간에 매달린 홍보용 깃발이 시선을 끌었다. '김민해의 설치미술전.' 김민해는 영무를 통해 알게 된 설치미술가인데 본업인 화가보다 환경운동가로 더 유명하다. 반골 기질에다 행동력까지 요란한 터라 공적기관들 사이에서 오래전부터 문제아로 찍혔다.

좁다란 계단을 따라 3층으로 올라갔다. 장의자에 앉아 있던 김민해가 나를 발견하고 다가왔다.

"어, 임 박사님."

"오랜만이에요."

그녀의 안내를 받으며 작품을 둘러보았다. 그중 유독 괴상한 작품 하나가 시선을 끌었다. 갖가지 동물들이 죽은 채 널브러져 있는 섬뜩한 광경이었다. 놀이동산같이 산뜻하고 동화적인 배경 위에 눈깔이 뒤집혀 나자빠져 있는 동물 인형들이라. 작품 앞에 세워진 팻말에는 '도도 사피엔스(dodo sapiens)'라는 제목이 붙어있었다.

"도도 사피엔스? 무슨 뜻이죠?"

"도도(dodo)는 인류에 의해 최초로 멸종된 조류예요. 사실 그 이전에도 수두룩했겠지만 어쨌거나 인간이 멸종시켰음을 자인한 첫 번째 생명체죠. 인간의 생태계 파괴에 관한 한 상징적인 존재랄까요. 저기 벽 쪽에 자빠져 있는 새가 도도예요."

그러고 보니 작품 속 동물들은 죄다 멸종된 종이었다. 황금두꺼비, 회색곰(?), 늑대(?), 처음 보는 짐승들……. 화려한 전성기의 모습으로 박제돼 있는 오브제들은 미학적인 조형미를 빌려 인간의 만행을 조소하고 있었다.

"도도는 새고 사피엔스는 인간이고. 그럼 '도도 사피엔스'는 뭐예요?"

"멸종 인간이죠. 도도새처럼 멸종되는지도 모른 채 어느 날 갑자기 씨가 마르는 겁니다."

말투가 이기죽거리다 못해 재밌어 하는 듯이 들렸다.

"다른 멸종 생물과 차이가 있다면 자기들 스스로 멸망한다는 거죠."

"못난 인간들이 김 화백 충고를 새겨들어야 할 텐데."

"충고가 아니라 저주예요."

그녀의 나직한 음성이 공포 영화의 효과음처럼 소름끼쳤다.

"인간은 절대 달라지지 않을 걸요. 설사 깨닫는다고 해도 기껏해야 지연시킬 수 있을 뿐이죠. 인간 멸종은 운명이에요."

민망할 정도로 의기양양한 어투였다. 대부분의 사람들은 반골 예술가의 허풍이라며 웃어넘길 테지만, 삶의 허망함에 쪄들어 사는 나한테는 피할 수 없는 신탁처럼 들렸다.

"어이, 임 박사 왔어?"

영무가 내 어깨를 툭 치며 다가왔다. 소주 냄새가 몰칵 밀려왔다.

"또 낮술이야?"

영무는 내 말은 무시한 채 김민해의 작품 앞으로 걸어가며 중얼거렸다.

"김 화백, 저 작품은 미완성이야. 우리의 주인공 도도 사피엔스는 안 보이잖아. 음, 내가 들어가 나자빠져 있으면 딱일 텐데."

영무는 어깨를 들썩이며 껙껙거렸다. 두 사람은 인간멸종이란 식겁한 개념을 심심풀이 땅콩 씹듯 한동안 주고받았다. 영무가 건네준 녹차 한 잔을 다 마실 때까지 창밖으로 시선을 돌렸다. 삶과 죽음의 화두라면 직장에서 마주하는 것만으로도 벅차다.

"얼굴 봤으니 그만 갈게."

"뭔 소리야. 오랜만에 만났는데 술이라도 걸쳐야지."

"벌써 코가 삐뚤어졌구만, 아직도 모자란 거야?"

"모자라지 그럼. 같은 술도 술친구가 누구냐 따라 맛이 천차만별인걸. 내가 딴 건 몰라도 인맥 하나는 차고 넘치잖냐. 술상 물릴 겨를이 없어요, 하하."

"그러니 툭 하면 속병이지. 그러다 큰일 나."

"왜? 술 퍼마시다 횡사해서 네 부검대 앞에 자빠져 있을까봐 겁나냐? 흐흐."

웃음을 쏟아내려던 영무는 번득 실언했음을 깨닫고는 미안쩍은 낯빛으로 주둥이를 감쳐물었다.

"건강 잘 챙겨. 술 좀 작작 마시고."

나는 화장실 급한 사람처럼 후다닥 화랑 밖을 나섰다.

하늘빛이 끄무레한 것이 또 한바탕 비가 쏟아질 모양이었다. 구름 꼴이 칙칙한 물감만 모아 뭉개놓은 것처럼 흉물스러웠다. 문득 치양산 사체의 회청색으로 이지러진 피하지방이 떠올랐다. 터지기 직전의 종기처럼 부글거리는 먹구름에 욕지기가 일었다.

* * *

휴일이라 집에 있던 나는 긴급호출을 받고 국과수로 출근했다. 곧장 지하부검실로 내려갔다. 대기실에 방 형사가 와 있었다. 얼굴에 근심이 가득했다.

"두 건이에요. 둘 다 변사첸데 발견 장소도 같고 어째 예감이 안 좋아요."

"연쇄 살인이라는 거야?"

"아무래도……"

방 형사는 경위서 한 장을 내밀었다. 사체 발견 장소는 치양산 숲속이었다.

"또 치양산이네."

"그러게요. 지난번 그 사람이야 타살은 아니었지만…… 요새 치양산에 뭔 마가 꼈나. 왜 자꾸 이런 일이."

두 사체가 발견된 현장 간의 거리는 100여 미터에 불과했다. 차이가 있다면 한 구는 부패가 이미 시작된 상태였고 다른 하나는 사망 직후라 양호하다는 점이다. 사망자가 쓰러지기 전에 119신고를 했지만 산악구조대가 도착했을 때는 이미 절명한 뒤였다. 신고 당시에도 말을 잇지 못한 채 모질음만 토해냈을 뿐 단서가 될 만한 발언은 없었다고 한다. 그리고 시신을 옮긴 뒤 주변 탐색을 하던 중에 이미 썩고 있는 사체 한 구가 추가로 발견됐다는 것이다.

초조한 마음으로 부검실에 들어갔다. 먼저 성한 사체부터 살폈다. 예검시 때 이미 조사관들이 확인했지만 감식반 보고대로 거죽에는 별다른 외상이 없었다. 곤충류에 물린 자국이 유독 많다는 것 정도가 다였다.

메스가 사체의 몸통을 열어젖히는 순간 코끝이 칼로 도려지는 듯한 아찔한 냄새가 풍겼다. 검시관들이 괴성을 내질렀다. 하지만 나를 진짜 놀래킨 건 이미 이 악취를 경험했다는 사실이다. 지난 주에 부검했던 치양산 사체, 이상한 냄새의 주인공말이다. 그 정체불명의 냄새가 이번에는 확실하게 느껴진다는 점이 다를 뿐이다. 이 짬뽕 악취에서, 뭐랄까, 병원 약제실에서 날 법한 냄새가 묻어나왔다.

더욱 놀라운 것은 폐의 상태였다. 피와 진물로 문드러진 폐가 드러나자 베테랑 검시관들조차 표정이 흔들리기 시작했다. 피고름이 실핏줄처럼 온 장기로 치밀하게 퍼져 있었다. 각종 임파절에 번진 흉측한 고름 가지들이 갈퀴 모양으로 내장 곳곳을 할퀸 상태였다. 외계 생명체가 아닐까 하는 착각이 들 정도로 기괴한 모습이었다. 또다시 지난번 사체가 떠올랐다. 이미 부패된 뒤라 드러나지 않았을 뿐 분명 그 사체 역시 사망 직후에는 이랬을 것이다.

하지만 진짜 섬뜩한 건 폐가 아니었다. 겉보기에는 폐가 가장 흉측하지만 비장에 일어난 변화가 병리학적으로는 훨씬 더 위협적이었다. 정상 크기보다 서너 배 정도 늘어난 채 주변 장기 주위로 뻗쳐 있었다. 한계치까지 부풀어 올랐다가 터져버린 풍선 같은 모양새인데, 급격히 팽창된 비장은 불길한 징후다. 탄저병으로 사망한 사체에서 흔히 나타나는 특징이기 때문이다. 더구나 지난번 산장 사내의 사망 원인은 패혈성 쇼크였다. 이는 폐탄저의 병증이기도 하다.

우선 부검을 중지시켰다. 기밀실에 잠들어 있던 '탄저 포자 탐지 키트'를 긴급히 대령시켜 사체를 훑었다. 진단 결과가 나오는 잠깐 동안에도 부검팀은 타들어가는 불안감에 압도당했다. 다행히 탄저균 포자는 검출되지 않았다.

다시 부검이 재개됐다. 부검팀은 옆 테이블에 누워 있던 묵은 사체로 다가갔다. 상체를 열어보니 내장 상태는 지난번 사체와 같았다. 고름 가지치기 무늬는 이미 썩어 없어진 뒤였고 냄새 역시 미세한 구린내로 바뀌어 있었다.

검시관들에게 뒷정리를 맡기고 대기실로 나왔다. 참관했던 방 형사가 핼쑥한 얼굴로 다가왔다.

"박사님, 도대체 그게 뭐죠?"

대답을 미룬 채 의자에 주저앉았다. 마음속에서 불길한 예감이 회오리쳤다.

"어쨌거나 타살 같아 보이진 않던데. 무슨 중병에 걸린 모양이죠?"

나름대로 논리적인 연결고리를 추리해보았다. 괴이한 병리 현상을 보이는 사체들. 전혀 새로운 형태의 병증이 한 장소에서 연달아 발생할 수 있을까. 타살이 아니라면 그럴 가능성은 한가지 뿐이다. 전염성 강한 병원체…… 탄저 증세와 비슷하지만 포자가 없으니 탄저병은 아니다. 그런 증상이 탄저균 말고 뭐가 있을까. 탄저병증과 유사하면서…… 아뿔싸! 물린 자국이 있었어. 곤충한테 옮아온 거야. 그래서 포자가 없었던 거야.

방 형사를 밀어제치고 다시 부검실 안으로 뛰어 들어갔다. 검시관들은 사체를 봉합 중이었다.

"사체에서 떨어져, 빨리!"

느닷없는 불호령에 한 명이 봉합 바늘을 떨어뜨렸다.

나는 인터폰으로 비상조를 호출했다. 두 사체를 격리실로 옮긴 후 부검실과 사체 이동 경로를 소독하도록 지시했다. 부검팀과 참관인들 역시 소독 가스를 쐬었다. 일련의 갑작스런 조치가 마무리된 후 방 형사가 사무실로 쳐들어왔다.

"대체 무슨 일이에요?"

떨어지지 않는 입을 간신히 열었다.

"더 조사가 필요하겠지만…… 아무래도 탄저병 같아."

"예에? 탄저병이요?"

"폐 상태로 봐서는 급성호흡장애를 일으키는 폐탄저 변종일 수도 있어. 포자가 없어서 탄저균이 아닐 거라고 생각했는데, 깜빡했던 거지. 포자를 남기지 않는 경우도 있거든."

"그럼 사망자들이 탄저균에 오염된 고기를 먹은 거예요? 소나 돼지?"

"아니. 이 경우는 흡혈곤충에 의해 옮겨진 것 같아. 드물지만 가능한 얘기야. 우선은 혈청 검사와 농포 표본 조사를 통해서 병원체를 확진해 봐야해."

"탄저균은 사람 대 사람 감염은 안 되는 걸로 아는데, 맞죠?"

"그렇긴 하지만, 곤충이 옮겨온 게 맞다면 문제가 심각해. 아무래도 단순한 탄저균이 아닌 것 같아. 변종일 가능성이 커."

* * *

감염균 분석 결과는 예상대로였다. 사체 몸에 있던 물린 부위의 농포에서 탄저균 양성 반응이 나왔다. 탄저균에 감염된 사례는 몇 번 있었지만 탄저병에 걸린 가축이나 산짐승을 먹어 감염된 경우가 대부분이었다. 이번에는 드물게도 흡혈곤충을 통해 감염된 경우였다. 병균은 생물종을 여러 차례 이동하면서 치명적인 변종으로 진화하곤 한다. 이번 병균이 어떤 과정을 거쳐 온 것인지 그 연결고리부터 찾아내야 한다.

비밀리에 대대적인 역학 조사가 진행되었다. 테러 가능성도 배제할 수 없기에 경찰 측에서도 특별 전담반을 구성했다. 나도 은밀하게 결성된 질병본부에 소속됐다. 피해자의 신원은 각각 53세 여자, 34세 남자로 치양산에 등산 갔다는 것 외에는 아무런 관계가 없는 사람들이다. 결국 산행 도중 탄저균에 감염된 것으로 봐야 한다. 하지만 첫 번째 사체인 산장 직원은 치양산에서 줄곧 거주해온 사람이라는 점이 다르다. 아무래도 그자가 발견된 현장 주변에서 탄저균과 관련된 단서가 나올 가능성이 크다.

내가 소속된 조사반이 현장으로 급파됐다. 토양 채취 작업을 마치고 주변을 계속 탐색했다. 우리들을 따라붙던 모기 십여 마리가 어딘가로 무리지어 가기도 하고 다시 그쪽에서 무리지어 오기도 했다. 그중 몇 놈을 잡아 살폈다. 작은빨간집모기였다. 방독장갑을 향해 침을 꽂으려는 기세가 살벌했다. 원래 이리 표독스런 종자였던가 싶을 만큼 채집망에 갇혀서까지 용맹스런 발광을 멈추지 않았다. 경찰서에서 나온 강력팀장이 몇 마리를 손으로 잡아 뭉갰다.

"거, 쪼끄만 녀석들이 꽤나 지랄 맞네."

"쪼끄맣지가 않은데요."

"예?"

"겉모양으로 봐서는 작은빨간집모기가 맞는데…… 이름처럼 소형모기 종이라 5mm도 안 되거든요. 그런데 이놈들은 일반 모기만 하네요."

"그래요? 왜 커진 걸까요? 산 좋고 물 좋아서 무럭무럭 자란 건 아닐 테고."

나도 그게 궁금하다. 왜 이런 급격한 변화가 일어난 것인지. 성체 크기는 물론 습성까지 더 포악해졌다.

모기 행렬이 이어지는 방향을 따라 녀석들을 쫓아가보았다. 에움길을 몇 굽이 지나갔다. 모기 행렬이 점점 거세지는가 싶더니 드디어 놈들의 소굴이 나타났다. 벌목으로 반쯤 잘린 활엽수림 아래로 너저분한 웅덩이 밭이 대규모 공업 단지처럼 펼쳐져 있었다. 그 아래쪽으로는 건축 폐자재들이 각종 고물과 뒤엉킨 채 안 그래도 흉물스런 광경에 강조점 하나를 더 달아주었다.

"여긴 왜 이렇게 엉망인 거예요?"

경찰팀장이 담당 공무원에게 퉁명스레 물었다.

"……글쎄요 ……골프장 공사 때문인가? 공사가 중단됐다더니만 아무래도……"

"아니, 담당 공무원이 여태 이 지경인 것도 몰랐어요?"

"일손이 딸리다 보니까……"

공무원은 시선을 피한 채 말끝을 흐리고는 들고 있던 수첩만 뒤적거렸다.

나는 웅덩이 쪽으로 가까이 다가가 살폈다. 골프장 공사로 패여 있던 구멍들이 폭우가 지나가면서 크고 작은 웅덩이로 변한 듯했다. 웅덩이 물이 시커멓게 고여 있어 한 아름도 안 되는 넓이인데도 발을 담그면 끝없이 빨려들어 갈 것처럼 아득해 보였다. 여기저기 터전을 잡은 웅덩이들은 모기들을 위한 리조트 군집과도 같았다. 천적의 방해도 받지 않고 태평히 알을 까고 유유자적 번식했을 것이다. 모기들은 갑작스런 인간의 방문에 놀란 듯 우리를 향해 무리지어 달려들었다. 놈들은 방독복으로 무장한 사람들을 향해 돌진하다가 미끄러지기 일쑤였다.

뒤에서 누군가 고함을 지르며 달려왔다. 방 형사였다.

"박사님, 이리로 와보세요. 빨리요."

감식반 일행과 같이 뒤따랐다. 후미진 숲길 안쪽으로 들어갈수록 익숙한 악취가 밀려왔다. 또 다른 변사체를 예상하며 문제의 장소에 도착했지만 이번에는 사람이 아니라 짐승이었다. 모기 웅덩이 옆에 썩어 문드러져 있는 형체는 발이 네 개라는 것 말고는 어떤 동물종인지 알 수 없었다. 구더기와 진흙 범벅을 거둬내자 종 구분이 될 정도의 형체가 드러났다. 개로 추정됐다. 부패 정도로 보아 앞서 발견한 변사자들보다 더 먼저 폐사한 것 같다. 그렇다면 이 녀석이 최초의 희생자일지도 모른다.

개 사체 목 부위에 목걸이가 남아 있었는데, 목걸이를 단서로 개의 소재를 추적하면서 병균이 거쳐 온 궤적이 드러났다. 개는 사망한 산장 사내가 키우던 애완견이었다. 활동적이던 녀석은 산속을 헤집고 다니는 게 취미였다고 한다. 흙 범벅을 해서 돌아온 적이 많았다는데, 그때 흙속에 은둔하고 있던 탄저균에 옮은 것으로 보인다. 하지만 산장까지 옮아오기 전에 죽었다. 산장 가검물 조사는 물론 산장 식구들의 혈청 검사에서도 탄저균 양성 반응은 나오지 않았기 때문이다. 탄저균은 독성이 빨리 번지면 순식간에 사망에 이를 수 있다. 개는 집으로 돌아가지 못한 채 현장에서 급사했을 것이다. 이를 뒷받침하는 또 다른 증거는 부검 결과다. 인간 사체들과 달리 개 사체에서는 탄저균 포자가 검출됐다. 흙 탄저균에 감염된 개가 죽은 뒤, 모기들을 통해 다시 인간으로 옮겨졌다는 게 현재까지 밝혀진 내용이다.

현장에 있던 웅덩이와 흙에서도 탄저균이 나온 걸 보면, 엄청난 모기떼가 유충 때부터 탄저균 온실에서 배양된 셈이다. 더욱 어처구니없는 것은 항생제 비료가 있었다는 점이다. 골프장 공사 중에 나온 건축 폐자재 틈에 병원 폐기물이 버려져 있었다. 주사 바늘에 남아 있던 항생 물질이 웅덩이 밭으로 흘러들어 흙속의 탄저균과 융합돼 강력한 변종 균으로 진화된 모양이다. 항생제 저항성 실험결과에서 페니실린에조차 내성이 있었던 이유가 이제야 납득이 간다. 부검 중에 맡았던 그 독특한 냄새 역시 항생 물질의 흔적이었는지도 모른다. 요컨대 탄저는 흙과 오염된 물웅덩이, 의약품 폐기물, 그리고 모기 유충이라는 수차례의 변이 과정을 거치면서 지금의 괴질로 무장했다. 그러나 결국 괴질을 키워낸 가장 핵심적인 배양액은 '인간들의 비양심'이었다. 인간에 의한 환경오염이 수십 배의 칼날로 되돌아온 셈이다.

변종탄저가 약물 저항성까지 갖고 있기 때문에, 박테리오파지(세균을 숙주로 삼는 바이러스)를 이용한 효소 요법을 사용해야 했다. 다행히 동물실험을 통해 탄저균의 병독성을 제거하는 데는 성공했다. 탄저균 치료는 어느 정도 가능하지만 문제는 누가 언제 탄저균에 걸렸는지 신속히 처방할 수 있는지 여부다. 워낙 급성이라 죽어서 오는 경우가 태반이니 예방법이 있다 한들 손 쓸 틈도 없는 상황이다. 최근 한 달 안에 치양산에 다녀온 사람들에게만 탄저균 백신을 놓자는 의견도 있었지만 호응 없이 사그라졌다. 백신 조달 문제도 큰데다 비감염자일 경우 백신 부작용이 클 것이고, 무엇보다 탄저병균이 돈다는 사실을 세상에 떠벌려야 한다는 것 자체가 꺼림칙한 눈치였다. 전염병은 아니니 조용히 지켜보자는 입장이 지배적이었다.

다른 사건들의 부검을 끝내고 퇴근할 무렵, 급기야 우려하던 소식을 접하고 말았다. 강원도의 여러 병원에서 급사한 환자들이 나타났다는 보고가 쏟아졌다. 대부분 치양산에 다녀온 사람들이라고 했다. 만약 이전 피해자들과 사인이 같다면 이는 이미 병원체가 확산되고 있다는 걸 뜻한다.

변종탄저로 의심되는 사체들이 긴급 후송돼 부검실에 줄줄이 도착했다. 흰 천에 가려져 나란히 누워 있는 그들을 향해 미신만도 못한 소원을 빌었다. 제발 아니길. 간절했던 희망은 흉부를 여는 순간 절망으로 바뀌었다. 정밀조사가 있어야 하겠지만 육안으로는 이전의 치양산 사체들과 똑같았다. 이토록 증상이 뚜렷한데 정밀분석에서 다른 결과가 나올 리가 없다. 나는 망연자실한 부검팀을 내버려두고 사무실로 올라갔다.

차라리 여기까지라면 다행일지도 모른다. 과연 탄저병만으로 끝날까. 유전자 분석 서류에 적혀 있던 한 대목이 자꾸만 신경 쓰인다. 치양산 조사 때 채취한 모기에서 불특정 비리온(바이러스 입자)이 검출됐다는 내용이었는데, 사건 현장에 있던 탄저균과 연관된 것이라고 추정만 할 뿐, 어떤 과정을 거쳐서 생성된 비리온인지 태생부터가 의문이다. 세균이 변이되는 경우는 수없이 많다. 세균을 숙주로 삼는 바이러스가 균에 침입해 새로운 바이러스 입자를 만들어내기도 한다. 더욱 불안한 점은 치양산 작은빨간집모기 몸에서 발견된 뇌염바이러스다. 원래 작은빨간집모기가 뇌염바이러스의 매개체이긴 하지만, 문제는 정체불명의 비리온과 뇌염바이러스가 같이 있었다는 사실이다. 만일 이 두 위험물질이 모기 내부에서 혼합돼 전대미문의 치명적인 물질을 생성한다면, 그리고 그 혼합물질로 활성화된 모기가 사람을 물게 된다면……

아!…… 한겨울 냉수마찰에서나 느낄 법한 오한이 피부 위로 짜르르 돋아 올랐다. 불현듯 '도도 사피엔스'라는 단어가 뇌리를 후려치고 지나갔다.

윗선에서 최종명령이 떨어졌다. 정부는 사람 대 사람 전염이 아니라는 것에 그나마 안도하며 모기 서식지를 소각하기로 결정했다. 나를 포함한 관계자들은 연락받은 다음날 모두 치양산으로 향했다. 현장에 도착했을 때, 진압반이 질러놓은 불길이 치양산 일대에 무섭게 타오르고 있었다. 강박증 때문인지 하늘로 뻗치는 검은 연기가 혀를 내밀어 놀려대는 것처럼 보였다. '아직 끝나지 않았어'라고 외치는 듯한 환영이 아른거렸다.

우리 일행은 죄다 표정이 어두웠다. 괴질 입자가 얌전히 산속에만 머물러 줄 거라고 믿을 바보는 없으니까. 하지만 어딜 가나 그런 얼간이들은 있게 마련이다.

"이제야 안심이군요."

국회에서 파견 나온 최 의원이 낭랑한 발성으로 뇌까렸다. TV 뉴스에 단골로 등장하는 유명짜한 정치인이다. 그는 역병 백신을 발명해 노벨상 시상식 무대라도 선 것처럼 감격스런 표정을 지었다.

"우리가 해냈구만. 이 엄청난 사연을 국민들이 모른다는 게 참 아쉽단 말이지. 먼 훗날 평가해 주겠지."

동료 금배지가 맞장구쳤다.

"그러게. 이게 뭔 생고생인지. 목숨 걸고 나랏일 하고 있네그려. 그나저나 저놈의 모기들은 다 죽었을라나. 살아남은 놈들도 분명 있을 텐데."

"도망간 모기라고 해봐야 얼마나 되겠어."

"그래도 그놈들한테 물리면 바로 황천길인데?"

"뭐, 희생자가 좀 더 나오긴 하겠지만 어쩌겠어. 불가피한 희생인 걸. 그나마 강원도 산골인 게 천만다행이지. 지형 특성상 차단 효과가 있을 거 아냐. 서울 같은 대도시였더라면, 생각만 해도 아찔하네, 허허."

불길이 소각 범위를 벗어나자 곧바로 소방대가 투입됐다. 시커멓게 그을린 치양산 반쪽이 거대한 구멍이 뚫린 것처럼 푹 꺼져 보였다. 현장팀으로부터 작업이 마무리 됐다는 연락이 오자, 어귀에서 구경하고 있던 사람들은 흩어져 전화통화를 하거나 담배를 물었다. 수행원이 자동차 시동 소리로 우리를 불렀다. 차가 있는 곳으로 걸어가려는데 날벌레 한 마리가 나타나 허공을 갈랐다. 모기였다. 담배를 피우느라 방독복을 벗어버린 사람들은 호랑이라도 만난 양 기겁하며 도망 다니느라 소란을 떨었다. 약이 오른 모기가 방향을 바꿔 날아간 곳은 최 의원 일행이 모여 있는 곳이었다. 국회의원들은 일그러진 산등성이를 배경 삼아 기념사진을 찍고 있었다. 사람들이 조심하라고 외치려는데 모기가 금세 자취를 감춰버렸다. 머지않아 모기의 행방이 밝혀졌다. 최 의원이 목덜미를 긁더니 가슴 언저리에서 손으로 뭔가를 낚아채는 것이 아닌가. 우리들은 그쪽으로 달려갔다. 최 의원 손바닥에 모기 시체가 뭉개져 있었다.

* * *

겨우 일주일밖에 걸리지 않았다. 최 의원이 인류문명의 새 역사를 쓰기까지는. 그는 앞으로 수많은 책자와 학교 수업, 박물관의 상석을 차지하며 후손들 입에 오르내릴 것이다. 인간이나 인간유사종족이 계속 생존해 있다면 말이다. 인간유사종족이라는 허무맹랑한 말을 하게 될 줄이야. 황당한 미래를 그린 조잡한 만화 아이디어가 실제상황으로 바투 다가와 있다니, 내 눈으로 실체를 확인했음에도 여전히 어리둥절하다.

경이로울 정도로 진화하는 병증을 지켜보면서 병리학자로서의 학구열은 불타다 못해 아예 산화돼버렸다. 최 의원을 무력화시킨 건 탄저병균이 아니었다. 더 이상 세균의 차원이 아니다. 최 의원 몸속에서 아직 이름도 붙이지 못한 괴바이러스가 발견됐다. 특이한 건 괴질의 발현 경로였다. 탄저변종은 혈관을 타고 장기를 휘젓다가 단시간에 숙주를 절명시키는 방식이었지만, 괴바이러스는 보다 은밀하고 그래서 더 치명적인 공격전술을 갖고 있었다. 이놈은 곧장 뇌로 들어가 발병을 일으킨다. 지난번 탄저변종과 달리 인간에게만 병증을 일으키는데, 괴질이 활개 치는 부위가 뇌의 전두엽이기 때문이다. 동물실험 결과, 전두엽이 없는 동물군은 감염되더라도 기껏해야 일시적인 마비를 일으키는 선에서 끝났다. 전두엽이 있는 포유동물에서는 인간과 유사한 증세는 있었지만 발병률도 낮았으며 병증도 훨씬 미약했다. 인간만큼 전두엽이 발달돼 있지 않아서다.

뇌신경물질에 대해 인류는 아직 모르는 게 많다. 밝혀지지 않은 수많은 단백질 중의 하나가 바이러스와 결합된 걸 수도 있다. 오로지 인간에게만 발달된 전두엽의 신경물질이 바이러스와 화학작용을 일으키며 급격한 뇌손상을 초래하는 것으로 추정만 하고 있다. 이 괴상한 현상이 그토록 우려했던 불특정 비리온과 뇌염바이러스의 결합에서 발생된 것인지 아니면 변종탄저로 죽은 사체에서 새로운 괴바이러스가 배양된 것인지 판가름하기가 어렵다. 뇌에 치명적인 손상을 일으키는 걸로 보아, 뇌염바이러스가 다른 독성물질들과 혼합된 것만은 분명해 보인다. 이른바 칵테일 현상이다. 바이러스 하나만으로도 벅찬데 여러 개가 뒤얽혀 정체불명의 괴질로 합체된 지경이라 의학팀은 무기력에 빠진 채 넋 놓고 있을 따름이다. 지금까지 인류역사에 등장한 그 어떤 바이러스보다 돌연변이가 심해 백신은 엄두도 못 내고 있는 상황이다.

아직 대중에게까지 알려진 것은 아니다. 정부는 집단 식중독 사건이라고 얼버무렸다. 지금 인터넷 여론을 달구고 있는 건 강원도 일대에 번진다는 미확인 질병에 관한 추측과 성토가 전부다. 평상시 같으면 그것만으로도 두려운 여론이겠으나 진상을 알고 있는 관계자들에게 그 정도 여론은 공포 축에도 끼지 못한다. 지금이야 팔자 좋게 음모론이나 읊조리고들 있지만 수다스런 입방아가 얼어붙을 날도 멀지 않았다.

케케묵은 옛 기억이 다시 조여 온다. 국과수 일도 손에 익고 사명감도 충만해지던 시절, 찌를 듯한 자신감을 단번에 꺾어버린 사건이 있었다. 오랜만에 전화 준 동창 녀석과 수다를 피우고는 경쾌한 마음으로 들어선 부검실, 그리고 창백히 누워있는 어린아이의 사체. 처음에는 내 아들과 참 많이도 닮은 아이라고 생각했었다. 팔뚝에 있는 점이 모양과 위치까지 똑같다는 걸, 며칠 전 넘어지면서 생긴 상처 자국마저 똑같다는 걸 알아채기까지 10초도 걸리지 않았다. 충격과 절망으로 달아오른 채 아이의 식어빠진 육신을 더듬었다. 결국 얼마 버티지 못하고 쓰러졌다. 뒤늦게 사체의 신원을 알아차린 동료들 손에 끌려가면서 얼마나 지독한 통곡을 퍼부어댔는지 모른다. 어린 아들의 주검 앞에서 느꼈던 고통의 순간들이 슬라이드 필름처럼 번쩍번쩍 떠오른다. 이번 사건에서 당시 보았던 악몽이 되살아나고 있다. 그때만큼이나 절망적인 기분이다.

내 가족을 피신시켜야 하나? 그래봐야 무슨 소용 있냐는 절망이 곧장 의욕을 떨어뜨린다. 하지만 특별한 비밀을 먼저 알았다면 이기적인 가족애를 발휘할 줄도 알아야 사람이 아니냐. 서울로 보내야 하나? 아예 제주도는 어떨까. 아직까지는 강원도 이외 지역에서 보고된 바는 없다. 그러나 바이러스의 속성을 잘 알고 있는 나로선 전국적으로 번진다는 비관적인 추론을 할 수밖에 없다.

아직 완공은 안 됐지만 집에서 가까운 횡성에 외부와 차단된 의료연구단지가 하나 있다. 격리기능은 물론 방독시설까지 갖춘 데다 거주지로도 쓸 만하다. 완공 전이라 연구원들도 소수인데다가 내가 관리감독을 맡았기 때문에 식구들을 잠입시키는 건 어렵지 않다.

휴대폰 벨소리가 울렸다.

"여보세요."

"박사님, 저 방 형산데요……"

최 의원에 대한 질문이 바로 이어졌다. 뭔가 불길한 낌새는 맡았지만 확증이 필요한 사람의 말투였다. 괴질 사태가 탄저균에서 미지의 바이러스로 악화돼버린 상황은 방 형사도 알고 있었다. 하지만 진짜 끔찍한 내막은 모르고 있다. 정부의 지침대로 함구해야 하는 것인지, 막내 동생 같은 녀석이니 최소한의 방비라도 하게 기회를 줘야 하는 것인지 망설여졌다. 방 형사도 내 갈등을 짐작했는지 솔깃한 말로 구슬렸다.

"제 동창 녀석 중 하나가 치양산에 갔었다고 하거든요. 간 시기가 피해자들이랑 겹쳐요. 근데 그 친구는 멀쩡하단 말이죠. 치양산 갔을 때 모기한테 물린 적 없냐니까, 있다고 하더라고요."

무심히 듣고 있던 난 정신이 번쩍 들었다.

"확실한 거야?"

"확실해요. 혹시 몰라서 그 녀석 휴대폰 통화내역을 조회해봤거든요. 4주 전에 치양산 인근 기지국에서 통화한 기록이 있더라고요."

독보적으로 강력한 바이러스가 있다면 독보적으로 강력한 면역체계를 가진 사람도 있게 마련이다. 절망적인 상황에 마음이 얼떠있다 보니 이토록 간단한 이치를 찾아볼 생각조차 못했다.

"그 친구 좀 만나게 해줘. 데리고 갈 때가 있어."

"어딘데요? 저도 같이 가는 거죠?"

"글쎄, 안 가는 게 좋을 것 같은데."

"참나, 뭐가 그렇게 비밀이 많은 거래요? 저도 명색이 수사관이고 국가기밀 다룰 자격 있다고요."

"지금 이게 감투 같은 거라도 되는 줄 알아?"

"그럼 저도 그 친구 못 보냅니다. 어딘지도 모르는 곳에 어떻게 혼자 보내요. 그 친구는 나만 믿고 가는 건데."

별 수 없다. 진실을 아는 사람이 한 명 더 느는 게 뭔 대수겠는가. 어차피 세상에 전말이 알려지는 것도 시간문젠데. 나나 방 형사나 급하기는 매한가지라 바로 약속을 잡았다. 격리병동이 숨겨져 있는 의료센터 인근 찻집에서 만나기로 했다.

간만에 접한 희소식에 서둘러 갔다. 방 형사가 먼저 와 있었다. 소개팅 앞둔 노총각처럼 들뜬 얼굴이 내 쪽을 향해 손을 휘저었다.

"친구는?"

"지금 오는 중이에요."

"오늘도 아무 증상 없었대?"

"네. 제 친구한테 면역이 있다고 생각하시는 거죠?"

"그렇지. 면역이 있는 게 확실하다면 백신을 만들 수 있어."

"최 의원이 아직 죽지 않았다면, 바이러스가 어느 정도 약화된 거 아닌가요? 이전 환자들은 발병 직후에 급사했잖아요."

"차라리 죽는 게 나아."

"엥? 그건 또 무슨 말이에요?"

"방 형사, 좀비 영화 본 적 있어?"

엉뚱한 질문에 그는 잠시 뜸들인 후 대답했다.

"본 적이야 있죠. 그건 또 왜요?"

"그게 제일 비슷해. 최 의원이랑."

"예에?"

"좀비가 됐다고. 최 의원이."

방 형사는 세상에서 가장 썰렁한 농담이라도 들은 듯 이맛전을 구겼다.

"은유적으로 좀비 같다는 말인 거예요? 그러니까 뇌 조직이 파괴돼서 판단력을 상실한 증상 같은 걸 말하시는 건가?"

"참 과학적인 판단이군. 그래, 그래야 맞는 건데. 그래야 픽션이 아닌 현실이 되는 건데. 현실은 판타지 호러 영화가 아니라고 비웃어 줄 수 있을 텐데 말이지."

"박사님 점점 모를 소리만……"

"가서 직접 봐. 스스로 판단하라고."

한동안 침묵이 이어졌다. 방 형사 친구가 창백한 얼굴로 후다닥 들이닥칠 때까지 방 형사와 나는 각각 호기심과 근심으로 굳어 있었다. 친구와 간단한 인사를 나눈 후 곧장 병원으로 향했다.

병원 지하에서도 몇 굽이를 도는 데다가 검문도 수차례 받아야 했다. 방 형사와 친구는 유명한 병원 지하에 이런 요새 같은 곳이 있다는 사실에 놀랐고 복잡한 검문 절차에 어리둥절해 했다. 마지막 검문이 끝나자 의사들이 면역자를 맞이했다. 이미 말해뒀던 터라 반색하는 눈빛이 역력했다. 청년은 의사들을 따라 검사실로 사라졌다. 따라가려는 방 형사를 붙잡았다.

"최 의원부터 만나봐야지."

"아, 참."

우리는 격리병동의 가장 은밀한 방으로 들어갔다. 웃음을 잃은 담당 의사가 관찰실 문을 열어주었다. 방 형사와 내가 유리막 앞에 서자, 의사가 가리개를 젖혔다. 유리막 너머로 보이는 건 어둠뿐이었다. 의사는 유리막으로부터 완전히 고개를 돌린 채 단추를 눌렀다. 유리막 너머에 있던 전등이 켜지자 웅크린 형상이 눈에 들어왔다. 형상은 미동도 하지 않았다. 지난번에 봤을 때만 해도 우리에 처음 갇힌 맹수처럼 난동을 부렸었다. 그새 익숙해진 건지, 유리막을 등진 채 벽을 향해 수그려 박은 뒤태는 무기력한 사람의 등짝 정도로밖에 보이지 않았다.

"저 사람이 최 의원인 거예요? 그냥 평범해 보이는데요. 괜히 긴장했네."

"아직 보지도 않았어. 시작도 안 했다고."

"또 겁주시네. 근데 국회의원인데 저렇게 가둬놔도 돼요?"

방 형사는 유리막으로 바짝 다가갔다. 나 좀 보라는 듯 유리창을 쿵쿵 두드리기까지 했다. 최 의원은 반응이 없었다. 방 형사가 갸웃하며 나를 돌아보았다. 겨우 이 정도 갖고 호들갑이었냐는 태평한 표정이 이기죽거렸다.

담당 의사가 단추 하나를 더 눌렀다. 한쪽 벽에서 작은 출입문이 열리더니 실험쥐 한 마리가 기어 나왔다. 쥐는 웅크린 등짝 쪽으로 킁킁대며 다가갔다. 우윳빛 털을 곤두세운 채 꼼지락거리는 모습이 앙증맞았다. 유리창에 붙어 구경하고 있던 방 형사의 어깨가 들썩거렸다. 우스꽝스런 상황에 코웃음 치다가 그 반동에 들썩거려진 거겠지. 그래, 1분 후에도 그렇게 담담할 수 있다면 내 기꺼이 형님으로 모시마.

1분도 안 걸렸다. 생각에 잠겨있던 최 의원, 아니 최 의원이라 불리던 몸뚱이는 흰쥐를 감지하자마자 잽싸게 낚아채더니 괴성을 지르며 물어뜯기 시작했다. 여전히 등진 채라 얼굴은 보이지 않았다. 고개를 돌리고 있던 담당 의사가 아예 관찰실 밖으로 나갔다. 살아있는 쥐의 단말마와 살점 뜯기는 소리가 지독한 불협화음으로 귓전을 난도질했다. 순백색 털은 검붉은 덩어리로 물들었다.

가장 섬뜩한 것은 쥐의 생살을 씹어 삼키는 소리였다. 바닥에 떨어지는 선혈과 살점들, 게걸스런 포식자의 식사를 지켜보며 방 형사는 탄식을 뱉었다. 나를 돌아보고는 고열에 시달리는 환자처럼 기어들어가는 소리로 물었다.

"저, 정, 정신분열인가요? 들어……가서 마, 말려야 되는 거 아니에요?"

"아직 안 끝났어."

손가락으로 유리창 너머를 가리키자 방 형사는 마지못해 그쪽으로 고개를 돌렸다. 식사를 마친 최 의원은 기분이 좋은지 독방 안을 흐느적거리며 걸어 다녔다. 드디어 최 의원의 얼굴이 구경꾼의 시야에 들어왔다. 방 형사는 비명을 토하며 뒤로 나자빠졌다. 최 의원의 얼굴 거죽은 퍼런 힘줄이 도드라질 만큼 얇고 창백했다. 안 본 사이 앞니 두 개가 소실돼 있었다. 부드러운 음식에만 길들여진 치아가 별안간 산짐승의 질긴 생살을 씹어대니 버티기 힘들었을 것이다. 감각신경이 손상됐기 때문에 치아가 빠지는 고통마저 무뎌진 상태라 제 몸이 망가지든 말든 욕망에만 충실할 뿐이다. 입 언저리는 살육의 흔적으로 섬뜩했지만 눈알에 내맺힌 핏빛에 비하면 봐줄만 했다. 실핏줄이 터져 흘러내릴 것만 같은 질척한 눈알이 마뜩찮은 시선으로 유리막을 쳐다보았다. 시뻘건 안광이 살기로 으르렁거렸다.

귀신의 집에서 방금 나온 꼬마 표정으로 마비돼 있던 방 형사는 사무실에 돌아오고 나서야 말문이 열렸다.

"대체 어떻게 된 거죠? 정말 최 의원 맞아요? 아, 생김새가 맞긴 한데. 젠장, 이게 꿈인지 생신지."

섬뜩한 잔영이 계속 떠오르는 듯 방 형사의 얼굴 근육이 불쾌감으로 쪼그라들었다.

"언제부터 그렇게 된 거예요?"

"격리실에 도착했을 때 이미 몸의 3분의 1이 변이된 뒤였어. 피부농양이 생기기 시작한 건 모기한테 물리고 나서 하루 뒤부터였다더군. 여기 올 때까지만 해도 정신은 멀쩡했었는데. 잠복기도 짧고 증상은 봤다시피 혁명적일 정도야."

"그럼 아까 흰쥐 잡아먹은 게 바이러스 감염 증세라는 거예요?"

"증세보다는 변이라는 말이 맞겠지."

"예?"

"습성 자체가 변했으니까. 이미 눈으로 확인했잖아. 인간이라고 볼 수 있나?"

"대체 그놈의 바이러스 정체가 뭐길래 사람을 그 꼴로 만드는 거죠?"

"알 수 없지. 다만 뇌를 손상시킨다는 것만은 분명해. 얼굴 거죽이 그렇게 된 것도 뇌손상 때문이야. 뇌가 손상되면서 혈관에도 과부하가 걸린 거로 보여. 눈알은 모세혈관이 다 터져서 적목이 돼버린 거고, 피부 쪽 혈관도 부어오른 상태야."

"몸은 그렇다 치고 왜 그렇게 폭력적으로 변한 건데요. 호랑이 유령이라도 씌었나. 자기가 무슨 육식동물인 양 착각하는 것도 아니고, 참나."

"이상행동도 뇌 손상 때문이지. 최 의원 뇌를 찍어보니까 완전히 교란된 상태야. 전두엽 부위가 엉망이야. 부어오르고 주름은 더 깊어지고. 단순히 망가진 거라고 말하기도 뭐하고, 참 기이한 형태지. 일단 바이러스에 감염되면 뇌로 급속히 전이되는데, 잠복기를 거치면서 욕망에 충실한 '동물화 현상'이 일어나는 것 같아. 게다가 감염자들 뇌를 보면 '편도체'가 손상돼 있거든. 편도체는 공포심을 관장하는 영역인데, 손상되면 공포심과 경계심 자체가 없어지면서 아무거나 물어뜯고 막무가내로 공격하는 현상이 생겨. 상대방이 총을 갖고 있건 무시무시한 폭력배건 간에 상황 자체를 파악 못 하고 겁 없이 덤비는 현상이지."

방 형사는 몸서리를 쳤다.

"젠장할, 감염되면 진짜 끝장이네. 모기한테 물리면 젠장. 어떻게 구분하죠? 어떤 모기가 그 모긴지? 잠깐만, 감염자가 몇 명 더 있다고 했었죠? 그럼 소각에서 살아남은 모기가 벌써 퍼지고 있는 거예요?"

"최 의원 말고 다른 감염자들은 모기한테 물린 게 아니야. 최 의원한테 직접 감염됐어."

"예에?"

방 형사는 유리막 너머로 최 의원을 봤을 때보다 더 충격 받은 표정이 되었다. 불안한 음성이 따지듯 물었다.

"어떻게 전염된 거죠?"

"상처로 감염된 것 같아. 일단 발병이 되면 물어뜯는 게 일이거든. 최 의원 가족들 몸에도 치아에 물린 자국이 있었어. 검사해 보니까 최 의원 잇자국인 걸로 나왔고. 상처를 통해 최 의원의 오염된 침이 유입된 거지."

"빌어먹을, 물리기만 해도 걸린단 말이에요? 아니, 어떻게 그렇게 갑자기 바뀐 거래요."

"이상할 것도 없지. 바이러스야 스스로 진화하니까."

"진화한다니 그건 또 무슨 뜻이에요?"

"숙주 안에서 더 오래 더 강하게 살아남는 방법을 체득한다는 뜻이야. 초기에는 바이러스가 사람 몸을 잘 다루지 못해서 숙주가 바로 죽어버리지만 숙주가 죽으면 바이러스도 끝장이니까 숙주를 죽이지 않는 쪽으로 스스로 학습하게 돼. 숙주가 살아있을 때 다른 숙주로 옮겨가는 게 바이러스가 살아남는 비결인데, 감염을 시켜야 한다는 뜻이야. 감염경로나 감염시간이 단축될수록 자기들한테 이득이니까. 이번 괴바이러스도 진화하고 있잖아. 감염자가 정상인을 물어뜯기만 해도 전염되고 있어. 모기라는 중간 숙주의 도움 없이도 새로운 인간숙주를 제공받을 수 있게 된 거지."

"아니, 바이러스 따위가 무슨 전략회의를 하는 것도 아니고 박사님 말대로라면 바이러스가 인간보다 우월한 게 되잖아요."

"인간의 착각이지."

"네?"

"지금 방 형사는 인간이 바이러스보다 더 똑똑하다는 전제를 갖고 있잖아."

"아니라는 말이에요?"

"아니고말고. 바이러스는 인류보다 더 집요한 데다가 장구한 생명력까지 지녔어. 생존전략은 다른 어떤 생명체보다 더 뛰어나. 지금껏 다른 종족의 생명 메커니즘을 정확히 파악하면서 생사를 쥐락펴락 해왔잖아. 바이러스 세계에 월드컵이나 오락영화, 도서관이 없다고 해서 인간보다 열등하다고 말하는 건 인간 중심의 사고일 뿐이지. 눈부시게 발전했다는 현대과학도 바이러스의 변이 메커니즘에 대해선 아는 게 별로 없어. 이젠 심지어 종 자체를 바꿔버리고 있잖아. 인간에서 좀비로."

방 형사 입에서 허망한 실소가 새어나왔다. 내려뜬 눈가에 물기가 맺혀 있었다.

"그럼 영화나 소설에 나오는 좀비처럼 천하무적에다가 영생불사 뭐 그런 거예요?"

"그렇진 않아. 그게 현실과 판타지의 다른 점이지. 그나마 다행이랄까. 지금 감염자들은 인간의 몸인 것만은 변함없는 사실이거든. 다만 정상적인 인간이라면 하지 않는 과도한 행동을 하고 있는 거지. 한마디로 신진대사가 과부하 된 상태야. 저들이 무슨 슈퍼맨 유전자로 바뀐 게 아니라, 인간 주제에 슈퍼맨 흉내를 내고 있는 셈이지."

"과부하 상태라면 스스로도 오래 못 버틴다는 거예요?"

"그렇지. 지금은 초인적인 힘을 발휘하는 것처럼 보이지만 얼마 못가서 쓰러질 거야. 24시간짜리 배터리를 한 시간 만에 다 써버리는 경우라고 볼 수 있어. 평생 쓸 체력을 한 번에 몰아서 쓰니까 괴력이 나올 수밖에 없겠지. 하지만 그와 동시에 수명을 단축하는 일이기도 해. 다른 질병들이야 힘 한번 못 써보고 누운 채로 사망하지만 이 병은 정반대인 거지. 좀비 증상 자체가 치사율이 높다는 증거야. 쉬면서 치료받아도 시원찮을 판에 과로를 자처하는 꼴이니까. 게다가 생살을 가열하지 않고 뜯어먹기 때문에 세균감염까지 보태져서 생명을 더 단축하게 되지."

"그 말 듣고 나니 그래도 한시름 놔지네요. 영생불사면 어쩌나 했는데."

"그렇다고 달라질 건 없어. 이제는 감염자한테 물리기만 해도 전염되잖아. 보균자들이 이미 퍼지고 있을 텐데, 일단 발병하게 되면 통제 불능이야. 막을 길이 없다고."

방 형사는 의자에 널브러지듯 주저앉았다. 최악의 광경이라도 상상되는지 창백해진 낯빛이 두려움으로 오그라들었다.

* * *

보균자들이 점차 발병기로 접어들면서 환자 수가 늘어갔다. 방 형사가 데려왔던 친구도 며칠 후 좀비로 발병되고 말았다. 면역자였던 게 아니라 그저 잠복기가 길었을 뿐이다. 정치권력과 가깝게 지내던 최상위 부유층은 갑자기 해외로 출국하기 시작했다. 그 행렬에 가난한 방 형사 가족도 끼어 있었다. 미국에 사는 누나네 집으로 부모님과 함께 떠난다는 이메일이 마지막 인사였다.

정부는 괴질 상황이 해외에 알려질까 두려워 은밀히 군인과 경찰을 풀어 감염자들을 격리시켰다. 워낙 엄격한 하달이 내려진 터라 면장과 이장들도 병증이 조금이라도 보이는 사람이 있으면 바로 연락을 취했다. 지금 향하고 있는 연구원도 인근마을 이장의 신고를 받고 가는 길이다. 양양에 골박혀 있는 산림연구원에는 이십여 명의 직원이 숙식하고 있었다. 신고에 의하면 연구원 전부가 똑같은 증세를 보인다고 한다. 피부가 붓고 호흡기 통증에 가려움증까지. 눈이 충혈된 연구원도 많이 마주쳤다던데, 좀비

목격담이 없는 걸로 봐서는 감염만 됐을 뿐 아직 발병 단계까지는 가지 않은 모양이다.

우리 차량이 연구원 정원으로 들어서는 순간, 건물에서 누군가 다급히 달려 나오고 있었다. 줄행랑은 치고 싶은데 몸은 안 움직이는 듯 60줄의 사내는 비틀거리면서도 필사적으로 허우적거렸다. 가까워지는 차량을 보고는 비틀거림마저 둔해지더니 앞과 뒤를 번갈아 돌아보면서 어디로 도망가야 하나 갈피를 못 잡겠다는 표정을 지었다. 피부상태로 보건대 감염자는 아니었다. 군인들이 트럭에서 내려 노인에게 다가갔다. 반쯤 정신이 나간 노인은 군인들한테 잡히지 않으려고 서툰 발길질을 해댔다. 트럭으로 끌려가 감금되려는 순간 노인이 악마디를 내질렀다.

"도망가! 빨리! 마귀들이야."

군인들이 트럭 뒷문을 닫았지만 노인의 아우성은 계속 새어나왔다. 나와 같이 차 안에서 지켜보고 있던 운전병이 저것도 바이러스 감염 증세냐고 물었다.

"그냥 겁에 질린 것 같은데요. 무슨 충격적인 광경을 봤거나 혹은……"

노인을 정신 나가게 한 이유가 곧장 눈앞에서 펼쳐졌다. 노인이 뛰쳐나왔던 건물 안에서 인간의 음성이 떼로 뭉쳐 흘러나왔다. 흰 가운을 입은 사람들 이십여 명이 나타났다. 엉거주춤한 자세에 몸을 흔들어대는 꼴이 심상치 않았다. 그들은 녹슨 톱니바퀴에서나 나올 법한 쇳소리를 질러대며 어슬렁거리더니 우리를 발견하고는 발정 난 탄성을 내지르며 달려왔다. 감염자들의 발광은 수차례 봤지만 한꺼번에 떼로 달려드는 광경은 처음이었다. 차 안에 있던 군인들이 밖으로 뛰쳐나갔고, 내가 타고 있는 차량의 운전병은 행동지침대로 차문을 잠그고는 시동을 걸었다. 여차하면 도망갈 태세였다.

훈련받은 특수부대원들조차 한 번도 본 적 없는 황당한 사태에 얼이 빠진 듯 뒷걸음질을 쳤다. 감염자가 군인 한 명을 넘어뜨리고는 물어뜯었다. 동료의 비명에 그제야 정신이 돌아온 군인들은 발광한 무리를 향해 총질을 퍼부었다. 편도체가 망가져버린 감염자들은 총에 맞으면 죽는다는 상식 자체를 잊어버린 채 총탄 빗발 속으로 계속해서 달려들었다. 분별을 상실한 총질 속에서 대부분의 감염자들은 머리나 가슴을 맞아 즉사했고, 다리만 맞은 몇몇은 바닥에 자빠져 비척거렸다. 광란의 깽판이 끝나자 군인들도 바닥에 주저앉았다.

양양 사건은 정부에게도 큰 충격을 주었다. 감염자들의 집단 발작이 현실로 드러났기 때문이다. 무엇이건 군집을 형성해 떼로 몰려드는 현상은 불길한 전조다. 대지진을 감지한 동물들은 떼로 이동한다. 하지만 무서운 건 동물이 떼 지어 이동하는 광경 자체가 아니다. 진짜 공포는 동물 무리가 지나간 뒤에 이어질 대지진이다. 얼마나 엄청나게 세상을 후려칠 것인지 가늠조차 할 수 없는 대참사 말이다. 우리는 양양 사태에서 그 전조를 본 것이다.

감염 발병자가 대규모로 발생할 경우, 계엄령이 불가피하다는 진단이 나오자 정부 관계자들은 침통해했다. 질병 자체보다는 빠른 정보망을 타고 전 세계로 한국의 치부가 들통 날 것을 더 두려워했다. 정부는 강원도에서 타 지역으로 연결되는 길목을 통제하기로 결정했다. 이쯤 되자 질병 상황을 공식적으로 인정하지 않을 수 없었다. 강원도 지역에서 모기에 의해 감염되는 바이러스가 퍼지고 있으니 강원도 여행을 자제해달라는 권고를 발표했다. 치양산 인근이 아니라면 강원도 내에 떠도는 모기들은 괴질 모기가 아닐 확률이 99퍼센트다. 정작 심각한 건 모기가 아니라 사람 대 사람 감염이건만, 인간끼리 직접 전염된다는 가장 중요한 정보는 발표하지 않았다. 그저 병증이 정신분열 증세와 비슷하니 이런 증세가 있는 사람들과 접촉하지 않도록 각별히 주의하라는 말만 덧붙였다.

무엇이건 일단 악화되기 시작하면 가속도가 붙는다. 좀비괴질도 그렇다. 인간이 대비책을 마련하기도 전에 계속 진화하고 있다. 바이러스를 중화시켜 만드는 백신 작업조차도 급속도로 번식하는 괴바이러스의 특성 때문에 번번이 실패다. 하물며 치료제는 그저 아득할 뿐이다. 사명감에 불타는 연구원들이 밤낮으로 고생하고 있지만 면역자가 나타나지 않는 한 비관적이다.

그나마 영무가 꽤 솔깃한 얘기를 전해주었다. 어젯밤 영무한테서 전화가 왔었다. 전염병 상황을 궁금해 하는 사람이 법의관 친구를 알고 있다면 당연히 그 친구에게 전화를 돌리게 돼 있다. 영무가 들려준 얘기는 불발로 판명 날지언정 당장은 희망적인 불씨를 지폈다.

'김 화백이랑 같이 환경운동 하던 여자 한 명이 요새 나도는 괴질로 죽었대. 근데 그 여자가 김 화백 룸메이트였거든. 병원에 데려간 것도 김 화백이었고. 자고 있는데 팔뚝이 쓸리는 것 같아서 깼더니만 그 여자가 자기 팔뚝을 물고 있더래요. 기겁을 하고 일어나서 살피는데 완전히 제정신이 아니더라는 거지. 미친년처럼 완전 난동을 부리고. 요새 괴질 증세가 인터넷에서 돌아다니고 있잖냐. 물어뜯는 게 특징이라던데. 어떤 병인지 뉴스나 신문에선 자세히 안 나오고. 그 여자도 그 병인 것 같은데. 이거 아무래도 뭔가 이상해. 아주 구린내가 풀풀 나. 윗대가리 놈들 뭔가 숨기고 있는 거 아냐? 넌 국과수니까 뭐 좀 알 거 아냐. 이상한 사체 나오면 다 그쪽으로 갈 텐데. 대체 뭐냐?'

내 관심은 김 화백 대목에 쏠렸다. 김 화백은 어떻게 됐냐고 묻자 뜬금없다는 말투였다. '어떻게 되긴, 잘 있지.'라는 무뚝뚝한 대답이 어떤 미사여구보다 아름답게 들렸다. 마지막으로 본 게 언제냐고 묻자, 오늘 아침에도 봤다는 대답이 이어졌다. 한 가지 더 확인해야 했다. 팔뚝 물린 날이 언제냐는 질문이었다. 대답을 듣는 순간 심장이 떨릴 정도였다. '두 달 정도 됐지.' 면역이 있거나 잠복기가 길거나 둘 중 하나다. 면역이건 아니건 어쨌거나 무조건 가봐야 한다. 이렇게 처참한 상황에서라면 가볼 때가 있다는 것만으로도 행운이다.

영무는 김민해가 있는 곳을 알려줬다. 거기서 만나기로 하고 전화를 끊었다. 군용차량을 미행하던 김민해 일행은 군인들이 일가족을 전부 데려가려는 정황을 포착하고는 지금 그 집 앞에서 시위하고 있다고 한다. 현장은 인터넷 생중계로 촬영되는 중이라고 했다.

병원 로비는 사람들로 북적거렸다. 로비 벽에 걸린 대형 텔레비전에서 전염병 관련 뉴스가 흘러나왔다. 불안으로 졸아붙은 얼굴·

들이 텔레비전 앞에 빼곡히 모여 있었다. 뉴스에서는 '모기바이러스'라는 용어를 사용했다. 모기가 옮기는 병이라면서 일종의 뇌염 바이러스 같은 개념이라고 떠들어댔다. 광란 증세 때문에 지랄병이라고 부르는 사람도 있었지만 대부분은 미디어가 가르쳐주는 대로 불렀다. 애 어른 할 것 없이 모기바이러스라는 말이 인터넷에서건 실생활에서건 가장 빈번하게 사용되는 단어가 됐다. 하지만 관계자들은 안다. 진짜 어울리는 용어를. '좀비바이러스'나 '멸종바이러스'가 진실에 훨씬 가까운 표현이다.

차를 몰고 밖으로 나왔다. 행인들은 모두 모기장 패션으로 통일돼 있었다. 모기바이러스 소식이 발표되자마자 사람들은 양봉장 작업복이나 모기장을 뒤집어쓰고 다녔다. 관련 업계 사람들의 장사 감각도 괴질처럼 신속했다. 모기장 소재를 사용한 점퍼와 스카프 등을 빨리도 내놨고 판매량도 엄청났다. 모기장 점퍼에는 얼굴 전체를 가릴 수 있는 안면 마스크가 달려 있어 모기와 마주칠 때 바로 뒤집어쓸 수 있도록 디자인되었다.

길거리에는 주위를 경계하며 배회하는 군인들이 많이 보였다. 비틀거리던 행인 몇몇은 군용트럭에 억지로 끌려 들어갔는데, 육안으로 보기엔 멀쩡했다. 이제는 보균자로 의심되는 사람들까지 격리시키는 모양이다. 하긴 짧게는 며칠, 길게는 한 달이니 언제 좀비로 변할지 모를 일이다. 달리는 차들 중에 간이 이삿짐을 실은 봉고 차량이 제법 눈에 띄었다. 피접이라도 가는 모양이지만 이미 타 지역 진입은 극히 제한적으로 허용되고 있는 터라 되돌아와야 할 것이다.

피접 차량들 때문에 차가 굼벵이 걸음으로 움직였다. 앞쪽에서 군중의 함성소리가 들려왔다. 먼빛으로 사람들의 행렬이 보였다. 지난 번 양양사태처럼 감염자들이 단체로 괴성을 지르는 줄 알고 심장이 오그라들었다. 차창을 완전히 열고 귀를 기울였다. 다행히 정상인들의 음성이었다. 소리가 점점 가까워졌다. 각자 작은 팻말을 들고 길거리 행진을 하고 있었다. '정부는 모기바이러스의 진상을 밝혀라!' '모기바이러스 때문에 아들이 죽었어요.' '지랄병의 진실을 알고 싶다!' '울 엄마가 이상해졌어요.' 악마 형상을 한 모기 캐리커처를 그려 넣은 팻말들이 곳곳에서 들쑥날쑥 움직였다. 그중 팻말 내용 하나가 눈에 들어왔다. '국과수 직원의 양심선언!' 뭐라? 차를 세우고 그쪽으로 걸어갔다. 팻말을 들고 있는 시위자는 중학생 정도로 보이는 소녀였다.

"학생, 이거 무슨 뜻이지? 국과수 직원한테 뭘 들었는데?"

"세상에 종말이 온대요. 모두 다 죽는다고 얘기했대요."

"국과수 직원 누군데?"

"정확히는 몰라요. 근데 확실해요. 저희 할머니가 직접 들었대거든요. 그 국과수 아저씨가 우리 할머니 친구의 사위래요."

"너희 할머니 어디 사시는데?"

"이천이요."

처갓집이 있는 곳이다. 장모가 귀띔해준 모양이다. 장모한테는 사실을 말하지 말라고 아내에게 당부했건만 아내도 어기고 다시 장모도 어겼다. 비밀폭로의 악순환이다.

차로 돌아와 횡성연구단지에 가있는 아내에게 전화를 넣었다. 예상대로였다. 장모가 옆집 노인에게 말했단다. 아내가 어디 좀 같이 가자고 하니까 장모는 버스관광 예약해서 안 된다고 했고,

아내는 장모에게 사실을 얘기할 수밖에 없었다. 내 부모도 횡성으로 오기 전에 여러 명에게 귀띔해 줬다고 한다.

넷북을 켜 인터넷 창을 열었다. 검색창에 '국과수 양심선언'이라고 쳤다. 관련 사이트들이 주르륵 이어졌다. 카페, 블로그, 웹페이지, 지식 등등. 내가 했다는 고백이란 것도 내용이 과장돼 있는 데다가 온갖 음모론으로 덧칠된 채 이야기가 부풀려진 상태였다.

시위대 쪽으로 시선을 돌렸다. 내 차를 쳐다보던 그 여학생과 눈이 마주쳤다. 심장이 옥죄여왔다. 저 어린 녀석은 반쪽짜리 진실이나마 사람들에게 알려주려고 피켓을 만들고 광장으로 뛰쳐나왔다. 온전한 진실을 알고도 침묵하는 나는 좀비바이러스만큼이나 악질이다. 내 자신을 향한 비웃음이 늙은이 방귀처럼 힘없이 새어나왔다. 차 행렬에 틈이 생기자마자 서둘러 도로를 빠져나갔다.

* * *

김민해가 있다는 마을 어귀로 들어섰다. 감염자들의 난동과 체포자들로 도로가 말이 아니었다. 주소지에 다다를수록 시민들 숫자가 점점 불어났다. 사람들 틈으로 군용트럭 두 개가 눈에 들어왔다. 구석에 차를 세우고 그쪽으로 걸어갔다. 군인들이 막아서고 있는 너머로 김민해의 목소리가 확성기를 타고 쩌렁거렸다.

"자, 누리꾼 여러분, 지금 보이시죠. 저기 군인들이 있고, 그 옆에 트럭이 있답니다. 저게 뭔지 궁금하시죠? 이 집에 살고계신 시민들을 잡아가두기 위한 트럭이랍니다. 저기에 태워서 어디로 데려갈까요? 아무도 몰라요. 쥐도 새도 모르게. 자, 그럼 이분들을 왜 데려가려는 걸까요? 감염자거든요. 얼마나 무시무시한 병이면 감염됐다는 이유만으로 끌고 가는 걸까요? 완전 의문투성입니다. 괴질에 대해서 속 시원히 밝혀진 게 없지 않습니까? 끌려간 사람들이 무지하게 많다는 것만 알 뿐이에요. 군인 아저씨들 중에 진실을 말해줄 양심 있는 분은 없습니까? 없나보네요. 사실 저 군인들도 개뿔도 모른 채 이용만 당하고 있는 걸 겁니다."

김민해가 아무리 비위짱 긁는 소리를 떠들어대도 군인들은 그저 목석으로 버티고 서 있었다. 김민해 뒤로는 겁에 질린 거주자들이 보였다. 육안으로도 감염증세가 뚜렷했다. 아직 변이된 건 아니지만 이미 피부혈관이 부어오르고 있었다.

"어이, 임 박사."

어깨를 툭 치며 다가온 사람은 영무였다. 역시나 목까지 뒤덮은 모기장 점퍼 차림이다. 게다가 평소에는 잘 쓰지도 않는 시커먼 색안경까지 썼다.

"하여간 김 화백 패기는 세계 최강이라니까, 하하. 저 군인들 인상 구겨지는 거 봐라. 인터넷으로 생중계 되고 있으니까 패지도 못하고 아주 죽을 맛이겠지, 흐흐. 야, 근데 넌 모기장 점퍼 안 입냐? 대장간 도끼가 녹슨다더니, 병리학자란 놈이 참 무방비하게도 다닌다."

다른 운동가가 김민해의 바통을 이어받아 카메라 앞에 서서 떠들었다. 구석에 물러서있는 김민해 쪽으로 걸어갔다.

"김 화백!"

"아, 국과수 박사님 오셨네요. 안 그래도 좀 만나 뵀으면 했는데."

"……"

"박사님은 내막 좀 아실 것 같은데 말이죠. 그 바이러스 정체가 대체 뭡니까? 얼마나 심하길래 조짐만 보여도 잡아가는 거죠?"

"상상 이상으로 심각해요. 잠복기가 지나서 일단 발병하면 뇌손상이 옵니다. 손상 속도가 워낙 심해서 비정상적인 행동을 하죠. 이성을 쓰는 영역들은 모두 파괴되고 본능만 남아요. 특히 식욕이요. 그래서 닥치는 대로 물어뜯는 거구요."

"아니, 그럼 물어뜯는 증세가 뇌손상 때문이었던 거예요? 단순한 발작인 줄 알았더니만."

"김 화백, 바이러스 감염자한테 물린 지 두 달 넘었다면서요."

"네."

"그 이후로 발열이나 구토, 가려움증 같은 거 전혀 없었어요?"

"없는데요. 그런 건 왜 물으세요. 모기한테 물린 적도 없는데."

"나랑 갈 때가 있어요. 거기 가면 자세히 알게 될 거예요."

"엥? 가긴 어딜 가요. 보시다시피 저 여기서 무지 바쁩니다. 좀 있으면 공중파 방송국에서도 올 거고요."

"김 화백이 이러는 건 다 사람들을 위해서잖아요. 나랑 같이 가는 거야말로 사람들, 아니 인류를 위하는 일이에요."

"훗, 인류씩이나. 제가 왜 필요한 건데요? 저 잡아오라고 누가 시켰나요?"

"싸움도 못하는 책상물림한테 누가 그런 걸 시키겠어요? 우선 가면서 얘기합시다."

"아니오. 왜 가야하는지 확실한 명분이 없다면 한 발짝도 못 움직여요. 지금 이 자리가 얼마나 중요한데요. 국민들한테 구린 내막을 폭로하고 진실을 알려주는 게 제가 할 일이에요."

"진짜 중요한 건 백신 만드는 거예요. 모르겠어요? 발병률도 치사율도 정말 심각해요."

"백신이야 중요하죠. 근데 제가 가야 되는 거랑 백신이랑 무슨 상관이에요. 면역자도 아닌데."

"바이러스 감염자한테 물렸다면서요."

"그게 왜요? 모기한테 물린 것도 아닌데."

"가면서 얘기합시다."

"아, 잠깐만."

김 화백은 눈치가 빨랐다.

"설마 모기뿐만 아니라 감염자한테도 물리면 걸리는 거예요?"

대답 대신 고개를 끄덕거렸다.

"예에?! 아니 그럼 사람끼리도 감염된단 말이에요? 모기만 조심하면 되는 거 아니었어요?"

"……"

"허, 뭐 이런 개 같은 경우가 있어. 근데 왜 발표를 안 한 거예요. TV고 신문이고 온통 모기 타령만 해대고."

치아를 앙다문 김 화백의 턱 선에 분기가 팽팽히 차올랐다.

"감염자한테 물린 지 두 달 넘게 멀쩡한 거 보니까 김 화백한테 항체가 있을지도 몰라요. 그럼 백신도 만들 수 있을 겁니다."

"아니, 지금 그게 문제가 아니라. 이런 개자식들. 모기한테만 안 물리면 되는 것처럼 말하더니만 인간 대 인간 감염인 걸 숨기다니. 사람들 말이 사실이었네. 인간끼리도 감염되는 거 아니냐고 인터넷에서 난리였었는데."

찍어 내릴 듯한 도끼눈이 내게 꽂혔다.

"박사님도 똑같아요. 그런 사실을 알고도 모른 척하는 거 안 찔립디까?"

"욕을 하든 주먹을 쓰든 일단 가고 나서 하죠."

"네. 좋습니다. 갈게요. 대신 조건이 있어요. 카메라에 대고 사람끼리 감염된다는 거 알려주세요."

"나도 말하고 싶지만 정부 지시를 따를 수밖에 없어요. 질병본부에서 쫓겨나지 않으려면. 그래야 백신 상황도 지켜볼 수 있고."

"그럼 백신 나오기 전까지는요? 그냥 죽으라고요? 병의 위험성이라도 알고 있으면 각자 대처할 수 있을 거예요. 우리같은 비전문가들이 아무리 말해 봐야 음모론이라고 무시할 뿐이에요. 박사님 말이라면 믿을 겁니다. 더구나 요새 국과수 직원 양심선언이라는 글도 돌고 있어서 더 설득력이 있을 거예요. 박사님도 국과수 소속이니까."

그래, 더 이상 내 체면이나 해고 여부를 저울질할 때가 아니다. 이미 식구들만 피신시키는 파렴치를 저질렀다. 비양심을 벌충할 만한 희생은 해줘야 한다.

"좋아요. 발표만 하고 바로 가는 겁니다."

카메라맨이 내 앞으로 바싹 다가왔다. 김민해는 카메라를 향해 모든 내막을 알고 있는 사람이라고 나를 소개했다. 국과수 법의관이라는 얘기도 빼놓지 않았다. 카메라가 나를 비췄다. 긴장은 되지 않았다. 허탈한 기분으로 말꼬지를 뗐다.

"지금 퍼지고 있는 이 질병은……"

첫 문장이 끝나기도 전에 비명 소리가 주위를 갈랐다. 내 눈앞으로 영무의 얼굴이 낙뢰처럼 번쩍 날아왔다. 색안경이 벗겨져 있었다. 눈알 속 모세혈관이 죄다 터져 핏빛으로 그렁거렸다. 저거 때문이었던 거냐. 그래서 뜬금없이 어울리지도 않는 선글라스를 쓰고 온 거였냐.

포악해진 몰골은 카메라맨의 어깨를 물어뜯었다. 카메라맨은 장비를 떨어뜨린 채 비틀거렸고 영무는 충혈된 눈으로 먹잇감을 다시 급습했다. 군인들과 김민해 사이의 휴전이 무너진 것도 이때였다. 군인들이 몰려와 영무를 후려쳤다. 개머리판 여러 개가 동시에 영무를 짓이겨놓았다. 제아무리 체력이 배가된 좀비라지만 덩치들의 집단 폭행에는 당할 재간이 없었다.

"그만 해요! 그러다 죽이겠어요!"

군인들을 밀쳤지만 그들은 아랑곳하지 않았다. 바닥에 떨어져 있던 카메라를 들어 군인 하나를 내리쳤다. 녀석의 주먹이 내 쪽으로 날아오는 걸 간신히 피했다. 낼 수 있는 한 가장 큰 소리로 외쳤다.

"나 질병본부 백신 팀에 소속된 박사야! 치료제 만들려면 감염자들이 필요하다고. 당신들이 실험 대상 돼줄 거 아니면 감염자들 잘 모셔!"

그제야 군인들이 행동을 멈췄다. 실신한 영무는 군인들 손에 들려 트럭 안으로 옮겨졌다. 미리 말해줄 것이지. 그럼 최소한 저 미심쩍은 트럭 행은 면했을 거 아니야. 아, 미련한 자식……

숨 돌릴 틈도 없이 또 비명이 이어졌다. 이번에는 뒤쪽이었다.

김민해가 지키려던 가족 중 어린아이가 변이돼 제 부모 가슴을 타고 올라가 목덜미를 물어뜯었다. 말리는 김민해도 팔뚝을 물렸다. 나는 허리춤에 끼어둔 전기충격기를 꺼내 김민해에게 달라붙은 좀비 아이를 기절시켰다. 군인들이 가세하면서 난장판이 되었다. 이번에는 끌려가는 사람들만 있을 뿐 막아서는 이들은 보이지 않았다. 방송국 직원들은 카메라맨이 당하는 광경을 보자마자 뿔뿔이 흩어졌고 구경하던 시민들도 도망간 지 오래였다. 김민해만 미련 맞게 버티고 있었다. 그녀가 물리는 걸 군인들도 봤을 테니 끌려갈 게 뻔하다.

"김 화백, 빨리 타요."

군인 서넛이 달려드려는 순간 자동차를 몰고 갔다. 김민해가 다급히 올라탔다.

차도로 진입하고도 한참을 달리고 나서야 차 속도를 줄였다. 영무가 끌려가던 잔상이 마음을 괴롭혔다. 김민해를 돌아보았다. 좀 전에 물린 팔을 주무르고 있었다.

"또 물렸군요."

"그러게요. 내 살이 맛있나."

"이 상황에도 농담이 나오는 거 보니 쿨한 기질은 타고 났네요. 그런 정신력이면 면역력도 셀 것 같은데. 면역자가 맞았으면 좋겠구만."

"잠복기가 얼마나 길 수 있죠?"

"현재까지 알려진 결로는 한 달 정도가 최장이에요. 면역력이 좋은 사람일수록 발병기가 늦춰진다는 거 말고는 확실한 건 몰라요. 바이러스가 혈관을 타고 뇌로 침투해 망가뜨리는 건데, 그 과정을 억제하는 요소가 있는 사람이라면 발병이 지연되는 거죠."

"발병하기 전 증상은 어떻죠?"

"발열은 기본이고, 가슴이 답답하고 피부 혈관이 부풀어 올라요. 그냥 붓는 것과는 좀 다르죠. 마치 혈관 안에 가스라도 찬 것처럼 불거져요. 구토와 가려움증도 생기고요."

"저도 틀렸군요."

"네?"

"보세요."

아까 물린 부위가 금세 부풀어 올라 있었다. 혈관이 불거진 것이 뚜렷이 보였다.

"가슴도 답답한데요. 방금 물렸는데 왜 갑자기 발병되는 건지. 두 달 동안 늦춰지던 면역력은 어디 가고."

"잠복기 상태에서 바이러스가 다시 들어오니까 바로 반응이 오는가 보군요."

"그럼 면역이 아니라 잠복기였던 건가 보죠? 첫."

길섶에 차를 세웠다. 김민해를 밖으로 던져버려야 하나 고민됐다.

"내려야겠죠? 박사님한테 옮기는 날에는……"

"미안해요."

"이해합니다. 면역자 꼭 찾으시……"

김민해가 문을 열고 내리려는 순간, 거대한 덩치 하나가 곡성을 질러대며 문짝으로 달려들었다. 김민해는 반사적으로 덩치를 발로 차고는 문을 닫았다. 내 쪽 문짝으로도 작은 덩치 하나가 주먹질을 퍼부었다. 돌아보니 여자였다. 최 의원의 몰골보다 더 심각했다. 발병된 지 오래된 듯 얼굴 거죽이 말라빠진 나무껍질처럼 흉측하게 주름져 있었다. 햇빛에 반사되니 시뻘건 눈알도 더 섬뜩하게 이글거렸다. 김민해가 비명을 질렀다. 완전히 변이된 몰골을 처음으로 본 것이다. 나가떨어졌던 거대 덩치가 다시 범퍼로 달려들었다. 이쪽은 남자였다. 이젠 짝지어 사냥을 다니는 것인가. 더 지체할 수 없었다. 김민해를 버리는 일은 나중으로 미루자. 최대 속도로 가속기를 밟았다. 차에 매달려 있던 두 감염자는 곤두 떨어져 바닥으로 나뒹굴었다. 넉장거리로 뻗은 감염자들이 백미러에 비쳤다.

"저런 거였어요? 저 지경일 줄이야. 정부 새끼들, 저 지경인데도 숨기고 있었단 말이에요? 완전 좀비 같잖아, 헉. 그래서 그렇게 발병되자마자 부리나케 잡아갔던 거군."

감염자들이 안 보이는 곳에 다다랐을 때 차를 세웠다. 김 화백도 발병이 시작된 상태지만 그렇다고 좀비들이 우글거리는 곳에 내려놓을 수는 없었다.

"완전 생각할수록 열 받네. 정부 놈들이고 경찰 놈들이고 능력은 없으면서 은폐하는 비양심만 수준급이지. 좀비로 변하고 나면 그놈들부터 물어뜯어야겠네."

작별인사를 하려고 김민해를 돌아보았다. 좀 전까지만 해도 변이될 것 같은 칙칙한 낯빛이었는데, 지금은 다시 원래의 활기찬 혈색으로 돌아와 있었다.

"멀쩡해진 거예요?"

"예?"

"물린 부위 좀 봅시다."

부풀어 오르던 피부들을 살폈다. 여전히 불거진 상태지만 가라앉고 있는 게 분명했다.

"그러고 보니 좀 거뜬한 느낌인데요. 아까는 몸살 난 것처럼 찌뿌듯하더니. 허, 뭐죠 이거? 신기하네."

"음, 바이러스 억제물질이 있는 건 확실한가본데요."

얄궂게도 이 인간멸종론자가 인류의 구원자가 될 확률이 점점 높아지고 있다.

병원까지 가는 동안 감염자들과 여럿 마주쳤다. 그들은 길거리에 있던 사람들을 습격했다. 김민해는 만행의 현장들을 일일이 손가락질 하며 아우성을 질러댔다. 그녀는 피해자들을 도와야 한다고 오지랖을 외쳐댔지만 들은 척도 안 하는 날 비난하지는 않았다.

병원 지하통로로 들어갔다. 경비가 배로 늘어나 있었다. 특별출입증이 있는 나조차도 격리병동 안으로 들어가는데 시간이 걸렸다. 그들은 내 몸에 감염증상이 있는지 구석구석 살폈다. 김민해 몸에 난 상처를 보고는 출입 불가 판정을 내렸다. 면역자라는 말을 했지만 소용없었다. 김민해가 능청스레 빈정거렸다.

"안 들어가도 그만입니다. 근데 백신이 없다면 군인 아저씨도 얼마 안 가서 걸릴 텐데 그때 후회나 하지 말아요. 참, 아저씨들, 가족들하고는 연락돼요? 몰래 빼돌리지 않았다면 지금쯤 감염됐을 확률이 큰데. 아까 여기 오는데도 감염자들이 수두룩합디다. 치사율도 높다는데 백신 못 맞으면 죽을 확률이 99.9퍼센트지 아마. 안 그래요 박사님?"

표독스런 입담에 군인들은 인상을 구겼지만 설득력 있게 들렸는지 길을 열어주는 쪽을 택했다. 다만 발병할 경우를 대비해 입에 재갈을 차고 포박당한 채 들어가야 한다는 조건을 붙였다.

* * *

강원도 전 지역에 감염자들이 속출하자 여론이 요동치기 시작했다. 인터넷을 통해 목격담이 전국으로 퍼져갔다. 사진까지 첨부된 수많은 증언들이 온갖 사이트에서 격한 담론으로 들끓었다. 정부는 우선 인터넷 망부터 차단시켰다. 온라인 검색창에서는 모기바이러스와 관련된 항목들이 삭제됐고, 오프라인에서는 감염자 포획 작전이 대대적으로 벌어졌다. 군부대 인력이 총동원되면서 강원 전 지역의 길거리가 급속히 청소되기 시작했다. 감염자들은 폐건물 수용실로 개돼지처럼 꾸역꾸역 감금되었다. 더불어 여론 세척도 진행됐다. 목격자들이 관련 증거를 해외로 퍼 날랐지만 정부는 외계인이나 UFO 가짜 사진처럼 싸구려 소설에 불과하다는 넷 여론을 심기에 바빴다. 조작 사진들을 직접 만들고는 사진 조작의 실태라며 퍼뜨리기까지 했다. 각국 대사관들에서도 문의가 빗발쳤다. 정부는 뇌염바이러스의 변종이라는 설명과 함께 질병이 진정 국면에 들어섰다는 먹히지 않는 변명만 늘어놓았다.

이제 그들의 헛발질을 방관할 수 없다. 무엇보다 마음속에서 요동치는 죄책감을 더는 못 버티겠다. 단 한 명의 망자라도 억울한 일이 없도록 하자는 게 법의관들의 오랜 신념이다. 헌데 국민 전체가 걸린 상황이 닥쳤음에도 난 무지하고 몰염치했다. 멱살잡이로 끌려가는 한이 있더라도 이젠 양심을 지키리라.

정부 관료들이 병동으로 시찰 나왔다는 소식을 듣자마자 그들이 있는 회의실로 달려갔다. 그들은 여전히 여론 차단과 진실 은폐 방법에 대해 토론 중이었다. 불쑥 쳐들어간 나는 대뜸 '더 이상 비겁해지지 맙시다!'라고 외쳤다. 장관은 하고 싶은 말이 뭐냐고 침착히 물었다. 나는 단호하게 일갈했다.

"은폐 단계는 이미 지났어요. 대중에게 모든 내막을 공표해야 합니다."

경멸어린 시선만 쏟아질 뿐 수긍하는 사람은 보이지 않았다. 장관 옆에 앉아있던 경찰청장이 험악한 눈질로 쏘아붙였다.

"대중의 속성을 몰라서 그런 소릴 하는 거요? 황당무계한 선동에도 휩쓸려서 무작정 거리로 뛰쳐나오는 게 대중이라고. 어디 그뿐인가? 겁에 질리거나 자포자기한 사람들이 많아질수록 범죄율도 높아진다는 거 다 역사가 말해주는 진리예요. 사람 개개인은 똑똑해도 군중은 우매한 법이라고."

장관이 달래듯이 말했다.

"박사님이 연구에 시달려서 마음이 허해진 모양이네요. 정부가 신속하게 대처하고 있으니까 서울까지 번지는 일은 없을 거예요. 강원도를 봉쇄하면 전국으로 확산되진 않을 겁니다. 그러니까 박사님은 백신연구에나 매진하세요."

"대처도 한계가 있는 거죠. 장담컨대 이미 보균자들이 전국 곳곳에 있을 겁니다. 그 사람들이 발병하는 순간 어떻게 되는지는 잘 아시겠죠?"

"이제 연구팀에서 백신만 만들면 모든 사태는 종결되는 겁니다. 아주 희망적인 상황인데 조금만 더 참아봅시다."

"희망적이라고요? 전혀 그렇지가 않습니다."

"면역자를 직접 데려오신 분은 박사님이 아닙니까? 그런데 희망이 없다니요?"

"면역자가 아니니까요."

냉철한 표정들에 동요가 일었다.

"그게 무슨 소리죠?"

"김민해 씨도 양성으로 나왔습니다."

회의실 안이 술렁거렸다. 다른 관료가 다급히 물었다.

"아무 감염증세도 없다고 들었는데 어떻게 양성인 겁니까?"

"잠복기가 긴 걸로 추정할 뿐이에요. 이 바이러스의 감염 메커니즘은 전혀 종잡을 수가 없어요. 왜 김민해 씨만 잠복기가 긴 건지 알아내기엔 너무 오랜 시간이 걸릴 겁니다."

침묵이 이어졌다. 강력한 희망 하나가 추락하자 관료들의 침착한 표정에도 틈이 벌어졌다.

"그래서 박사님 마음이 흔들렸나 본데. 그 맘 이해 못 하는 거 아닙니다. 하지만 이게 최선이에요. 국민들 속이는 게 우리라고 좋겠어요? 그냥 현실적인 선택을 하는 거예요. 바이러스보다 더 무서운 건 진실을 안 대중입니다. 진실을 감당 못하고 폭도로 변할 테니까요."

"저도 알아요."

"안다면서 왜 이러는 겁니까?"

"진실을 안 대중보다 더 무서운 게 있으니까요."

"……?"

"없어진 대중이죠."

황당해하는 실소가 관료들 얼굴을 따라 도미노처럼 번졌다.

"무슨 소린지, 원."

"대중이 아예 없어진다고요. 멸종이요."

관료들 얼굴에서 실소가 곧장 사라졌다.

"진실을 안 대중이 처음에는 문제를 일으키겠지만 일시적인 현상이에요. 폭도가 되는 건 소수일 테고, 대부분은 대피하고 피신할 겁니다. 하지만 진실을 은폐한다면, 피할 지혜를 가진 사람들조차 속수무책으로 당할 거라고요. 어느 쪽이 더 낫다고 보십니까? 일시적인 혼란과 소요가 겁나서 멸종을 택하실 겁니까?"

잠자코 있던 통상국장이 비웃으며 대꾸했다.

"멸종? 진짜 멸망이 뭔지나 알고 떠드는 거요? 차라리 한꺼번에 다 같이 멸망하는 거라면 이렇게 골머리 썩어가며 걱정할 것도 없어요. 그냥 죽어버리면 그만이니까. 진짜 두려운 건 따로 있다고요. 우리 상황을 있는 그대로 발표했다간 대한민국은 전 세계에서 고립될 거요. 입국 금지령이라도 떨어지는 날에는, 그게 어떤 건지 모르진 않겠죠? 국가 경제 자체가 완전히 붕괴된단 말이에요. 박사는 우리나라 식량 수입량이 어느 정도인지나 아시오? 자급자족으로 얼마나 버틸 것 같소. 물자 부족, 식량 부족, 아주 지옥이 따로 없을 거요. 그뿐인가. 가장 끔찍한 건 심리적 절망감이에요. 풍족한 생활에 익숙한 세대들이잖소. 물자고 문화생활이고 다 끊기는 날에는 병에 걸리기도 전에 상실감으로 쓰러지는 국민이 태반일 거요. 바이러스로 죽기 전에 고립돼서 먼저 죽을 거라고요. 그 지경이 되면 백신이고 치료제 개발이고 지원해 줄 정부 인력도 남아있지 않을 걸요."

무간지옥 같은 상상이 국장의 설명을 따라 머릿속에서 생생히 재연됐다.

"아직 전국으로 퍼지지도 않은 질병을 그깟 양심 나부랭이 때문에 떠벌릴 순 없어요. 누구 좋으라고? 경쟁국가들? 허, 다른 나라 놈들이라고 다를 것 같소? 우리보다 더 할 놈들이에요. 장담컨대, 고립 사태는 국민들조차 원하는 게 아닐 거요. 지금은 진실을 밝히라고 난리들이지만 내막을 알고 나면 차라리 비밀을 지키라고 응원할 거요. 이상주의자들 눈엔 우리가 냉혈한처럼 보이겠지만 나라를 책임지는 사람들은 최대한 실리적인 선택을 해야 할 의무가 있는 거라고요."

반박할 수가 없다. 그래, 맞는 말이다. 나란 인간도 다른 사람들한테는 함구한 채 내 식구들만 챙기지 않았던가. 역겹다, 내 자신이. 적어도 저 사람은 제 식구만 챙기는 이기주의자는 아니다. 자국민을 지키겠다는 사명감은 잊지 않고 있으니 나보다 몇 배는 더 양심적인 사람이다. 통상국장은 내 침묵을 패배 인정으로 해석했는지 부드러운 말투로 다독거렸다.

"박사의 고민은 충분히 이해합니다. 하지만 우리끼리 싸울 때가 아니지 않습니까. 대를 위해 소를 버린다는 생각으로 마음을 다잡아 주세요."

"뭐가 대고 뭐가 솝니까."

"뭐긴 뭐겠어요. 대한민국이 대의지. 박사같이 양심 타령하는 게 소고."

"아닙니다. 더 이상은 아니에요."

"아이고, 박사 왜 자꾸 고집을 핍니까. 당신은 조국애란 것도 없소? 이 나라가 절단 나든 말든 양심만 지키면 다예요?"

"저도 대의를 위해서예요. 제가 생각하는 대의와 소의가 국장님과 다를 뿐이죠."

"그러니까 박사는 양심이 대의라는 거잖소."

"아니오. 대의는 인류죠."

"……"

"정말 모르시겠어요? 이젠 한국의 실리를 따질 단계가 아닙니다. 대를 위해 소를 버려야 한다고 하셨잖습니까. 인류를 위해 한국을 버릴 때가 온 겁니다."

"이 양반이 정말."

"이런 말하기 괴롭지만 이미 막다른 길목이에요."

"자꾸 부정적인 말만 할 거요?"

"더 이상 강원도만이 아니에요. 이미 인터넷에 서울에서 감염자들을 본 목격담이 올라오고 있어요. 막을 수 있다는 발상 자체가 어리석은 겁니다. 이미 바이러스가 전국으로 다 퍼졌다고요. 실리 따지고 조국애 따질 단계는 이미 지났습니다."

바투 응시하며 논쟁 자세를 흩트리지 않았던 통상국장이 한숨을 뱉으며 시선을 돌렸다. 다른 간부들은 침묵 속으로 침몰해 버린 지 오래였다.

"이제 결단을 내릴 때가 왔어요. 더 이상 한국만의 문제가 아니에요. 이미 보균자들이 국외로 빠져나갔을 거예요. 외국에서도 대처가 필요합니다. 한국인으로 인해 인류가 멸종되는 일은 없어야 하지 않겠습니까."

더 이상 아무도 입을 열지 않았다. 여기서 뭘 더 말 할 수 있겠는가. 한국민의 멸종을 코앞에 둔 채 다른 인종의 멸종이라도 막자는 마지막 유언을 하고 있는 상황이다. 침묵은 참으로 길고 무거웠다. 냉철하기 짝이 없던 관료들도 결국은 실리를 버리는 쪽으로 마음을 돌렸다. 통상국장은 끝까지 반대했지만 양심 쪽으로 입장을 바꾼 관료들이 더 많았다.

회의실을 나온 뒤에 격리돼 있던 김민해를 데리고 밖으로 나왔다. 보균자라 외부로 데리고 나갈 수 없는 게 철칙이지만, 내 직권을 악용해 김민해를 빼냈다.

"또 어딜 가시려고요."

"왜요? 이젠 격리병동 떠나는 게 겁나요? 보안에다 경비까지 완벽한 곳이라?"

"그럴 리가요. 보균자 몸으로 돌아다니다가 남들한테 감염시킬까봐 걱정이죠."

"뭐 어차피 보균자가 넘쳐나는 상황인데요. 어떡할래요? 김 화백이 하고 싶은 대로 해요. 격리병동으로 돌아갈지 아니면 바람과 함께 사라질지."

"지금 굉장히 인심 쓰는 듯이 말하십니다."

"하하, 그래요? 별로 폼 나는 일 해본 적도 없는데 한번 흉내라도 내봅시다."

"후회 안 하실 거예요? 저 풀어줬다고 문책 당해도 상관없죠?"

"아, 그렇다니까요. 될 대로 되라지 뭐, 젠장."

"설마 지금 자포자기 중이신 겁니까?"

"허허, 글쎄요. 그런가? 아무래도."

"미안하지만, 박사님 뜻대로 해줄 수가 없겠는데요. 내 사전엔 자포자기 따윈 없거든요. 가다가 곤두박이치는 한이 있더라도 일단 전진합니다."

"뚝심은 아주 타고났구먼. 도도 사피엔슨지 뭔지 염세주의자인 줄 알았더니만 이제 보니 아주 대책 없는 낙관주의자네."

"자, 그만 툴툴대시고요. 제가 잠복기가 가장 긴 인간이라면서요. 양성으로 나오긴 했지만 어쨌거나 바이러스를 지연시키는 능력은 있다는 얘기잖아요. 그럼 앞으로 뭔 실마리가 나올 가능성이 있지 않겠어요? 잠복기가 유달리 길다는 건 분명 억제 물질이 있다는 뜻인데, 그게 뭔지 발견되면 치료제 연구에도 진전이 있을 테고요."

내일 지구가 멸망해도 사과나무 심겠다는 허풍선이들은 어느 시대에나 있게 마련이다. 그런 외곬들 덕분에 지금껏 인류가 생존해온 거겠지. 감동했다는 따위의 대답 대신 수긍하는 미소를 흘렸다.

"표정 보니 자포자기에선 벗어나신 것 같고, 그럼 병동으로 돌아갈까요?"

"아직이요. 먼저 할 일이 있어요."

"아, 또 뭔데요?"

"걱정 마요. 김 화백 입맛에 딱 맞는 일이니까."

뚱한 김민해 표정이 반색으로 바뀌는 데는 오래 걸리지 않았다. 횡성에 있는 연구단지에 대해 설명하면서 그곳에 비감염자들을 최대한 많이 피신시키자는 계획을 말하자 나한테 한 번도 보여준 적 없는 상냥한 표정을 지었다. 사실 진단시설이 없는 외부에서 누가 보균자인지 비감염자인지 일일이 검증하는 건 불가능하다. 감염여부가 불확실한 자들을 연구단지에 들여보낸다면 그 안에 있는 내 청정한 식구들은 위험해질지도 모른다. 물론 식구들에게 가서 특별 당부를 할 것이고 만약을 위해 지하 비상통로로 연결되는 밀폐구역을 알려줄 것이다. 하지만 여기까지다. 이 정도에서 내 이기심을 갈무리하려고 한다. 감히 내 주제에 관료들을 향해 양심을 일갈하지 않았는가. 내 비양심에서 진동하는 역겨운 악취를 조금이라도 환기시키려면 반쪽짜리 선행이나마 해야 한다.

김 화백은 비감염자라 주장하는 행인들을 연구단지에 가득 끌어들였다. 육안으로라도 증세가 있는지 일일이 확인하고 싶었으나 마음을 접었다. 그러다간 이산가족 상황이 벌어질 게 뻔하다. 당신은 되지만 당신 자식은 못 들어가라고 말하는 순간, 내 계획은 선행이 아니라 검열로 변질된다. 길거리에 방치되는 것만도 못한 야박한 상황이 돼버리고 만다. 그래서 김 화백한테 전적으로 맡긴 채 아예 뒤에 물러 서 있었다.

수용 인원은 예정보다 초과됐지만 저들이 감염자가 아닌 게 확실하다면 지금처럼 그저 감사한 마음만 가진 채 평화롭게 지낼 것이다. 김민해가 확성기에 대고 연구단지 난민들을 향해 당부의 말을 외쳤다.

"백신이 나오면 여러분은 집으로 돌아갈 수 있습니다. 그때까지 이곳 생활이 불편하더라도 참고 서로 보듬으며 지내십시오. 여러분을 위해 이곳을 마련해주신 박사님의 은혜를 생각하면서 감사한 마음으로 기다리세요."

사람들은 눈물을 흘리거나 존경어린 미소로 반응했다. 박수를 치는 이들도 있었다. 난 식구들과 따로 만나 얘기를 나눴다. 같이 있자고 울먹이는 식구들에게 격리병동이 몇 십 배는 더 안전하다고 안심시켰다. '나쁜 감기 고치는 약 빨리 만들라'는 딸아이의 응원을 가슴에 묻고 연구단지 밖으로 나왔다. 먼저 나와 기다리고 있던 김민해와 함께 격리병동으로 출발했다.

* * *

정부는 짧은 성명을 발표했다. 대통령의 담화문은 유사 이래 가장 비통한 내용이었다. 진실에 대한 반응은 바이러스 감염 속도보다 훨씬 더 빨랐다. 다른 나라들은 즉각적으로 한국인 입국 금지를 선포했고 국내 항공기들이 타국 공항에서 쫓겨 되돌아오는 일이 속출했다. 통상국장의 예측대로 심각한 고립 사태가 확산돼갔다. 우리나라 정부는 양심의 대가가 이런 거냐며 항변했지만, 왜 이 지경이 돼서야 밝혔냐는 적대감만 쏟아질 뿐이었다.

진실을 알고 싶다며 다그치던 여론은 정작 무서운 진실이 발표되자 침묵과 절망으로 변해갔다. 진실 발표가 촉매제라도 됐던 것인지 잠복기에서 깨어난 발병자들이 전국 곳곳에서 등장했다. 군대 안에서까지 발병자들이 나오면서 감염자 사냥 작전에도 문제가 생겼다. 위성으로 감시 체계를 총동원하고 있던 주변국들은 상황이 심각해지자 한국 정부가 거부하건 말건 유엔결의를 속성으로 해치우고 군대를 파견했다. 한국을 위해서라기보다는 진원지를 더 신속히 차단하기 위한 목적에서였다. 정부가 처음에 강원도를 고립시켰듯이 주변국들은 한국을 고립시킬 생각인 것이다.

그들 역시 같은 실수를 하고 있다. 인간은 바이러스를 고립시킬 수 없다는 걸 아직도 모르는가. 기껏해야 잠시 지연시킬 뿐이다.

연구실 분위기는 더 치열해졌다. 절체절명이 오히려 그들을 열정적으로 만들었다. 추락하는 조국을 일으킬 방법은 오로지 백신뿐이라며 모두들 악패듯 몰두하고 있었다. 항상 화난 얼굴로 앙다문 채 실험에 매달리는 이들, 볼 때마다 눈물을 그렁거린 채 자료집을 뒤적이는 이들, 몸소 나가 면역자로 추정되는 사람들한테서 직접 피를 뽑아오는 이들도 있었다. 절망 속에서 핀 용기는 훨씬 더 위대한 법이다. 어렵사리 핀 꽃에 열매가 맺힐 날이 올 거라 그들은 최면 하듯 다짐하고 있었다.

나라고 다르겠는가. 김민해가 물어온 인터넷 정보 하나만 믿고 좀비 소굴이 돼버린 시골마을까지 갔다 왔을 정도니 풋내기 시절에 품었던 사명감을 회복한 것 같은 착각마저 든다. 다녀온 보람이 아주 없다고는 할 수 없지만 그렇다고 있다고 하기에도 우스운 상황이다. 한때 평화롭고 운치 있던 마을이 하드고어 영화 세트장처럼 바뀌었다는 것부터 괜히 왔다는 후회를 부추겼었다.

김민해가 마을 정보를 처음 본 곳은 인터넷이었다. 바이러스가 공식 발표되고 발병자가 늘어나면서 자살률도 급증했는데, 강원도에 살던 한 여고생이 자살 직전에 제 미니홈피에 올린 글이 웹상으로 퍼졌다. 그 자살 여고생이 올린 글에 의하면, 동네에서 자기 할머니만 변이되지 않았다는 것이다. 주민수가 삼십여 명인 작은 마을이긴 하지만 충분히 주목할 만한 확률이었다. 시내에서 학교를 다녔던 여고생은 휴교령이 내려지면서 시골마을로 내려갔고, 감염자들을 피해 할머니를 데리고 숲속 움막으로 숨어들었다고 한다. 그러나 피하던 과정에서 감염자에게 물린 여고생은 병증을 체감하게 되고, 자신이 괴물로 변해 할머니를 죽일까봐 두려운 나머지 자살을 택했다. 할머니를 구조해 달라는 게시 글이 마지막 유언이었다. 할머니는 오래전에 감염자에게 물린 상태였지만 여고생이 인터넷에 글을 올릴 때까지 아무 발병 징후가 없었다고 했다. 바로 그 점이 내 호기심을 끌었고, 티끌만 한 실마리도 아쉬운 우리로선 지체 없이 봉쇄된 마을로 떠났다.

마을은 시내와 달리 포악한 좀비는 거의 남아 있지 않았다. 원주민들 나이가 고령이다 보니 좀비로 변하고 나서도 광기어린 체력을 발휘할 수 없었기 때문이다. 제풀에 꺾여 신체능력이 소진된 좀비들과 이미 절명한 좀비들이 대부분이었다. 유일한 비감염자를 찾는 일도 어렵지 않았다. 할머니는 산속 움막에 여전히 숨어 있었다. 아니, 묶여 있었다. 할머니는 좀비는 아니었지만 정상인도 아니었다. 내 일행을 오빠라 부르며 밥 달라고 태평하게 칭얼대는 모습은 전형적인 치매 노인의 모습이었다. 치매 걸린 할머니가 멋모르고 마을로 내려가는 사태를 막기 위해 여고생 손녀가 산속 움막에 꼼꼼히도 묶어두었다. 그 덕에 할머니도 살고 우리도 면역 가능자를 확보했다.

병동으로 돌아오는 길이 더 험난했다. 유엔에서 파병된 외국 군인들이 시내에 깔려 있었는데, 검문하는 기세가 좀비들의 광기와 비슷했다. 광견병 걸린 개 취급당하며 끌려가는 한국인들을 보면서도 모르쇠 할 수밖에 없었다. 진실을 알리자던 내 양심타령이 얼마나 우스꽝스러운 객기였는지, 씁쓸한 깨달음이 또다시 울화통을 보깨었다.

면역자만 찾는다면 저 수모도 끝낼 수 있다는 희망에 모두 매달린 채 치매 할머니를 연구했지만 해피엔딩으로 가는 길은 참으로 아득하기만 하다. 결론적으로, 면역자가 맞긴 하다. 좀비바이러스는 인간의 뇌에서만 병변을 일으키는데, 치매할머니의 뇌 영상자료를 면밀히 검토했으나 좀비감염자에게서 나타나는 이상 징후가 보이지 않았다. 혈액 검사에서 양성으로 나왔음에도 불구하고 좀비 증상이 발현되지 않은 이유는 면역물질이 있어서가 아니라 치매로 인한 뇌손상 때문이었다. 좀비바이러스가 발현되는 뇌부위가 이미 손상돼 있는 사람이라면 바이러스가 아예 작동하지 못한다는 단순한 이치다. 대뇌피질에서 운반역을 담당하는 신경세포들이 치매로 고장 나면서 좀비바이러스가 확산될 수 있는 길목 자체가 끊어져 버렸다. 전두엽이 없는 동물들에서 바이러스가 좀비 증상을 일으키지 않는 경우와 같은 맥락이다. 지금껏 전혀 생각해보지 못한 발견이지만, 무슨 소용이 있겠는가. 좀비가 되지 않기 위해서 치매로 만들어야 한다면 그걸 과연 예방이라고 할 수 있겠냐 말이다. 물론 괴물좀비보다야 치매환자가 도덕적으로나 모양새로나 백 배 더 낫기는 하다만. 연구실을 달구던 기대감은 어정쩡한 실소로 변해 있었다.

상황은 이렇듯 여전히 삼류 공포영화 같은 현실이다. 자고 일어나면 꿈이 돼 있을 거라는 망상도 여전히 버릴 수가 없다. 동료 연구자와 함께 김민해가 있는 격리실로 갔다. 그녀는 아직도 멀쩡하다. 격리실에 잡아두는 게 미안할 정도다. 저렇게 잠복기가 길다면 잠재적 면역자라고 해도 과언이 아니다. 양성 반응인 게 걸리지만 우리가 미처 발견하지 못한 항체유사물질이 있을 수도 있다. 양성인 걸 확인한 이후 김민해는 더 이상 조사하지 않았다. 이제는 잡아볼 지푸라기조차 없는 상황이니 헛일이 되건 말건 해볼 따름이다. 우선 김민해의 혈청을 다시 조사해 보기로 했다. 면역자는 아닐지라도 잠복기나마 연장시킬 수 있다면 그것만으로도 큰 수확이다.

연구자들은 잠은 오래 전에 포기한 채 끼니까지 거르며 혈청검사에 매달렸다. 놀랍게도 처음 진단했을 때와 양상이 달라져 있었다. 바이러스가 둔화되는 현상이 포착됐다. 그동안 김민해의 면역세포가 바이러스에 대한 방어력을 조금이나마 키운 것으로 보인다. 바이러스를 퇴치할 능력은 없지만 최소한 약화시키는 능력은 있다는 얘기다. 둔화 현상을 발견하는 순간 연구실에서 터져나온 환호성은 한국 축구팀이 월드컵에서 브라질을 꺾고 우승하더라도 나올 수 없는 환희의 극한이었다. 언젠가는 김민해의 면역세포들이 바이러스에 내성을 키우면서 온전한 항체를 만들어낼 날도 올 것이다.

김민해의 항혈청을 근거로 투약제제가 완성됐지만 문제는 임상 대상이었다. 병동 격리실에는 김민해를 제외하고는 보균자가 남아있지 않다. 끌려와 감금됐던 감염자들은 이미 변이됐거나 죽은 상태다. 변이된 환자에게는 김민해 혈청이 아무 효과가 없었다. 발병되기 전인 잠복기 상태여야만 발병 억제제가 효력을 발휘할 수 있다. 물론 정상인도 실험 대상으로 적합하지만 나설 사람도 없거니와 도의적으로도 가능한 선택지가 아니다. 오랜 불면으로 몽롱해지고 창백해진 몰골들이 모여 앉아 고민에 빠졌다.

"밖으로 나가서 보균자를 구해와야겠죠?"

"그 수밖에 없는데…… 보균자들은 잡혀갈까봐 다 숨었을 거라 찾기 어려울 거예요. 들리는 말에 의하면 세계평화군 놈들이 멀쩡해 보이는 사람들도 일단 잡아간다던데요."

"평화군은 개뿔. 점령군이지. 저번에 나갔을 때 나도 잡혀갈 뻔했다니까요. 의학팀 소속이라는 신분증 보여줘도 자기네 소속 아니면 모른다는 거예요. 개새끼들. 때마침 경호팀이 와서 망정이지 하마터면 나도 끌려갔을 걸요."

한국인들은 바이러스도 모자라 사냥꾼들까지 피해 다녀야 하는 이중고에 시달리고 있었다. 통상국장 말처럼 양심 따윈 버리고 인류가 공멸하든 말든 버텨볼 걸 하는 망령된 생각이 다시 떠올랐다.

"그래도 그놈들한테 부탁하는 수밖에 없잖아. 그놈들이 잡아가둔 사람들 중에 분명 보균자가 있을 거라고. 진단기술 넘겨줬으니까 지들도 확진해 봤을 거 아냐."

"문제는 보균자 처리를 어떻게 하는지 알 수가 없다는 거죠. 아무래도 확진 절차 없이 그냥 죄다 잡아 죽이는 것 같단 말이에요."

"정부는 뭐 하는 건지. 자국민이 쥐도 새도 모르게 개죽음 당하고 있는데."

"지금 우리나라 정부가 뭔 힘이 있어. 이미 남의 나라 군대까지 들어와 있는 상황인데. 게다가 외국하고 짬짜미인 한국 놈들이 첩자 짓까지 하고 있다는 얘기도 들리던데."

"저번에 새로 생긴 연구팀도 그쪽 끄나풀이라는 얘기가 있더라고요. 우리 팀들한테도 연구 자료 나오는 대로 무조건 보고하라고 그러고요. 지들이 무슨 상위 조직이라도 되는 양. 웃겨."

"뻔하지 뭐. 우리 연구실적 다 꿀꺽할 속셈이지. 완전 좀비바이러스 같은 놈들이야. 참 빨리도 들어와서 곳곳에 침투해 버렸단 말이지."

모처럼만에 웃음이 들썩였다. 연구자들은 줄곧 침묵인 나를 흘끗거렸다. 마치 심각한 결심이라도 한 사람처럼 숙연한 표정으로 굳어 있으니 이상해 보일 만도 하다.

"임 박사님 생각은 어떠세요? 임상시험 문제 어떡하죠?"

"나한테 사용해요."

아프리카 부족의 낯선 언어라도 들은 듯 갸우뚱한 표정들이 들썩거렸다.

"나를 대상으로 시험하세요."

그제야 말귀를 알아들은 연구자들이 동시에 반대의견을 퍼부었다. 말도 안 된다는 간단한 반대부터, 연구원을 마루타로 쓰는 경우도 있냐는 구체적인 항의, 우리가 좀비와 다른 이유는 도덕과 인정이 있어서라는 감상적인 반론에 이르기까지 저마다 불통대기 바빴다.

"됐습니다. 인정 따질 때가 아니에요. 시간도 없고."

"아무리 급해도 최소한의 양심까지 팔고 싶진 않아요. 우리가 미친 듯이 연구에 매달리는 게 뭐예요? 내 나라 사람들 살려보자고 이러는 건데, 이게 인정 아니면 뭡니까. 인정이 있고 양심이 있으니까 인간인 거예요. 좀비들과 다른 점이라고요. 정신이 황폐해지는데 무슨 연구예요."

몇몇은 울먹거리기까지 했다. 내가 통상국장을 설득할 때 지키자고 했던 것도 양심이었다. 지킨 결과가 어땠는가? 한국은 더 치명적인 꼴로 추락하고 말았다. 세계로부터 고립되지만 않았어도 나라꼴이 이렇게까지 급전직하 하지는 않았을 것이다. 더 이상 허세는 부리고 싶지 않다.

"이미 감염자 천진데 나 하나 더 걸리는 게 뭐가 대수라고요."

정말 그랬다. 대수로울 것도 비장할 것도 없다. 고작 격리병동에서 기생하고 있는 삶이 무슨 큰 기쁨이라고. 다만 내 가족과 딸아이가 폐부로 아려오지만, 오히려 그 때문에 더 결단이 필요하다. 내 희생이 그들을 살릴 수도 있을 테니까.

"그럼 이렇게 하시죠."

송 박사가 긴장된 어투로 말했다.

"제비뽑기로 정하는 겁니다. 우리 중에 뽑힌 사람을 시험 대상으로 하는 거예요."

듣고 있던 연구원들은 섬뜩 놀란 채 서로 눈치만 살폈다.

"내가 한다니까요. 지원자가 있는데 무슨 제비뽑깁니까."

농담하기 좋아하는 윤박사가 애써 경쾌한 말투로 끼어들었다.

"아니요. 임 박사님만 멋진 역 하게 둘 순 없죠. 역사책에 남을 일이잖아요. 저도 이름 좀 남겨보자고요."

윤 박사의 농담에 마음이 진정됐는지 처음에는 식겁해 했던 사람들도 비장한 표정으로 고개를 끄덕였다. 그래요, 그럽시다, 맞아요, 하는 동조의 목소리가 웅성거렸다.

제비뽑기 결과, 윤 박사가 걸렸다. 러시안룰렛이라도 하는 양 얼어붙은 낯빛으로 뽑기에 임하던 연구원들은 자기가 아니라는 사실에 안도하다가 윤 박사가 걸렸다는 사실에 절망했다. 자기가 아니길 바라면서도 동료도 아니길 바라는 모순된 심리는 고문과도 같았다. 윤 박사가 'ㅇ'라고 적힌 종잇조각을 내보이며 애써 미소를 짓자 연구원들은 눈물을 흘리거나 아예 회의실 밖으로 나가버렸다.

임상시험 날짜는 며칠 후로 미뤄졌다. 보균자 물색을 좀 더 해본 뒤에 마지막 수단으로 윤 박사를 이용하자는 배려였다. 윤 박사도 머뭇거리면서도 동의했다. 그들은 앞으로도 윤 박사를 실험용으로 쓸 수 없을 것이다. 인간성 상실의 시대에 맞선다며 동료애로 똘똘 뭉쳐온 저들이 동료를, 그것도 가장 인기 있는 윤 박사를 바이러스의 제물로 희생시킬 리가 없다.

연구자들에게 잠시 눈 좀 붙이라고 말하고는 복도로 나와 곧장 실험실로 갔다. 김민해 혈장에서 추출한 항혈청 제제를 내 몸에 투약했다.

* * *

동료들에게 투약 사실을 숨긴 채 십여 일이 흘렀다. 혈액검사상으로는 항체가 형성된 것으로 나왔다. 일단 항체는 안착됐지만 문제는 이 항체가 괴질 항원의 급격한 돌연변이 현상 앞에서도 온전히 버틸 수 있느냐다. 성공하지 못한다면 사유하는 인간으로서의 나는 지금이 마지막일 것이다. 내 몸을 마루타로 쓰고 있는 걸 어차피 아무도 모르니 여기서 멈춘대도 체면 손상 같은 건 없다. 멍청한 건지 초연한 건지 이젠 갈등조차 되지 않는다. 정부쪽에 보균자 조달을 부탁했지만 여태 아무런 소식이 없다. 무소식이 희소식인 것 같지는 않다. 한국 땅은 하루가 다르게 이방인들에게 잠식당하고 있는 처지니 한국정부가 결정하고 수행할 권한은 이미 사라진 지 오래다. 이제 결단을 내리자. 까짓것, 그냥 해버리는 거다. 모 아니면 도다.

연구자들이 잠든 시각에 실험실로 혼자 들어갔다. 감염자의 혈액 샘플이 들어 있는 보관기에서 한 사람을 감염시킬 만한 양을 주사기에 채워 넣었다. 연구자들이 곯아떨어져 있는 동안 나는 실험을 마무리할 수 있었다. 기분 탓인지 피곤이 몰려왔다. 침대에 누웠다. 지하에 묻힌 곳이라 야경 같은 건 없다. 어차피 한강 조망권을 가진 고급 아파트라고 해도 예전처럼 화려한 야경을 감상하지는 못한다. 기껏해야 드문드문 불빛 몇 개가 고작일 터, 나무 몇 그루만 남은 민둥산 같은 야경이 비참한 처지만 더 자극할 것이다.

참으로 오랜만에 숙면을 취했다. 그래선지 바이러스도 제대로 생착된 모양이다. 눈을 뜨는데 미세한 발열과 호흡곤란이 느껴졌다. 피부에도 청색 반응이 보이고 구토와 마비증세가 체감됐다. 감염 초기 증상이다. 잠복기로 들어가면서 다시 안정될 테지만 잠복기가 끝난 뒤 발병기로 접어들면 아주 강하게 발현될 증상들이다.

과연 김민해의 항체물질이 내게도 행운을 가져다 줄 것인가. 기도는 하지 않겠다. 어떤 신을 찾아야할지 모르겠다. 대체 어떤 신이 인간에게 이런 형벌을 내린 것인지 인류문명이 시작되자마자 무수히 만들어진 신들 중에 누구를 지목해야 하는지 알 수가 없다. 그저 담담히 눈을 감았다. 내 안에 있을 희망 파편들을 죄다 끌어 모았다. 희망이 에너지가 되어 내 오염된 육신을 구원해 주기를 바랄 뿐이다.

일주일이 흘렀다. 아직까지 혈액검사 결과는 고무적이지만 투명망토라도 쓴 듯 잠적해 버리는 좀비괴질 항원의 특성 상, 김민해 항혈청의 성공 여부를 판단하려면 수개월 동안은 추적 관찰해야 한다. 만약을 위해 비밀번호로만 출입할 수 있는 방으로 숙소를 바꿨다. 별안간 좀비로 변한다고 해도 비밀번호를 기억해 내지 못할 테니 방을 뛰쳐나가 동료들을 습격하는 일은 없을 것이다.

연구자들은 내가 왜 갑자기 숨어 지내는지에 대해 걱정스레 쑥덕거렸다. 그들에게 이유를 알려주었다. 반응은 분노에 가까웠다. 가장 격한 반응을 보인 건 윤 박사였다. 역사책에 남을 기회를 빼앗긴 때문은 아니었다. 연구실이 울음바다로 돌변하자 민망하기까지 했다. 좀비로 변할지도 모르니 나를 잘 감시하라는 당부를 남기고는 자리를 피했다.

방에 틀어박힌 내게 연구원들이 와서 간간이 소식을 전해주었다. 바깥세상은 점점 악화되고 있다는 비보였다. 이미 다른 나라들도 한국 상황과 비슷해지고 있다는 얘기들이 전해졌다. 활발하게 정보가 오가던 각 나라의 대규모 웹사이트들은 방문자들이 급격히 줄어들었다고 한다. 살아남은 개인들의 트위터와 블로그가 간간히 소식을 전할 뿐이었다. 온갖 석학들이 모여 백신 연구에 매진한 지도 꽤 되었지만 그네들도 실적이 없긴 마찬가지였다. 해외 웹사이트에서 들려오던 내용 중 가장 인상적인 건 좀비괴질의 원조 논쟁이었다. 한국에서 벌어진 일들과 유사한 현상을 목격해 정부에 신고한 적이 있다는 주장들이 여러 나라 사이트에서 들끓었다는 것이다. 그들이 자기네 국가에 신고한 시점은 내가 한국에서 첫 번째 희생자를 발견하기 훨씬 전이었다.

감염된 탓인지 계속 잠이 몰려온다. 발열과 호흡곤란이 간헐적으로 일어나고 있고 구토 기미가 보인다. 김민해도 잠깐 이런 증상을 느낀 적이 있지만 일시적인 현상에 불과했다. 하지만 나는 미세하되 주기적으로 느끼고 있다. 어떻게 해석해야 하나. 결국…… 아니, 희망을 버리지 말자. 면역형성에 희망만큼 유효한 촉진제도 없다.

몸이 급격히 나른해졌다. 침상으로 가 누웠다. 얼마가 지났을까. 누군가 다급히 깨우는 바람에 눈을 떴다. 아직 새벽이었다.

"무슨 일이지?"

막내 연구원이 기가 다 빠져나간 듯한 표정으로 울먹거렸다.

"김민해 씨가……"

"그 사람이 왜?"

특수감금실로 옮겨갔다는 답변이 채 끝나기도 전에 뛰쳐나갔다. 머릿속이 완전히 탈색된 채 감금실로 달려갔다.

한 때 최 의원을 가두었던 곳이다. 유리막 너머로 낯익은 형체가 앉아 있었다. 그저께까지만 해도 독서와 맨손체조로 소일하던 김민해가, 임상시험 중인 나를 킹왕짱이라고 치켜세우던 바로 그 김민해가 지금은 좀비들이 뜯어먹다 버린 고기조각 앞에 웅크리고 있다. 유리막 쪽을 무심히 쳐다보는 김민해의 얼굴을 보는 순간 탄식이 흘러나왔다. 김민해의 눈알은 이미 불타고 있고 몸은 독기로 창백해진 상태였다. 그녀는 바닥에 얼비치는 뻘건 육고기를 향해 코를 킁킁거리며 다가갔다. 게걸스레 바닥을 핥는 소리가 들리자, 안 그래도 기운 없던 내 몸뚱이가 충격으로 나가떨어졌다.

김민해 혈청은 실패한 것이다. 연구원들이 좀비로 변한 김민해의 혈액을 다시 조사했다. 중화된 걸로 보였던 바이러스는 몇 배로 활발해져 있었다. 중화됐던 게 아니라 내성을 키우는 과정에 불과했다. 바이러스가 더 멀리 도약하기 위해 잠시 웅크렸던 준비시점에 우리는 착각에 빠져 헛된 꿈을 꾸고 말았다.

아, 결국 이렇게 끝나는 건가. 그래, 해피엔딩 따윈 없었던 거다. 좀비바이러스 같은 무지막지한 강적이라면 항상 반전으로 맞받아칠 능력이 있는 것이다. 투약제제는 실패했으니 남은 건 치매할머니뿐이다. 치매가 되느냐 좀비가 되느냐 이것이 문제로다. 이제 인류가 할 수 있는 선택은 이 두 가지 중 하나뿐이다.

연구원들은 나에 대해 아무런 조치도 취하지 않았다. 위로의 말도 가두려는 시도도 없었다. 내가 자발적으로 임상시험 대상자가 됐듯이 이번에도 내가 직접 선택해야 했다. 이곳에서 좀비로 갇혀 지내다 죽을지, 내 피붙이들 얼굴이나마 보고 죽을지, 비교적 간단한 양자택일이었다.

연구원들이 모인 자리에서 병동을 떠나겠다고 말했다. 우울한 낯빛들은 눈물만 그렁거릴 뿐 막을 생각은 없어 보였다. 군인들도 마찬가지였다. 다행히 그들은 임상시험에 대해 모르는 상태라 내가 격리병동을 나가는 데 문제가 없었다. 무뚝뚝한 충고만 해줄 뿐이었다.

“바깥상황이 많이 안 좋습니다. 지금 나가시면 여기에 다시는 못 들어옵니다. 그래도 괜찮다면 나가십시오.”

반드시 돌아오라며 붙잡고 늘어진대도 돌아올 생각은 전혀 없다. 이곳도 결국은 독 안에 든 쥐 신세다.

횡성단지에 있는 가족들과 연락이 끊어진 지 이미 삼 일째다. 지금 가는 길도 결국은 절망을 재확인 하는 것에 불과하겠지만 그럼에도 가야 하지 않겠는가. 이 절망의 길 말고는 할 게 아무것도 없으니까. 지금 당장 죽지 않을 거라면 절망의 길이나마 가야 한다.

도로에서 움직이는 차량은 내 차뿐이었다. 파손되거나 먼지 쌓인 차량들은 영원히 잠이 든 모양새로 굳어버렸다. 내가 감염자로 전락하는 동안 바깥세상에도 많은 변화가 있었던 모양이다. 사람의 움직임조차 보이지 않고, 멀리서 개 짖는 소리만 간간히 들려왔다. 발병자들이 급격히 느는 바람에 군인들도 흩어졌다는 얘기는 들었지만 이 정도일 줄은 몰랐다. 좀비들로 들끓는 난전보다 이 불모지 같은 적막이 더 섬찟지근하게 느껴진다. 감염된 생명이라도 없는 것보다는 낫다는, 여전히 희망이 존재한다는 반증이라는 생각이 잠시 머릿속을 맴돌았다.

인도 쪽 화단에서 무언가 달려 나오는 것이 시야에 들어왔다. 반사적으로 차를 세웠다. 20대로 보이는 사내였다. 정상인이었다. 그는 내 차로 곧장 달려와 목례를 조아리고는 조수석에 올라탔다.

“아이고, 왜 이렇게 늦었어요. 두 시간도 넘게 기다렸는데. 혹시 좀비 놈들이라도 만날까봐 화단 사이에 숨어 있었잖아요.”

“누굴 기다렸나본데, 내가 아닙니다.”

“예? 동물지원팀에서 나온 거 아니에요?”

“동물지원팀이요?”

"아저씨는 어디 소속인데요?"

"격리병동에 있었죠. 지금은 아니지만."

"와, 세상에. 격리병동이요? 완전 땡잡으셨네. 방어막은 말할 것도 없고 경호에다 의료시설까지 갖춘 완전 6성 호텔이잖아요. 근데 그렇게 안전한 데 놔두고 어디 가는 거예요?"

"가족들한테요."

"아. 그렇구나. 부럽다 진짜. 우리 가족은 다…… 어휴."

"방금 동물지원팀이라고 했는데."

"투견장이랑 군견학교에 있던 개들 말하는 거예요."

"……?"

"좀비 놈들이 어찌나 빨리도 불어나는지 군인들도 감당이 안 되잖아요. 군인들도 좀비로 변하는 마당이니 말 다 했죠. 그래서 생각해 낸 게 투견들을 푸는 거였어요. 동물들이야 좀비 병에 안 걸리니까 감염 걱정도 없고. 우리 녀석들이 원체 맹견들이라 물어뜯는 솜씨가 기똥차거든요. 좀비 새끼들을 그냥 다 한 큐에 발라버리더만요. 하하."

"……"

"다른 팀원들은 좀비 사체 소각하느라고 나만 개들 데리고 이쪽으로 온 거예요. 근데 개들 중에 한 녀석이 좀비 냄새를 맡았는지 막 뛰어가는 거예요. 다른 녀석들도 우르르 따라가고. 내가 오라고 불러도 막 그냥 달려 나가더라고요. 어, 저깄네. 우리 녀석들."

청년이 가리키는 손 방향을 따라 차를 돌렸다. 덩치 큰 개 대여섯 마리가 사람의 몸뚱이 하나씩을 물어 쥔 채 으르렁 거리고 있었다. 맹견들의 송곳니가 쑤셔 박힌 형체들은 피부 상태로 보건대 모두 감염자들이었다. 그러나 완전히 좀비로 변한 발병자인지 보균자 상태에서 당한 건지는 장담할 수 없다. 몇몇은 이미 절명한 채 바닥에 널브러져 있고, 몇몇은 목덜미를 물어뜯기면서도 연방 사지를 들썩였다. 제 전리품을 놓치지 않으려는 개들이 다른 쪽 전리품도 탐이 나는지 표독스런 눈알을 희번덕거렸다.

당장 떨어지라는 소리가 목구멍까지 차올랐지만 삼켰다. 저 냉혈한 개 주인에게는 좀비보다도 못한 괴물이라고 욕하고 싶었지만 참았다. 여전히 양심이니 인정이니 하는 도덕관념을 버리지 못한 내 자신이 우스울 따름이다.

개 주인이 칭찬하며 쉬어! 라고 명령해도 놈들은 이미 살기에 걸신들린 눈빛으로 변한 채 꿈쩍도 하지 않았다. 좀비는 바이러스 물질에 의해서만 만들어지는 게 아니다. 제 욕망을 다스리지 못하고 집착하는 순간 좀비적 존재가 되는 참극은 인류역사 내내 있어 왔다. 동물이라고 다르겠는가. 아무리 길들여진 개들이라도 마구자비 살육의 즐거움에 무방비로 노출되다 보면, 주인의 명령 때문이 아닌 제 스스로 인간을 사냥하게 될 것이다.

동물지원팀이 있는 곳까지 데려다 달라고 개 주인이 부탁했지만 거절했다. 나도 인정 따위는 버리련다. 거리가 멀어 시간도 없을뿐더러 내 마지막 가는 길목에 살육의 악취를 달고 가긴 싫다. 개 주인은 내 뒤통수를 향해 '가다가 좀비나 만나'라고 소리쳤다.

횡성연구소로 가는 굽잇길로 접어들었다. 다리 하나만 건너면 연구단지로 들어서는 비포장 길이 나온다. 마지막 굽이를 돌자 강이 마주 보였다. 목적지까지 얼마 안 남았다는 기대감은 강 앞에서는 순간 꺾여버렸다. 폭격이라도 맞은 듯 다리가 끊어져 있고, 난간 근처에는 총질로 누더기 된 좀비 사체들이 썩어가고 있었다. 둔치와 강가는 물론, 끊어진 다리 건너편에도 사체들이 널브러진 게 보였다. 그들 대부분은 군복 차림이었다. 군부대가 통째로 좀비가 되는 일이 벌어진다고 들었다. 이곳도 그중 하나였다니, 허. 코웃음이 끼룩 삐져나왔다. 울고 싶다는 생각조차 들지 않는다. 철저하게 패배당한 기분이다. 슬픔도 최소한의 여유가 있을 때나 느낄 수 있는 법이다.

시야에 뭔가 움직이는 것이 잡혔다. 개들이었다. 핏불테리어 서너 마리가 주변을 매섭게 경계하며 내 차 주위로 다가와 코를 킁킁거렸다. 곳곳에 많이도 풀어놓은 모양이다. 덕분에 여기까지 오는 동안 살아있는 좀비는 한 명도 보지 못했다. 앞으로도 만류의 영장과 짐승들과의 싸움은 후자의 압승으로 끝날 것이다. 문명은 소멸하고 다시금 야생이라는 기회균등이 짐승들에게 주어졌다.

맹견 한 놈이 또 덤불에서 걸어 나왔다. 살덩어리를 하나 물고는 피범벅인 주둥이로 살점들을 맛있게도 씹어 삼켰다. 덩어리는 인간의 손 한 쪽이었다. 하지만 손끝에 청색증 현상이 없다. 혈액순환장애 때문에 손끝이 자색으로 멍드는 것이 좀비 병증의 특징이다. 그럼 저 손의 주인공은 정상인이었단 말인가. 검지에 끼어져있는 알반지가 햇빛에 반사돼 번득였다.

나른함과 피곤함이 온몸을 짓눌러댄다. 시동을 끄고 등받이에 기댔다. 대성통곡할 상황임에도 통곡은커녕 그저 잠들고 싶다는 생각만 든다. 격리병동에 있을 때 보균자에서 발병자로 바뀌는 과정을 숱하게 지켜봤다. 그들 중에는 발병 직전에 졸음을 호소한 경우가 더러 있었다. 연구진들은 그 졸음 현상을 '태풍의 눈'이라고 불렀다. 이성을 완전히 잃고 좀비로 환골탈태하기 전에 겪는 마지막 평화였기 때문이다. 지금 내 졸음이 그저 심리적인 무기력인 것인지 인간으로서의 마지막 휴식인 것인지 확신이 서지 않는다.

살아오면서 해결하지 못했던 수많은 의문들과 상처로 남은 기억들이 밀물처럼 떠올랐다. 예전에 오염된 하천에서 보았던 백로 한 쌍이 아른거렸다. 기름때에 짓눌려 날지 못하던 백로의 환영이 일그러지며 멀어져갔다. 의식이 희미해지는가 싶더니 돌연 천둥 같은 굉음이 머릿속을 가격했다. 뭔지 알 수 없는 낯선 감각이 머릿속을 난도질하며 깨어나려 했다. 자궁 밖으로 탈출하던 머나먼 과거의 쾌감이 온몸 곳곳에서 일떠섰다.

| 심사위원 추천작 |

세상 끝 어느 고군분투의 기록

박해로

밝은 조명에 터지고 흘러 합쳐지는
피웅덩이가 선명하게 보였다.
살점을 물어뜯고 손톱으로 후벼파는
끔찍한 살육전이었다.

1

Y교도소 중앙감시탑에 올라서보면 안묵동 전체가 훤히 보인다. 교도소 왼쪽의 무지개 문양 건물이 효륜초등학교이며 그 뒤편에 모여 있는 17층 건물들이 Y시에서 집값 비싸기로 소문난 아파트 단지다. 교도소 오른쪽에는 대형 마트와 재래시장이 고루 섞인 상가가 펼쳐져 있는데 이 너머엔 12개 진료과를 갖춘 Y종합병원이 우뚝 서 있다. 극장이나 음식점 따위 각종 문화 유흥 시설들이 도심 곳곳을 채우고 있고 어디서나 사람의 모습이 보인다. 그러니까 이 안묵동은 대한민국 중소도시의 전형적인 중심가라 칭할 만한 곳이다.

하지만 어떤 번화가라도 인적이 끊기면 쇠퇴는 시간문제인 법.

201X년 현재, 사람의 자취는 있으되 현존은 없는 이 건물들은 비까번쩍한 외양에도 불구하고 생명력을 잃어가고 있다. 모든 건물 안이 텅 비었기 때문이다. 도시의 모든 건물들이 사람을 잃어버렸다. Y시뿐만 아니라 다른 도시들 역시 마찬가지다. 더 이상의 관리도 사용도 임대도 방화도 공사도 흥정도 돈놀이도 (건물과 관련된 통상적 기능이) 소멸될 터였다. 건물이 방치되고 사람(의 능력)이 사라지자마자 도시의 모든 기능은 정지되었다. 그리고 이제 그 자리를 메우는 건 생산과 소비, 문화와 사회의 활성에너지를 잃어버린 채 뒤틀린 본능으로 충만한 '변한 존재들' 뿐이다.

거리에는 말라붙은 핏자국과 널브러진 뼈다귀, 그리고 엉망진창이 된 자동차들과 버려진 생활의 기기들뿐이다. 종이들이 바람을 타고 정찰기처럼 그 위를 날아다니고 있다. 비어 있는 건물은 아직까진 특별한 변함이 없으나 변한 존재들의 세상이 갓 시작된 시기를 고려하면 그 위용도 오래가진 못할 거라는 추측을 낳게 한다. 머지않아 이끼가 끼고 녹이 슬 것이다. 하지만 버림받았음에도 낙서 따위는 없을 것이다. 변한 존재들은 청소는 물론 장난조차도 할 줄 모르니까. 유일한 그들의 존재 이유, 뒤틀린 본능이란 바로 식욕이다. 성욕은 해당되지 않는다. 그들은 먹기 위해서 비척비척 걸어다닐 뿐이다.

뉴스보도에 따르면 식육점과 마트의 고기 코너가 제일 먼저 결딴났다고 한다. 합법적으로 파는 날고기가 변한 자들의 강탈로 동이 나면서 불법적이고도 무자비한 취식행위가 기승을 부렸다. 그 대상엔 가축과 애완동물은 물론이거니와 사람도 예외가 없었다. 사람 고기를 먹기 위한 살인엔 가족도 어른도 이웃도 선후배도 구별 없었다. 보이는 대로 덤벼 죽이고 닥치는 대로 잡아먹었다. 일단 변하고 난 자는 더 이상 사람 구실을 못했다. 살아남은 사람들은 잡아먹히지 않으려고 각기 최선의 방법으로 안전망을 구축해야만 했다. 필요하다면 선후배도 이웃도 어른도 심지어 가족까지도 죽여야만 했다. 필요란 곧 생존이었다. 왜 변했는지, 왜 변하고 그런 행동을 하는지 끝내 해답은 나오지 않았다. 답을 구하던 사람들도 똑같이 변해갔으니까. 이 글의 주인공 정유남도 멸망의 기로에서 겨우 살아남아 의문을 풀고자 애쓰는 사람이었다. 세상이 바뀌면서부터는 살아있는 것 자체도 고통이었다. 그렇지만 그냥 죽을 수는 없었다. 뭔가 억울했다. 정유남은 어떻게든 살아남기 위해 안전한 곳을 확보하려 했고 그곳이 바로 Y교도소였던 것이다.

2

35세의 독신남 정유남은 바로 Y교도소에서 근무하던 교도관이었다. '대변혁'이 일어나던 그 날 그는 요행히 변란을 피할 수가 있었다. 일종의 내사문제로 아무도 모르는 곳에 감금된 신세였기 때문이다. 아무도 모르는 곳이란 지금은 쓰지 않는 구(舊)숙직실이었다. 감시탑 아래 쓰지 않는 다락방처럼 위치한 이 골방을 변한 존재들은 찾아내지 못했다.

세상이 지금처럼 바뀌기 얼마 전, 52명의 재소자가 종이가방을 만드는 Y교도소 내 위탁공장에서 한 사건이 발생했다. 익명의 제보를 받은 교도소 기동타격대가 긴 수색 끝에 공장 재료창고 천장에서 담배 500개피를 찾아낸 것이다. 16절지에 볼펜으로 써 넣은 제보에 따르면 폭력으로 입소한 1647번 이형식이 교도소 동기였던 친구와 접견시 몰래 반입해 은닉해 둔 담배라고 했다. 담배 문제는 대형 교정사고와 작지 않은 연관이 있는지라 관련 재소자의 독방 수용과 담당근무자 문책이 뒤를 이었다. 그런데 위탁공장 안의 52명 중에는 이형식을 추종하던 세력이 있었다. 이들은 영치금 많은 이형식으로부터 담배는 물론 과일이나 라면 따위 구매물까지 얻으면서 이형식을 '형님'으로 모시고 있던 어깨들이었다. 돈 많고 잘 쓰는 자가 대접받고 없는 자와 짠돌이는 무시당하긴 바깥사회나 교도소 안이나 똑같았다. 그들은 사기로 들어온 956번 변용석이 담배 반입 사실을 알고 협박 반 청탁 반으로 이형식에게 얻어 피우고자 했으나 그가 거부 의사를 표명하자 보복의 일환으로 '이형식이 담배를 반입해서 질서를 흐리고 있습니다. 그를 처벌하여 주십시오.' 라는 내용의 무기명 투서를 진정함에 넣은 사실을 잘 알고 있었다.

이형식의 독방 조사 수용으로 담배와 구매물을 얻지 못하게 된 이형식의 동생들은 차례로 변용석을 찾아와 운동시간에 네놈 모가지를 따버리겠다고 협박했다. 그러자 언제 어떤 위험이 닥칠지 몰라 똥줄이 타던 변용석은 자수를 선택했다. 내가 바로 제보를 한 사람이다, 취업장 내 담배 반입을 좌시할 수 없었다, 이제 신변에 위협을 느끼고 있으니 당장 안전한 독방으로 보내달라, 자수의 요지는 대충 이러했다. 이 위탁공장의 담당교도관이 바로 정유남이었다. 10년 근무 경력 중 장관, 청장 표창장을 여러 번 받고 나름 근무 잘한다는 평판 자자하던 그는 자기 근무지에서 벌어진 담배사건 때문에 체면이 손상됐고 머릿속이 복잡한 상태였다. 그는 어이없음과 분노가 반씩 섞인 얼굴로, 계장한테 보고해줄 테니 기다리라 했고 손 쓸 시간만 노리던 이형식의 동생들은 이 광경을 정확히 포착했다. 그 중 하나가 손날로 자기 목을 긋는 시늉을 하자 기다릴 여유가 없었던 변용석은 관물대 모서리에 수차례 이마를 찧어 자해를 했다.

"날 당장 독방으로 보내줘! 당장 독방으로 보내달란 말이야!"

유남이 달려가 변용석을 끌어안아 말리고 작업반장 및 여럿 모범수들이 그를 도왔다. 검정 기동복을 입은 기동타격대가 달려올 때까지 변용석은 피를 흘리며 고함을 멈추지 않았다. 유남이 소리쳤다.

"됐어 그만! 뭘 잘했다고……"

밀고자로 찍혀 모두의 따가운 시선을 받고 있던 변용석은 담당 교도관마저 핀잔을 주자, 순간 급격하게 솟아오르는 적의를 느꼈다.

"담당근무자 정유남도 담배 반입을 알고 있었다! 그는 담배가 돌면서 문제를 일으키는 걸 알면서도 근무 편하게 하려고 이를 묵인했다!"

그런데 하필이면 이날이때 위탁공장 옆을 지나던 교도소 외부참관인 무리들이 있었다. 갱생 직업훈련 현황을 시찰하기 위해 온 이 민간인 사절단 중에 한 사람이 수행 교도관들을 뿌리치고 위탁공장으로 달려갔다. 진실의 보도보다 명성과 권력의 추구에 골몰해 몇 년째 특종을 찾아 헤매던 지역신문사의 기자였던 그는 볼펜과 수첩을 꺼내들고 교도관 정유남이 아닌 재소자 변용석에게 직접 물었다.

"방금 한 말이 다 사실입니까?"

흥분이 가시지 않은 얼굴로 변용석은 연신 고개를 끄덕였다. 때마침 수행교도관들이 달려와 기자더러 여기는 바깥이 아니고 위험한 교정시설 안인데 왜 마음대로 행동하느냐고 꾸짖었다. 교도소 내 민간인에 대한 사건사고를 자주 보아왔던 그들의 당연한 야단이었지만 제삼자의 눈에 이 시추에이션은 진실을 은폐하고 언론을 마비시키려는 교정행정의 밀행적 위압감으로 비쳐졌다. 그러자 작은 일이 순식간에 커져버렸다. 정유남이 부정공무원으로 의심받게 되었던 것이다.

3

외부인의 주관적인 시선이 개입된 소동 직후 유남은 근무를 정지당했다. 직원 숙직실에 반감금 상태로 머물면서 퇴근도 못하고 조사를 받게 되었다. 냉소적이고 붙임성이 없다는 단점은 있지만 평소 책임감 있고 뒤탈 있는 일 싫어하던 성품의 그가 부정사건에 연루될 리 없다고 동료직원들은 입을 모았다. 게다가 변용석의 진술은 조리에도 맞지 않고 아무런 물증도 없어 자체 조사 직원들 역시도 유남의 혐의 없음을 확신했다. 하지만 특종을 이뤄내려는 신문기자의 칼보다 강한 펜 덕분에 사건은 쉽게 끝나지 않았고 급기야 광역시의 교정청에서 감사직원이 내려오게 되었다. 여기서 또 눈덩이는 굴러갔다. Y교도소에서 근무하다가 청으로 발령받은 그 감사직원은 정유남과 동기로, 하필 사이가 안 좋은 자였기 때문이다. 그의 해묵은 원한이 모처럼의 기회로 되살아나 근무지로 복귀하려던 유남은 재조사 받을 것을 지시받고 다시 감금되어야만 했다.

"계급이 깡팬데 어쩌노. 그 새끼가 내보다 위로 올라갔으니 지시를 받을 수밖에. 조금만 더 있자. 하루이틀이면 해결될 거다."

위탁공장 관구의 책임주임이 그에게 한 말이었다. 평소에도 말수가 거의 없던 유남은 아무런 대꾸도 하지 않았다. 많은 동료직원들이 휴게실 앞에서 숙직실로 돌아가는 그에게 위로의 말을 던졌다. 유남은 그들과 마주치기 싫어 입을 다문 채 휴게실 안쪽의 HD 텔레비전으로 시선을 두었다.

"예, 방금 들어온 속보입니다. 변종 소아마비 바이러스에 감염되었다가 완치된 시민들이 집단으로 신체 마비와 지적장애 유사증상을 호소하고 있는 지역이 두 군데 더 늘어난 것으로 집계되고 있습니다. OO도 OO시 OO동 주민들과 인근 OO군 OO면 지역 주민 일부가 바이러스 확진에서 완치 진단을 받은 지 3일만에 동일한 이상증세를 보이고 있어 관계당국이 진상 조사에 나섰습니다. 이들 대다수가 심리적 불안으로 폭력적인 행동을 보이고 있는 가운데, 군경 관계자는 만일의 사태에 대비하여……"

그것은 며칠 전에 방송된 '전세계를 강타한 변종 소아마비 바이러스가 진정국면에 접어들고 있습니다.'던 아나운스먼트와 정면으로 배치되는 것이었다. 하지만 유남은 전세계적 이슈보다 자신만의 문제에 더 골몰했던 터라 뉴스 보도를 귀담아 듣지 않았다.

4

"그러니까 말해 봐. 이형식이 담배 들여와 소 안에서 장사한 거 알고 있었잖아?"

"식사는 안 불편해요 선배? 근무지는 많이 바쁩니다. 특히 병동하고 그 옆에 5사동 쪽이 장난 아니에요. 신종 소아마비 의심 증상으로 격리된 재소자들 있잖아요. 이상 행동을 보이고 있거든요."

"날 동기라고 보지 마. 난 널 조사하러 온 감사직원이야. 좋은 말로 할 때 빨리 털어놔라."

"바깥 걱정은 말고 자네 걱정이나 하게. 변용석 진술이 허위인 거 알면서도 감사 그 놈이 자네 말아 넣으려고 그러는 거 다 아니까. 새끼, 옛날 같았으면…… 뭐? 병동? 맞아, 확실히 이상하긴 해. 내 생각엔 비상경계체제로 바꿔야 할 것 같은데…… 그런데 이놈의 결재가 안 떨어지니…… 우린 뭐든지 결재가 떨어져야 하잖아?"

"곧 끝날 겁니다. 뭐 증거가 나온 게 있어야지요. 그리고 그 바이러스 있잖아요. 그 인간도 걸렸나봐요. 조사 포기하고 병원간다던데요."

"그래 수도권은 여기보다 더 해…… 몇 년 전 신종플루 때하고 비슷하지. 휴교령 내리고 마스크 덮어쓰고 줄서고…… 그나저나 옛 정을 생각해서 봐주는 거야. 난 너 안 믿으니까 정유남."

"내일은 제가 식사 못 갖다 드릴 거예요 선배. 휴가냈거든요. 저도 몸이 좀 안 좋아요. 병원 가봐야겠어요."

온갖 말들이 잠수부 둘레를 왔다갔다하는 바다생물들처럼 유남을 괴롭혔다. 말들은 그의 귀를 간질였고 팔다리를 통제하려 했고 눈과 머리를 장악하려 했다.

유남의 앞에 환상적이고 우울한 색채의 이미지들이 펼쳐졌다.

저기 팔등으로 눈을 가린 채 누워 있는 고독해 보이는 존재, 저게 바로 나인가, 내가 3인칭 존재로 보이다니…… 숙직실의 감금…… 내가 문 지키는 사람인데 왜 쥐구멍 같은 이곳에 갇혀 있어야 하지? 숙직실은 야간근무자들이 교대시간 때까지 새우잠 자던 곳이었잖아. 뭐야 이게…… 난 잘못한 것도 없는데…… 좆도 주둥아리만 나불대는 놈들…… 어떤 씹새끼든 하나만 걸려봐…… 뭐야 저건 또 뭐야…… 하늘 색깔이 왜 보라색이지? 여기가 싫어…… 집에나 가고 싶은데…… 칫, 가면 뭐해, 아무도 없을 텐데…….

무언가 거대하고 신랄한 것이 귀청을 건드렸다. 온갖 다채로운 말들과 흉측한 심상들이 회오리바람처럼 몰아쳐 그의 감각을 어지럽혔다. 불쾌와 거부감으로 이리저리 뒤척이던 어느 순간, 꿈과 현실이 뒤섞인 선잠이 밤의 정적을 깨는 요란한 소리에 달아났다. 번쩍 눈을 뜬 유남의 앞을 칠흑 같은 어둠이 가로막고 있었다.

웅성거림이 차츰 커지나 싶더니 어딘가로 달려가는 구둣발 소리들이 귀를 따갑게 했다. 유남의 눈동자가 좌에서 우로 발소리를 따라갔다. 크고 작은 비명소리가 곳곳에 일어나면서 욕하는 소리가 고함치는 소리에 묻혔다. 그는 자리를 박차고 일어났다. 날카로운 발포음이 쉬유우웅하고 소음 사이에 끼어들었다. 조명탄이 온 하늘은 물론 숙직실까지 환하게 밝혔다. 잠시 12시 15분임을 알려주던 벽시계가 조명이 사라지자마자 다시 깜깜한 어둠 속에 파묻혔다. 빛에 잠시 노출된 유남의 사나운 눈동자도 시간과 함께 어둠 속으로 사라졌다.

불이 났나? 왜 서치라이트가 꺼진 거지? 그는 커튼을 열어젖히고 방범창 사이로 내다보았다. 대낮을 제외하고는 언제나 아래를 비추고 있어야 할 교도소 마당의 대형 조명이 꺼져 있고 불규칙한 움직임들이 어둠 사이사이를 장악하고 있었다. 기분 나쁘고 해괴한 동선이었다. 잠시 멍하니 서 있던 그가 다시 움직인 건 산발적으로 들려오는 총소리 때문이었다.

반대쪽으로 달려가 손잡이를 돌렸지만 바깥에서 잠긴 문은 결코 열리지 않았다. 징계건 회부된다고 어디 도망갈 내가 아닌데 이 병신 같은 것들이…… 유남은 주먹으로 문을 쳤다. 동료들에게 배신감을 느꼈다. 그는 불을 켜지 않은 채 창가로 이동했다. 그때 숙직실 베란다와 보안과 사무실 옥상 사이에 설치된 대형 서치라이트가 다시 작동했다. 일순간 학교 운동장만 한 교도소 마당이 대낮같이 환해졌다. 그러자 그의 눈에 마당 끄트머리의 교도소 출입문이 활짝 열려 있는 믿지 못할 광경이 들어왔다. 그 출입문을 향해 감방에서 나온 재소자들이 빠른 속도로 뛰어가고 있었다. 한둘이 아닌 대다수였다.

'폭동 일어났나?'

교도관도 뛰었다. 포로가 되었거나 무장 해제된 모습이 아니다. 어떤 이는 수신호로 사람들을 바깥으로 내보내고 있다. 아니, 잘못 본 것일 수도 있다. 교도관이나 재소자나 대부분 함께 뛰고 있는 것처럼 보였기 때문이다. 아무리 봐도 다 같이 교도소를 벗어나려는 모습이다. 유남이 다른 쪽으로 고개를 돌렸을 때 이번엔 한 덩어리가 된 사람들이 뒤엉켜 싸우고 있는 모습이 보였다. 재소자가 재소자를 치고 때렸다. 혹은 교도관과 재소자가 격투를 벌였다. 교도관끼리 얼굴을 할퀴고 목을 조르기도 했다. 그 때 퍼뜩 유남의 주의를 끈 게 있었다. 치열한 난투극의 현장은 변종 소아마비 증상의 재소자를 수용 관리하던 병동과 가까운 곳이라는 걸. 병동 담당근무자 황호원 교위는 농담반 진담반으로 그들이 괴물로 변해가고 있다고 말했었다. 그런데 지금 보이는 그들의 모습이나 움직임에는 정말 괴물에 가까운 비정상이 엿보였다. 그들의 뒤엉힘은 단순한 주먹다짐이 아니었다! 밝은 조명에 터지고 흘러 합쳐지는 피웅덩이가 선명하게 보였다. 살점을 물어뜯고 손톱으로 후벼파는 끔찍한 살육전이었다. 누군가 그들을 향해 소총을 발사하면서 유남은 제정신을 차렸다. 모여 있던 대여섯의 재소자들이 일제히 일어섰다. 누워 있던 사람은 머리부터 발끝까지 살점이 뜯겨나가 끔찍한 재난사고의 피해자처럼 변해 있었다. 일어선 자들 모두는 모골이 송연하도록 이상한 얼굴을 한 채 입을 우물거렸다. 아니, 저것들이 사람을 씹어 먹고 있잖아! 유남의 등골이 오싹해졌다. 그들의 행동도 기절초풍할 지경이었지만 누워 있는 사람이 누군지 알 수 있었기 때문이다. 숙직실에 감금된 자신에게 식사를 갖다주고, 다음 달에 결혼한다고 자랑하던 후배 김원우 교도였다. 휴가 간다더니 시뻘건 저 꼴로 누워 있는 걸 보면 위에서 반려시켰거나 자신이 안 가겠다고 맘을 바꾼 모양이었다.

이런 멍청한 놈…….

유남은 천천히 뒷걸음질 치다가 벽에 등을 부딪치고는 시선을 떨어뜨렸다. 웬만한 일엔 당황조차 안 하던 그의 표정에 넋이 나간 기색이 역력했다. 무슨 일인지 뭘 어떡해야 좋을지 모르겠다는 표정이었다.

그때 엄청난 바람이 방범창을 통과해 불어닥쳤다. 온 창문이 흔들거리다가 박살났다. 침입한 먼지가 눈과 입속을 덮쳤다. 미친 듯이 부는 바람이 유남의 머리칼을 뒤로 쓸어 넘겼다. 엄청난 빛이 그를 정면으로 비추다가 방향타를 잃고 이쪽저쪽으로 흔들렸다. 유남은 손등으로 얼굴을 가렸다. 손가락 새로 가늘게 뜬 눈이 상황판단의 의지를 필사적으로 담고 있었다.

스피커에서 뭐라고 지껄이는지 유남은 하나도 알아들을 수가 없었다. 프로펠러 소리가 모든 소음을 빨아들였다. 그때 헬리콥터가 균형을 잃었다. 낮게 떠 있던 헬리콥터가 별안간 가까워지더니 동체가 집채만큼 커지고 태풍처럼 거센 바람을 일으켰다. 이불장이 박살났다. 유남은 달려가 문을 발로 걷어찼다. 나무 문짝에 세로로 금이 갔다. 유남이 다급히 돌아볼 때 헬리콥터의 모습과 소리가 그 어느 때보다 커지면서 조종사가 지상으로 추락했다. 불안하게 흔들거리는 헬리콥터의 조명이 본의 아니게 잘못된 상황에 처해 좁은 방 안에 구금된 30대 남성의 지친 표정을 비추었다. 유남은 몇 차례나 어깨로 문을 들이받았다. 지친 표정이 애가 타는 표정으로 바뀌었다. 하루의 4분의 3을 굳은 표정으로만 일관하던 사람의 그런 표정변화는 쉽사리 잊힐 만한 것이 아니었다. 헬리콥터가 건물 3층에 있던 숙직실에 그대로 처박으면서 온갖 돌더미들을 무너뜨렸다. 온 세상이 다 무너지는 듯했다. 문짝과 함께 바깥으로 나가떨어진 유남은 그대로 정신을 잃어버렸다.

5

입 안에서 모래알이 씹히는 것만 같았다. 머리가 지끈지끈 아팠다. 눈을 뜨자 그를 기다리고 있었던 건 폐허가 된 한낮이었다. 얼마나 시간이 지난건가. 오른팔을 움직임과 동시에 미숫가루처럼 뿌연 먼지가 일었다. 연신 기침을 토하는 유남은 자신의 몸에 제동이 걸려 있음을 알았다. 무너진 벽의 일부가 자신의 위에 있었던 것이다. 시멘트 벽이 파손되었고 낡은 철근이 흉한 모습을 드러냈다. 박살이 난 숙직실 문짝은 저만치 나가떨어져 있었고 크고 작은 돌산(山)들이 모든 공간적 배경을 이루었다. 하지만 치명상을 입을 만한 무거운 물체는 운 좋게도 그를 피해갔다. 숙직실 옆 대형 신발장이 그의 옆에 엎어지면서 버팀대가 되었기 때문이다. 긴 칼날 같은 것이 울대뼈에서 불과 1센티미터 떨어진 거리에 떠 있던 걸 발견하고는 안도의 한숨을 내쉬지 않을 수 없었다.

'헬리콥터 프로펠러군.'

만약 문을 깨부수고 나가떨어지지 않았더라면 목이 날아갔을지도 몰랐다. 유남은 프로펠러를 잡고 일어나 자신의 몸을 내리누른 돌무더기와 파편들을 치웠다. '경남 경찰'이란 마크가 옆구리에 새겨진 헬리콥터는 엉망진창으로 찌그러져 고물이 되어 있었다. 그는 조심조심 몸 풀기 동작을 해보았다. 다행히 움직임에 큰 불편함은 없었다. 그는 아래로 걸음을 옮기기 시작했다.

사람의 모습은 보이지 않았다. 2층의 신축 숙직실과 샤워장도 박살이 났다. 출혈의 흔적이 여기저기에 긴 융단처럼 깔려 있었다. 한두 명이 쏜은 게 아니었다. 유남은 호신용으로 휘어진 철근 하나를 집어 들었다.

재소자의 귀휴나 종교행사, 방송과 서신수발 업무 따위를 담당하는 사회복귀과 사무실이 나왔다. 아홉 명으로 구성된 복귀과 직원 역시 그림자도 볼 수 없었고 사무용품과 각종 서류들만이 풀려난 야생마처럼 어지럽게 방황하고 있을 뿐이었다. 뺑소니 친 유령회사의 사기 현장 같았다. 창밖의 햇살은 눈부셨고 어디선가 참새 지저귀는 소리가 들려왔다.

그는 복귀과를 지나쳐 보안과로 걸어갔다. 보안과는 재소자를 직접적으로 대면 관리하는 교도관들의 '최전선' 부서로 유남 역시도 이 과에 소속되어 있다. 직원복지나 재소자들의 작업, 행형성적, 민원업무 따위를 전담하는 교도관들은 보안과 소속이 아니다. 익숙한 보안과 사무실에 들어선 유남은 할 말을 잊어버렸다. 이 곳 역시도 엉망진창으로 공격당했기 때문이다. 온갖 결재와 회람을 요하는 문서들이 따뜻한 바람에 끄트머리를 퍼덕거렸고 뒤집어지고 깨진 책상 및 사무기기가 강도당한 집처럼 난장판을 연출하고 있었다. CCTV 기기들은 절반 정도가 사용하지 못할 정도로 심하게 파손되었는데 모니터 화면 위에 흐른 케첩 같은 피는 아직 마르지 않았다. 사람은 없는 반면, 사람의 장기(臟器)는 어디서나 조금씩 볼 수 있었다. 유남은 눈썹을 구기며 CCTV 쪽을 외면했다. 엄중히 잠겨 있어야 할 무기고는 완전 개방되어 있었고 이 안에도 참극의 잔해가 즐비했다. 난데없는 비상에 전 직원들이 발 빠르게 대응 못한 채 당한 모양이었다. 그나마 다행인 건 사용할 수 있는 K2 소총과 실탄에 방독면과 최루탄, 곤봉 등 무기가 아직 충분하다는 사실이었다. 철근을 내던지고 권총과 탄창 하나를 집어 들었다. 탄창을 결합하는 쇳소리가 유남의 얼굴처럼 차가웠다. 그는 천천히 교도소 마당 쪽으로 방향을 틀었다. 밝은 햇살 아래 피비린내를 실은 훈풍이 불어왔다. 교도관 근무 모가 바람에 날아다니며 이 바닥 저 바닥에 고인 피를 묻혔다. 시신과 부상자는 그 어디에서도 찾아볼 수 없었다.

온 마당이 시뻘건데 페인트 임자는 왜 하나도 없을까.

도살장이 된 텅 빈 교도소 마당에 홀로 남은 정유남은 마치 신에게 허락받은 유일한 존재 같아보였다. 그는 5월의 맑은 하늘을 무시하고 땅에서 전방으로 시선을 올리며 조심스레 걸어 나갔다. 총구도 시선을 따랐다.

교도소 출입 정문은 어제처럼 활짝 열려 있었다. 높이 2미터가 넘는 강철 출입문은 통상 두 명의 직원이 밀어서 잠그고 여는데 이 문을 닫아 빗장을 걸면 누구라도 함부로 침입할 수 없다. 이 정문과 정문 옆 초소는 왕래자의 신분확인 장소의 역할 말고도 그 자체로 강력한 방어막 기능을 수행한다. 복잡하게 생각할 것 없이 성을 두고 벌어지는 옛날의 싸움터를 떠올리면 된다. 함락이나 투항 같은 전투의 결과엔 언제나 성문이 부서지냐 아니냐와 밀접한 연관이 있었다. 정문이 활짝 열려 있다니 왠지 유남은 뭔가 되돌릴 수 없을 것 같은 불가항력의 암시를 받았다.

정문을 지나 교도소 바깥으로 나가자마자 청사(廳舍) 건물이 나왔다. 직원복지나 재소자들의 작업, 행형성적, 민원업무 따위를 전담하는 복지과, 작업과, 총무과 따위가 모여 있고 소장실이 있는 곳도 바로 여기다.

유남은 청사 주위를 둘러보았다. 얼마나 급했으면 버리고 도망갔을까 싶을 정도로 주차장에 차가 널려 있다. 이 주차장과 청사 건물을 거쳐 50미터 정도를 걸어 나가면 외곽 초소가 있고 초소 바깥은 곧바로 상가와 도로의 시내와 이어진다. 밖으로 나갈까말까 갈등이 생겼다. 그런데 이상했다. 가까이의 민원실도 접견실도, 저 멀리 보이는 도심 역시도 텅 비어 있는 것 같지 않은가.

그는 유리 깨진 청사 안으로 걸어 들어갔다. 목덜미에 뜨뜻한 기운이 지나갔다. 잘려진 팔 하나가 바닥에 놓여 길을 막고 있었던 것이다. 고추장 봉지가 터진 것처럼 어깻죽지에 반쯤 말라붙은 핏덩어리가 역겨움을 주었다. 누구 팔인지는 알 수 없었지만 옷을 보니 같은 교도관이었다.

걷는 사이 가슴에서 뭔가가 둥둥거렸다. 여기도 사람의 모습은 보이지 않았다. 이상한 움직임과 식인행위를 보였던 정체불명자들도 없었다. 민원인 접수대의 경비교도대원도 사라졌고 복지과 안의 동료직원들도 자취를 감추었다. 유남은 긴 숨을 쉬었지만 가슴의 둥둥거림은 멈추지 않았다. 인체를 구성하는 요소들은 사방 어디서나 발견할 수 있었다. 팔이, 다리가, 귀가 있었고 살점이 붙은 머리카락도 있었다.

"손 들어!"

굵은 목소리가 침묵을 깨고 등장했다.

"손 들어! 손 들지 않으면 못 알아먹는 줄 알고 쏜다!"

유남은 손을 들었다. 목소리의 주인공이 누군지 알 수 있었다. 불같이 급한 천성에 지옥 같은 후천적 상황이 합쳐졌으니 방아쇠를 당기고도 남을 것이다, 저 양반이라면. 이것이 유남의 생각이었다.

“쏘지 마세요, 소장님.”

“뭐야 너? 물렸어, 안 물렸어?”

“예?”

“놈들한테 깨물렸냐고?”

“접니다 소장님. 정유남이요.”

유남이 천천히 몸을 돌렸다. 혹시라도 소장이 방아쇠를 당길까 봐 긴장했지만 그런 일은 일어나지 않았다. 평소와 다르게 초췌한 모습의 교도소장이 모습을 드러냈다. 훈장달린 정복은 중고등학교 졸업식 때처럼 엉망진창으로 찢어졌고 평소 빗질 잘한 백발이 까치집으로 변해 있었다. 까치 백악관이라…… 하지만 유남은 하얀 까치집 가운데 중앙선을 그리는 붉은 피를 보고 그 같은 표현을 삼켰다. 실제 나이 50대 중반의 소장이 적어도 지금은 80대로 보였음에 그는 적잖이 놀랐다.

“아시잖습니까? 전 숙직실에 죽 갇혀 있었습니다.”

교도소장이 술자리에서 시비 붙은 사람처럼 유남을 노려보았다.

“교도소가 뚫렸다. 경찰서나 군대가 뚫려도 교도소는 버텨내야지. 이 바보 같은 것들!”

“…….”

유남은 태양을 마주한 가운데에서도 밤하늘의 별똥별처럼 형형하게 빛나는 소장의 눈을 응시했다. 뭔가 평소 때와 많이 어긋나 있는 눈이다.

“잘 데리고 있으라고 국민들이 세금내는데…… 다 도망갔어, 다 풀어놨어. 요즘 교도소는 호텔 수준인데도 다 나갔단 말이야.

바깥에는 굶어죽고 얼어 죽는 사람들도 있는데…… 나가면 또 들어올 거야. 일하기는 힘들고 교도소 들어오면 편하니까…… 악순환이지…… 세상 말세의 악순환."

"소장님……"

"전체 차려엇! 동작 봐라, 이 새끼!"

소장이 권총을 들어올렸다. 심장이 철렁한 유남은 본능적으로 대응 사격을 할 태세를 취했다. 서류 들고 왔다갔다하던 모습 일색의 청사가 한순간에 서부 영화의 대결 장소로 변했다. 권총을 내리지 않은 채 또박또박 유남이 말했다.

"8관구의 위탁공장 담당 정유남입니다, 소장님!"

"내 교도소가 작살이 났는데 뭐 어째……"

"상관 안 합니다. 정신 차리고 총 내리세요!"

소장의 총구가 흔들거렸다. 그는 자신에게 이런 말을 한 자는 처음이라는 듯 멀거니 유남을 쳐다보았다.

"총 내리십시오. 여기도 실탄 들어 있습니다!"

"그래! 정유남이…… 나 너 알아. 담배 건으로 조사받고 있었지……"

소장의 팔이 내려갔다. 그제서야 유남은 소장의 눈에서 빛이 사라졌음을 깨달았다. 광기와 함께 영혼도 빠져나간 듯 힘을 잃은 소장이 찬 바닥에 털썩 쓰러졌다. 오발 될까봐 유남의 간은 오그라 붙는 것만 같았다. 소장은 시멘트 바닥에 드러누워 천장만 멍하니 쳐다보았다. 평소처럼 유남은 그에게 가까이 가기가 싫었다. 기관장과 말단이 언제 사이좋을 때가 있었나, 하지만 한쪽 무릎을 땅에 댄 채 안도의 한숨을 내쉰 유남은 곧 소장의 배에서 흘러나오는 빨간 액체를 볼 수 있었다. 길을 잃을까봐 남긴 것처럼 소장이 걸어온 복도 바닥에 빨간 줄이 나 있었다.

"괜찮으십니까?"

"괜찮아. 난 변하지 않아…… 이건 깨물린 게 아니라 총상이니까."

"출혈이 심한데 지혈을 해야 합니다."

소장이 불쑥 총 쥐지 않은 손을 들어 유남의 팔을 잡았다.

"깨물리면 안 돼 절대로! 넌 계속 갇혀 있었잖아. 이 일을 알고는 있나?"

"움직이지 마세요."

"깨물리면 안 돼!"

"누가요? 그 이상하게 걷는 놈들 말입니까?"

소장이 유남의 팔을 밀쳤다. 하지만 거기엔 힘이 실려 있지 않았다.

"뭐하나 물어보자…… 내가……"

"예?"

"내가 여기 소장으로 부임해 온 게 언제냐?"

유남은 왜 아무 데도 사람의 모습이 안 보이냐고 물어보고 싶었다. 왜 그들의 일부분은 땅바닥에 널렸는데 전체는 없냐고 묻고 싶었다. 그런데 술 취한 사람처럼 소장은 횡설수설하고 있다.

"내가 언제 여기 소장으로 왔냐고?"

"작년이죠. 작년 겨울 아닙니까?"

"그래. 내가 올해로 교도소 근무 31년째야. 맨 처음 9급으로 출발했을 때 처음 발령받은 곳이 여기 Y교도소였다…… 이제 소장달았는데 첫 부임지가 또 여기고……"

피가 멈추지 않았다. 유남은 말없이 일어서서 출입문 곁에 세워진 기관 상징 깃발을 거칠게 찢었다. 먼지와 비바람에 더럽혀진 천조각이었으나 붕대가 없으니 할 수 없었다.

"난 이 교도소가 싫은데 자꾸 이리로만 보내더군…… 넌 안그러냐?"

"말하지 말고 기운 아끼십시오."

"여긴 절대로…… 근무하기 편한 곳이 아냐. 불행하게도."

유남은 찢어진 깃발을 말아 소장의 허리춤에 갖다댔다.

"불행하게도 우리 직원들만 그걸 알지…… 바깥사람들은 아무것도 몰라."

과다출혈이 그의 사고를 어지럽히고 있다. 좀 있으면 의식이 혼미해질 것이다. 병원 응급실로 옮겨야 했으나 유남은 자신이 없었다. 지금 저 도시 어디에도 더 이상의 의료진은 없을 것이라는 강한 확신이 섰기 때문이다. 유남은 소장의 생명이 오래 가지 못하리라 예감했다.

"대체 무슨 일이 일어난 건지 알려주십시오."

소장은 유남의 질문을 듣지 못했다. 그의 눈에서 서서히 빛이 사라지고 있었다.

"아직도 사람이나 두들겨 패는 줄 알고…… 돈이나 받아 처먹는 줄 알고…… 실제론 교도관들이 맞고 있잖아…… 고소당하고……난 대외적으로…… 알리려 했는데…… 시작도 못 해보고……"

"사람 살 뜯어먹은 것들은 뭐에요? 병동하고 관련 있죠?"

"우리 아버지는 노가다꾼이었다. 학교를 못 다녀 자기 이름도 못 쓸 정도로 무식했지. 근데 그 양반이…… 술만 먹으면 날 데리고 여길 지나갔어…… 나보고 뭐라 그랬는지 아나? '이 교도소, 내가 지었다!' 이랬지…… 건물 미장 하고 타이루 쪼가리 붙인 일개 잡부가 말이야……"

"말해주십시오 소장님! 신종 소아마비하고 연관 있는 겁니까?"

유남은 소장을 흔들었다. 소장의 고개가 돌아가 엉망이 된 청사건물 쪽으로 시선을 고정시켰다. 옥상에 걸린 태극기는 멈추지 않고 바람에 펄럭였다. 소장이 기침을 했고 잠시 잦아들었던 피가 또다시 빨갛게 배어나왔다.

"우리…… 우리…… 아버진 이 건물 옥상에서 떨어져 죽었어. 페인트칠하다가. 이제 나도 죽는다…… 2대가 똑같이 죽으니…… 이건…… 이건 저주받은 건물이다……"

유남은 대꾸하지 않았다. 모든 게 답답해졌고 알 수없는 불안이 밀려왔다. 시간이 없었고 폭풍전의 고요처럼 뭔가가 시작될 것만 같았다. 그때 소장이 유남을 돌아보았다.

"미안하다…… 이제 인수인계하자고……. 네가 내 대신 이 교도소를 맡아라."

"조금만 버티십시오. 같이 의료과로 가는 겁니다. 갈 수 있어요."

유남이 소장을 일으키려 했으나 소장은 우웩 신음소리를 내며 배를 움켜쥐었다.

"니가 그깟…… 담배 건과 관련없단 건 다 아는 사실이야……. 너 같은 놈들만 있다면 대한민국 형무소…… 아주 잘 돌아갈 텐데……. 요샌 어떻게 된 게 죄지은 놈들 목소리만 너무 커진 세상이야."

"기운내세요. 포기하면 안 됩니다. 난 아무것도 몰라요. 나한테 사실을 알려줄 사람이 없단 말입니다."

"너만…… 살아남은 거야? 저…… 안에?"

"예. 아무도 없는 것 같습니다."

"그랬군. 잘 들어…… 넌 지금부터 최대한 빨리 저 안으로 다시 들어가라."

뭔가 예상했던 불길함이 들어맞는 기분이었다.

"그럼 저 바깥도 다 그런 겁니까?"

"그래…… 들어가면 문부터 잠가……. 그럼 안전하지……. 만약 안에 어떤 놈이 있으면……" 소장은 자신의 죽음을 싸늘하게 재고 있었다. 유남은 주위를 살폈다. "무조건 죽여야 해."

"알겠습니다. 일단 걸어보세요. 자세한 내용은 안에서 듣기로 하고."

그러더니 다시 한번 소장을 일으키려했다. 하지만 소장은 무엇이든 완강히 거절했다.

"너만 가는 거야! 너만! 절대 밖으로 나가면 안 돼. 뉴스 봤지? 그 병! 쿨럭!"

"신종 소아마비 말이죠?"

유남이 소장을 놓아주며 물었다.

"식인종 괴물로 변해버린다. 놈들은…… 무조건 물어뜯고 공격한다……. 사람 말귀를 못 알아들어……"

그의 얼굴이 땀으로 흥건해졌다. 소장의 토한 피로 얼룩진 팔뚝을 닦을 생각도 없이 유남은 끈질기게 물었다.

"하지만 감염이 되지 않은 사람도 많았잖습니까? 어째서 하루 아침에 다 이 모양이 된 거죠?" 소장의 눈이 스르르 감겼다. 유남은 다급해졌다. "대답하세요 소장님!"

"벼…… 변한 놈들이…… 깨물기 때문이다. 그게 더 빨리 퍼져……. 피인지 침인지 몰라……. 하여튼 한 번 깨물리면…… 똑같이 변해! 너무 빨라…… 변하기 전에…… 다 뜯어먹히기도 하지……"

그때 바깥에서 이상한 신음소리 같은 것이 어렴풋이 들려왔다. 소리를 듣는 순간 감겨지던 소장의 눈이 다시 뜨였다. 고양이처럼 도약의 자세로 몸을 움츠린 유남의 고개가 잠망경처럼 이쪽저쪽으로 빠르게 돌았다.

"세상에 종말이 온 거야. 종말이! 틀림없어……. 눈사태, 산사태, 지진, 해일, 급발진, 닭, 오리, 소, 감기, 살인에 강간에…… 이젠 하늘의 인내심이 바닥난 거야……. 예수 부처가 사형을 언도하고…… 하늘이 집행을 해. 다 미쳤다. 다…… 더 이상 최악은 없어……"

'우어어어'하는 소리가 들려왔다. 상상이 만들어낸 소리가 아니었다. 그래 네 놈들이 어디 간 게 아니었구나, 유남은 총 쥔 손에 힘을 주었다. 소장도 안간힘을 써가며 자신의 권총을 집어들었다.

"놈들이 내는 소리다…… 저 놈들 보기보다 빠르다. 빨리 도망가!"

주변을 살피던 유남의 고개가 딱 멎었다. 민원 접수대 안쪽에 낯선 얼굴 하나가 나타나 두 사람을 빤히 쳐다보고 있었기 때문이다. 언제 들어온 건지도 몰랐다. 틀림없는 중년 남자인데 눈이 탈처럼 뚫리듯 움푹 들어갔고 온 치아가 입술 바깥으로 돌출되어 있다. 입가의 살은 온데간데없이 사라졌고 염산에 테러당한 듯 양쪽 뺨에서 허연 연기를 내며 썩어 문드러져가고 있다.

이런 얼굴은 난생 처음이었다. 사람의 옷을 입었지만 사람의 형상을 한 괴물이었다. 유남이 몸을 일으키는 사이 그 자가 짐승처럼 기웃거리며 유남과 소장을 관찰했다. 이빨만 남은 입 안에서 까마귀 같은 울부짖음이 튀어나왔다. 다음 순간 천둥 같은 총소리와 함께 그 괴상한 남자는 하얀 벽에 머리 조각들을 날리며 쓰러졌다.

"변하면 저리 된다……. 식인종과 다를 바 없지. 이제 몰려 온다…… 빨리 가라!" 피가 다 빠져 허옇게 된 얼굴로 소장은 권총을 내렸다. "내 말 잘 들어라. 이제부터 앞을 막는 놈은 인정사정 봐주지 말고 죽여라……. 총이든 칼이든 뭐든 써라. 아는 사람도…… 믿으면 안 돼. 아무도 믿지 마……. 너 빼곤 다 똑같다……. 저것들은 사람이 아니니까……. 알았나? 방해하는 놈은 누구든……"

요란한 함성이 일었다. 유남이 고개를 돌린 순간 독수리를 연상케 하던 그의 눈이 커다랗게 떠졌다. 4, 50명은 될 듯한 끔찍한 몰골의 대군이 이쪽을 향해 달려오고 있었던 것이다. 제각기 다른 복장이었지만 얼굴은 조금 전의 남자처럼 끔찍스런 변형으로 통일된 꼴이었다. 유남이 다급히 소장을 안아 일으켰다. 소장은 아악 하고 비명을 지르며 유남에게 총을 겨누었다.

"둘 다 죽을 일 있어?"

유남은 딜레마에 빠졌다. 동반 자살이냐, 오랜 시간의 죄의식일 것이냐. 실속이냐 실수냐. 그때 소장이 해답을 내놓았다.

"이래도 안 갈래?"

소장의 팔이 자신의 턱 아래로 이동했다. 그 짧은 공백의 거리를 권총이 연결시키고 있었다.

"그러지 마요!"

유남이 소리쳤다.

"날 위해서야 인마! 네가 아냐!"

소장이 방아쇠를 당겼다. 이성과 감정이 돌연변이로 뒤죽박죽된 세상의 한복판에서 냉혹한 총알이 소장의 얼굴을 박살냈다. 소장의 뒤편에 있던 벽의 기관홍보 게시판이 빨간 살점들로 얼룩졌다. 자살을 하든 말든 청사 건물로 이제 막 진입한 변한 자들은 그의 살을 뜯으러 우르르 몰려들었다. 유남은 자신의 권총을 주워들고 교도소 쪽으로 달리기 시작했다.

수십 명의 인파가 쓰러진 소장의 몸을 가렸다. 유남이 달리면서 뒤를 향해 권총 한발을 발사하자 앞장서던 한 명이 가슴을 움켜쥔 채 쓰러졌다. 뒤따르던 몇 명이 거기에 발이 걸려 차례로 넘어졌고 후속주자들은 또 그들의 몸을 밟고 그대로 돌진해 왔다.

옷이 찢어지고 또 뭔가가 찢어지는 소리를 들으면서도 유남은 달리기를 멈추지 않았다. 제복과 훈장도 한방에 산산조각 나는구나, 이 무슨 변고란 말입니까 괴물들이 몰려와요, 총알이 제대로 박혔기를 바랍니다. 소장님, 아직 숨이 붙어 고통 받지 마시고요.

그가 나왔던 교도소 출입문이 다시 보이기 시작했다. 유남은 공중을 향해 권총을 한 발 발사했지만 아무런 효과도 없었다. 오히려 길 양옆에서 저들의 응원군을 불러왔을 뿐이다. 유남은 단 하루만에 그들의 숫자가 놀랄 만큼 많아진 사실에 경악을 금치 못했다. 먼저 고기를 차지하기 위해 일등을 노리는 마라톤 주자처럼 그들은 달려왔다. 유남은 달리는 와중에 그들이 정상적인 사람만큼은 빨리 움직이지 못한다는 사실을 알아냈다. 뛸수록 그들과의 거리는 차츰 벌어졌던 것이다. 세상에 저런 것들이 다 있지? 머리 위에서 까마귀가 까악까악 울어댔다. 유남은 카악 퉤 침을 뱉으며 더욱 속력을 냈다.

활짝 열린 교도소 정문이 가까워졌다. 닫아걸기만 하면 보장된 안전이 있는 강철 대문은 그러나 혼자 닫기에는 시간과 힘이 든다. 닫다가 죽을 수도 있다. 유남은 필사적인 힘으로 뛰었다.

안으로 열려진 출입문은 떡 벌린 괴물의 입 같았다.

안에 들어가면 한동안 갇혀야 하겠지. 어쩌면 평생을.

하지만 방법이 없잖아!

만약 안에 저런 놈들이 더 있다면…….

무릎이 휘청 꺾였다. 하지만 그는 통증을 무시하고 계속 달렸다.

죽여버릴 수밖에 없겠지.

변한 자들은 하나같이 팔을 휘저으면서 저돌적으로 몰려왔다. 대부분이 놀란 사람처럼 크게 입을 벌렸고 분노인지 통곡인지 구분이 안가는 외침을 쏟아냈다.

출입문이 드디어 유남을 받아들였다. 축구시합 중의 터닝처럼 발바닥이 뒤로 밀리면서 유남의 몸이 회전했다. 문의 한쪽을 발로 찬 유남은 다른 한쪽을 양 팔로 떠밀었다. 두 개의 문짝이 천천히 중앙으로 모아지는 가운데 달려오는 무리들과의 거리는 급격히 가까워졌다. 거대한 강철문이 완전히 닫히면 문틀 상단의 석벽과 합쳐져 바깥과 완전히 차단된다. 지금 역시도 문이 닫히며 바깥세상은 서서히 사라져가는 중이다. 2인 1조로 여닫아야 하는 문이 시간을 잡아먹었다. 변한 자들의 얼굴이 문틈으로 확대되었다. 수포와 흉터가 개구리 등처럼 돋아난 흉측한 얼굴. 변이된 눈과 치아는 그들 원래의 모습을 전혀 알아보지 못하게 했다. 오라, 너희들이 사람을 뜯어먹고 죽인 것들이로구나, 나도 물리면 그렇게 된단 말이지?

문이 정 중앙으로 모아졌다. 변한 자들의 문을 향한 공격 시도와 유남이 어른 다리통만 한 빗장을 가로로 밀어 넣는 방어 동작이 동시에 벌어졌다. 금세 문이 앞으로 튀어 나오면서 빗장이 어긋나버렸다. 문에 어깨를 댄 유남은 이빨을 깨문 채로 있는 힘을 다했다. 평소 무표정이던 성인 남자의 크게 일그러진 표정은 어린아이의 다짐하는 표정을 좀 확대했을 뿐이라는 느낌을 주었는데, 그것은 무슨 일이 있어도 살아야지 죽기는 싫다는 솔직한 의지의 꾸밈없는 표출이었다.

깨물리기만 해도 변한다니 이제 온 세상은 저런 종자들로만 가득 메워질지도 몰랐다. 절망에 찬 유남의 어깨에 근육이 이마에 핏줄이 울끈불끈 솟으면서 다른 사람은 몰라도 나는 절대로 당하면 안 된다는 결심이 굳어졌다. 수십 명이나 되는 변한 자들이 두들기고 미는 문이 '구구궁'하는 무거운 소리와 함께 다시 반대쪽으로 움직였다. 유남이 와앗 거센 기합을 넣으며 양쪽 문이 평면으로 일치되는 혼신의 괴력을 발했을 때 그는 마지막 힘을 다해 빗장을 밀어 넣었다. 구리스를 칠해놓았던 빗장이 가까스로, 그렇지만 제대로 들어갔다.

"우으으으으어어어어!"

"카아아아아아아앗!"

"캐애액캐애액캐애액!"

변한 그들의 괴성과 문을 두들기는 소리가 지옥의 난타공연이 되었다. 유남은 땅바닥에 있던 자물쇠를 빗장걸이에 끼웠다. 정문 빗장을 고정시키는 자물쇠도 어른 주먹만 한 것으로 무려 세 개나 되었다. 초대형 새떼들이 쪼는 쿵쿵 소리를 그대로 들으며 유남은 초소에서 꺼내 온 열쇠 뭉치에서 출입문 자물쇠에 맞는 열쇠를 하나하나 밀어 넣었다. 문이 안전하게 봉쇄되고 유남은 바깥 세상과의 단절에 성공했다.

그는 벽에 등을 기댄 채 가쁜 숨을 몰아쉬었다. 이 안에 아무도 없는 이상 나는 안전하다, 나는 폐쇄된 교도소 안으로 다시 들어왔다, 나는 나가면서 자유롭게 된 것이 아니라 갇히면서 안전하게 된 것이다.

몇 센티미터 바깥에선 변한 자들이 멈추지 않고 문을 두드려댔다. 호흡이 정상적으로 돌아올 무렵 눈을 뜬 유남은 초소를 지나 마당을 가로질러 뛰었다. 마당 중간께의 피바다 안에는 K2 소총이 있었다. 유남은 총을 외면하고 중앙감시탑으로 올라가려다가 다시 내려왔다. 잠시 후 교도소 옥상보다 더 높은 곳에 위치한 중앙감시탑에 오른 그의 손에는 K2 소총이 쥐어져 있었다. 감시탑은 열려 있었지만 경계근무를 서는 경비교도대원은 죽었는지 도망갔는지 모습이 보이지 않았다. 그는 먼저 교도소 안쪽부터 샅샅이 조망했다. 살아있는 자가 있는지 확인하려는 것이었다.

가로막는 게 있으면 처치하라는 교도소장의 마지막 당부가 떠올랐다.

이때 교도소 바깥에 운집해 있던 변한 자들이 높은 곳의 유남을 발견하고는 한층 더 세게 문을 두드리며 악을 썼다. 유남은 비로소 그들의 모습을 제대로 볼 수 있었다. 바깥의 거의 모두가 변한 모양이었다. 간호원도 있었고 양복쟁이에 소방공무원, 경찰도 있었다. 할아버지 할머니도 학생도 있었다. 물론 재소자도 교도관도 있었다.

유남은 세 발 정도 위협사격을 해보았다. 하지만 그들은 더 아우성을 칠 뿐이었다.

몇 명이 서로 등을 밟으며 올라타려다가 넘어지고 또 저희들끼리 으르렁거리기도 했다. 유남은 알 수 없다는 시선으로 그들을 바라보았다.

도대체 이놈의 세상에 무슨 일이 일어난 거지?

감시탑 철망이 쾅하고 소릴 냈다. 소리는 곧 여러 개로 늘어났다. 그들이 돌을 던진 것이다. 유남은 조준사격으로 대응했다. 조금 전의 사격이 공포탄이라면 이번은 실탄이었다. 올라타려던 자 하나와 돌을 던지던 자 하나가 살점을 터뜨리며 쓰러졌다. 그러자 모여 있던 군중들은 우워우워 아우성을 치며 뿔뿔이 흩어졌다. 시신은 그냥 둔 채로.

저희들끼리는 잡아먹지 않는구나.

한 가지 깨달음을 얻은 유남은 그러나 곧 다른 번민에 빠졌다.

내가 방금 사람을 죽인 건가?

6

한 달이 지났다. 스스로 내린 결론에 의하면 이제 Y시에서 남은 사람은 유남 혼자였다. 안주한 교도소 바깥은 온통 변한 자뿐이었으니까. 변한 자들은 더 변해갔다. 얼굴과 팔다리가 풍선처럼 부풀어 올랐고 머리꼭대기로부터 냄새나는 액체가 흘러내렸다. 썩어가는 사지가 눈에 띄게 흉측해졌고 움직임도 몰라보게 느려졌다. 틀림없이 그 소아마비와 관련이 있을 터였다. 반면 유남은 머리가 조금 더 길어진 것을 제외하면 바뀐 것이 없었다. 평소에도 굳었던 얼굴이 더 굳어졌다. 징역 아닌 징역을 사는 것이 예전에 굳었던 이유라면, 죽음으로 둘러싸인 가운데 살아남은 현실이 지금 더 굳어진 이유였다. 총을 찬 채로 아침마다 감시탑에 올라 망원경 렌즈에 눈동자를 수축시키는 그에겐 마지막으로 살아남은 자다운 카리스마와 온 세상과 담을 쌓은 외톨이다운 고독이 동시에 보였다. 그는 여전히 나뭇잎 세 개가 마킹된 계급장의 교도관 제복을 입고 있었는데 셔츠와 바지는 다림질이 잘 되어 있었다. 면도 자국은 깨끗했고 얼굴에선 스킨로션 향기가 났다.

다행히 교도소 안엔 필요한 것이 다 있었다. 외부와 차단된 높은 담, 자체 발전기와 총포류, 보급이 끊어져도 몇 달은 버틸 수 있는 생필품과 음식 창고, 조리실과 침실, 세탁소와 이발소, 구급약과 서적, 방송실과 휴게실, 감시카메라와 최첨단 전자경비시스템까지 있는 곳, 그게 바로 교도소였다. 모든 문을 남김없이 폐쇄시키면 침입자는 대형 트럭으로 밀어붙이지 않는 이상 맘대로 진입할 수 없다. 더군다나 현재 세상의 변한 존재들은 운전을 포함

한 그 어떤 능력도 다시는 쓸 수 없도록 퇴화되었다. 그래도 들어오려고 기를 쓰는 자는 360도 시선 확보가 되는 감시탑에서 아래를 향해 실탄을 발사하면 해결되었다.

목마른 자여, 우물을 파라!

구하라, 그러면 얻어질 것이니!

하지만 의식주만으로 모든 게 해결되는 것은 아니었다.

문명사회로부터의 고립감은 유남을 삶의 한구석으로 내몰고 있었다. 홀로 즐기는 모든 것을 문명사회의 전부라고 볼 수는 없다. 텔레비전과 정보통신이 기능을 잃어가면서 유남은 결코 교도소 바깥으로 나갈 수가 없게 되었다. 처음엔 정보부족으로 인한 불안전의 가능성에 안 나갔지만, 이젠 정보의 완전두절로 나설 엄두조차 못 냈기 때문이었다. 나가면…… 언제 죽을지도 몰랐다.

소장의 죽음 이후, 교도소로 돌아와 그가 맨 처음 한 일은 안에 남은 자를 샅샅이 수색하는 것이었다. 그는 모든 CCTV를 점검했고 중무장한 채로 순찰을 돌았다. 변한 자들도 안 변한 자들도 없었다. 다행인 동시에 불행이었다. 그는 틈틈이 사회복귀과 방송실로 가서 텔레비전을 켰는데 모든 프로그램 제작을 정지할 수밖에 없었던 방송사들은 뉴스, 또 뉴스만을 내보냈다. 그나마도 방송이 나오다가 끊어지길 하루에도 몇 번씩이나 반복했다. 그는 모든 진상을 알고 싶었지만 언제나 그랬듯이 뉴스는 모든 진실을 보여주지 못했다. 보도 내용은 하나같이 일관성이 없었고 단편적일 뿐이었다.

"유례없는 폭력사태에 온 나라가 휘청거리고 있습니다. 오늘 보건복지부 장관, 국방부 장관, 경찰청장은 차례로 국민 담화문을 발표할 예정으로……."

하루가 지났다.

"해설위원 OOO입니다. 원인을 알 수 없는 집단적 살인, 폭력 현상이 우리 사회 구석구석까지 미치지 않은 바가 없습니다. 관계 당국과 각종 연구단체가 사태의 원인 파악에 주력하고 있으나 바이러스의 대란이 전국을 강타한 아직까지도 대책은 물론 실마리조차도 잡히지 않고 있습니다. 해설위원의 주관으로 한 가지 말씀 드릴 것은 기술개발에 양보가 없던 우리 인류는 그간 끊임없이 자연환경을 침범해 왔으며 이제 자연도 스스로의 방어……" (이 때 누가 모니터 화면에 뛰어들었다. 그가 집어던진 위스키 병이 논설위원의 이마를 스쳐지나갔고 논설위원은 논산훈련소 신병처럼 전광석화의 동작으로 데스크 아래로 몸을 피했는데 이 소동극은 정확하게 카메라에 잡혔다. 뛰어든 사람이 소리쳤다.) "좆까지 마! 똥폼 잡는 소리 말고 당장 해결책을 제시하란 말이야! 해결책을! 다 죽여야 합니다, 국민여러분! 안 그럼 당합니다! 살기 위해선 죽여야 합니다. 무조건 죽이세요. 이젠 그런 세상입니다. 아무도 믿으면 안 됩니다! 국민여러분! 기자들도 당하고 변했습니다! 아무도 믿지 마세요!"

화면은 편집당하지 않았고 그가 개처럼 끌려 나가는 모습이 그대로 카메라에 노출되었다. 그는 온 국민의 관심을 받던 「9시 밤마다 뉴스」의 박회로 앵커였다. 그들이 뭘 떠들건 자신에겐 하나도 도움이 되지 않음에 유남은 한숨만 내쉬었다.

"안타까운 소식입니다. 어제까지 9시 밤마다 뉴스를 진행하셨던 박회로 앵커께서 사고를 당하셔서 스포츠 뉴스를 담당하던

제가 잠시 진행을 맡게 되었습니다. 이젠 남아 있는 앵커가 부족하단 사실에 시청자 여러분의 양해를 바랍니다. 현재 박 앵커께서도 감염자에게 공격을 받으신 직후…… 지금 방송국 밖에 있게 되었습니다……"

후임 앵커는 고개를 숙였고 잠시 뉴스 진행이 멈췄다. 그의 어깨가 들썩였다. 양복 대신 단추가 어긋난 셔츠 차림에 부스스한 머리의 앵커는 전혀 앵커 같아 보이지 않았다. 유남은 머리가 어지러웠다. 정확한 원인과 합리적인 대책이 안 나오고 전부 딴 소리만 하고 있다. 외부와 고립된 길을 선택한 자신에겐 혼돈만 초래할 뿐이다. 유남은 끈기 있게 뉴스와 생존자를 파악했지만 단편적인 사실들의 나열뿐 아무것도 얻어낸 것이 없었다. 그는 지직거리는 TV를 뒤로 한 채 수화기를 들었다. 아직까지 전화도 인터넷도 복구가 되지 않고 있다. 고향의 부모님이 걱정되었고 평소 연락 않던 여러 사람들이 생각났다. 굳은 얼굴로 일어선 그는 차마 TV를 부수지 못하고 여러 대가 있던 컴퓨터 중 가장 연식이 오래된 하나를 옆차기로 차버렸다. 정부물품 스티커가 붙여진 모니터가 대번에 박살났다. 그러자 다음날부턴 뉴스도 끊어졌고 24시간을 지지직거리기만 했다. 그는 TV도 박살내려고 했지만 뭔가 불길한 예감 때문에 이성을 잃지 않기로 했다. 그로부터 TV는 본래의 기능을 잃고 유남의 인내심 테스트라는 새로운 기능을 선보였다.

똑같은 하루 일과가 반복되었다. 일어나면 씻고 감시탑에 올라 살아남은 자가 있나 살폈고 내려오면 방송을 점검했다. 변한 자들은 유남의 모습만 보면 교도소 앞에 진을 쳤지만 지지직거리는 TV는 단 한 번도 사람이 연출하는 화면을 회복하지 못했다. 전화도 인터넷도 드디어 인류에의 대복수에 성공했다. 사람들은 한시라도 이 정보통신 수단이 없으면 불안함을 느끼지 않았던가.

유남은 포기하지 않고 끈덕지게 머리를 굴렸다. 사회복귀과엔 신문이 날짜별로 모여 있다. 그는 지나간 신문들을 하나하나 살펴보았다. 신종 소아마비 바이러스가 외국유행 단계에서 국내 대유행 단계로 확산되는 흐름에 맞춰 자투리 기사는 점점 커져 대다수 신문의 헤드라인을 장식했다. 처음엔 동물이었다. 오리와 닭이 입과 코에서 냄새나는 점액질을 토하며 죽어갔다. 고통스러워하는 모습이 사람과 너무 비슷했기 때문에 보는 사람에게 극심한 공포를 불러일으켰다고 한다. 다음엔 돼지와 소였다. 역시 사람 같은 끔찍한 표정에 생전 못 본 무시무시한 경련을 보이며 죽어나갔다. 가래 같은 끈끈한 점액질이 사체의 입, 귀, 코에서 쏟아져 나왔다. 가축을 불태우고 방역작업을 속개하는 등 전 세계인들이 전염병을 막으려 노력했다. 그러나 피한다고 안 걸릴 바이러스가 아니었다. 지구 어딘가의 누군가가 맨 처음 감염된 시기를 기점으로 인류의 멸망은 본격적으로 시작되었다. 애당초 이만한 우려대상은 절대 아니었다고 한다. 왜냐하면 변종에 대한 어떤 항바이러스제도 없는 상황에서, 걸린 사람들 대부분은 자연 치유가 되었기 때문이다. 하지만 치유 다음엔 새로운 2차 증상이 시작되었다. 근육이 마비되었고 끔찍한 부작용이 초래되었다. 사고능력의 정지와 무지막지한 폭력들, 그리고 신체기능의 마비와 끔찍한 식육. 신문은 여기까지만 보도되어 있었다. 다음 날짜부터는 어느 신문사나 조석간 발행이 정지되었다.

기자들도 다 변한 거겠지, 유남은 그렇게 결론내렸다. 바이러스에서 완치된 일부 사람들이 끔찍한 괴물로 변했는데 그 사람한테 깨물린 사람들은 소아마비 증상을 안 겪었더라도 괴물이 되어버린다, 그래서 저렇게 최단시간 내에 엄청나게 많은 수가 생긴 것이다. 바이러스보다 타액이나 혈액의 전염이 더 위험하다는 얘기다. 그건 그렇다 치고, 그럼 괴물이 된 후엔 도대체 왜 생고기를 먹는 거지? 본능만이 남은 거라고? 그럼 종족번식의 본능은 어디로 갔고? 왜 암수구별도 없고, 서로를 알아보지도 못하고, 짐승처럼 행동하는 거지?

"그냥 소아마비가 아니라 뇌까지 작살내버리는 소아마비니까."

그는 내면으로 질문하고 외면으로 답했다.

동물이나 가축은 다 죽었는데 사람만이 안 죽고 돌연변이 괴물로 변한 이유는? 저항력도 더 크니까? 꼴에 만물의 영장이니까?

"동물은 방어능력이 생길 새도 없이 속수무책으로 당했어. 하지만 인간들은 기어이 안 죽고 뻗대니까 면역력이 생긴 거야. 백퍼센트 완치 없이 부작용이 있는 그런 불완전한 면역력."

의문 하나가 들기 시작했다. 그럼 괴물로 지내다가 일정 기간이 지나면 다시 제2의 면역력을 얻어 본래의 모습을 회복할 수도 있는 걸까? 아직까지 그런 경우는 없었다. 저 바깥의 괴물들은 한 달째 같은 모습으로 돌아다니고 있다. 아무것도 안 먹었는데도 자연사하지도 않았다. 한 달이면 영양보급이 안 돼 죽고도 남았을 시간인데…… .

"그럼 저것들은 정말 살아있는 시체들일까?"

하나를 추리하면 또 다른 하나가 꼬리를 물었다. 끝이 없을 모든 것은 의문에 휩싸여 갔고 뭐 하나 해결하기도 전에 변한 자들은 꾸준히 몰려왔다. 밥 달라고. 너의 생살을 달라고.

혼자선 아무런 의문도 풀 수 없었다. 유남의 머릿속과 별반 다를 바 없는 교도소 돌담벼락은 미친 듯이 두들겨대는 소리들로 조용할 날이 없었다. 그는 가끔 총을 쏴보기도 했지만 식인 군중은 아무런 해산의 기미도 없었다. 총소리가 멎으면 그들은 또 몰려들었다. 굳은 표정 안의 복잡한 심경은 유남의 내면을 조금씩 갉아먹었다.

"어떻게 된 거냐? 말을 해다오. 누군가 내게 말을 해다오."

사람사이의 관계가 싫어 독고다이를 고집해 왔던 그의 입에서 연극 대사 같은 독백이 여러 차례 터져 나왔다. 하지만 귀기울여 주는 건 저 푸른 허공뿐 아무도 그의 말에 대답해 주지 않았다. 아무리 고독을 고집하는 사람도, 우울증에 걸린 사람조차도 궁극적으로 혼자서 살 수는 없는 법이다. 아무리 혼자이고자 해도 생산품을 사야 하고 남이 이룩해 놓은 걸 이용해야만 하니까. 그러니까 인간은 틀림없는 사회적 동물이다. 유남은 평소에 극히 말수가 적었다. 가정교육이, 재미없었던 20대가, 관료주의가, 웃을 수만은 없는 현실의 자각이 그를 과묵하게 만든 것이었다. 하지만 그는 이젠 자신과라도 대화를 해야 했다. 안 그러면 미칠지도 모르니까.

정상적인 사회였다면 이런 자문자답이야말로 사람들한테 미쳤구나 손가락질 당하기 딱 좋을 행동이었겠지만, 이젠 그의 독백보다 더 큰 광기가 담 바깥의 지구 어디에나 있다. 그가 입을 튼 것은, 자기밖에 돈밖에 모르고 지랄같이 돌아가고 서로 뺏고 죽이기도 하고 좆같은 놈들이 수두룩한 이 세상이지만 인간은 혼자가 아니라 같이 살아야 한다는 진리의 엄연한 반증이었던 것이다.

7

또 한 달이 흘렀다. 여전히 똑같은 일과가 반복됐다. 생존자 탐색과 방송 유무의 확인. 부식창고의 음식은 아직 충분했지만 유통기한이 넘어서는 것들이 생기기 시작했다. 야채는 건냉한 곳에 보관해도 상해버렸다. 보급로도 보급직원도 없는 마당에 유남은 유통기한 긴 통조림을 아껴야 했다. 이런 자원 위기에도 불구하고 그의 관심은 안의 사정보다 바깥쪽을 향해 있었다. 저 건물들 어딘가에는 자기처럼 숨어 지내는 사람들이 틀림없이 있을 거다, 전염성이 아무리 높다고 해도 세상사람 모두가 다 깨물리고 변했을까. 인간이란 종자는 대단히 독하다. 독종 중의 독종이기에 저항할 줄을 알고 살기위해 남을 속일 줄도 안다. 목적을 위해선 수단방법을 가리지 않는다는 고유성은 특기할 만하다. 역사상 인류는 자기들끼리 쉴 새 없이 죽여 왔고 그럼에도 줄기차게 살아남았다. 핵폭탄이 터져도, 그보다 심한 최악의 환경에서도 생존자는 늘 있었다. 그러니까 저 밖도 틀림없다.

하지만 정유남만의 세상에선 아직까지 생존자가 발견되지 않았다.

"다른 사람이 있어야만 해, 그래야 뭐든지 알 수도 할 수도 있는 거야, 혼자선 안 돼."

그는 더 이상 맛이 아닌 허무와 소모의 이미지로 점철된 음식들을 소비하며 끝없는 생각들에 잠겼다.

교도소 담벼락 앞의 변한 자들 중에 교도소 수복(囚服)을 걸친 자들이 부쩍 늘어났다. 이 같은 사실이 유남의 흥미를 끌었다. 징역 아닌 징역을 살아야 하는 교도관은 기를 쓰고 교도소 바깥으로 퇴근할 시간만 기다리는 게 업계의 본능이지만 어떤 재소자는 출소를 해도 기를 쓰고 다시 들어오려고 한다. 교도소가 내 집이라고 생각하는 자들이다. 상습 범죄자도 있지만 사회적인 약자들도 있다. 그런 사람들의 수는 의외로 적지 않다.

"이건 무슨 회귀본능 비슷한 걸 거야. 살던 곳을 기억한단 말이잖아. 아직 가능성이 있을지 몰라. 결국은 질병에 불과한 거라고."

그는 의료과로 달려갔다. 공중보건의사가 가져다놓은 두꺼운 의학서적을 미친 듯이 읽었다. 하지만 알아들을 수 있는 말보다 알아먹지 못하는 말이 더 많았다. 의학용어 사이사이에 눈사태, 산사태, 지진, 해일, 홍수, 한여름의 눈, 한겨울의 벚꽃, 자동차들의 급발진, 화산폭발, 건물의 붕괴, 동물들의 떼죽음, 전염병, 묻지마 살인, 아동 성범죄 등 온갖 이미지들이 집중을 방해했다.

"옛날에는 재해나 사건사고도 나름의 규칙이 있었어. 매너가 있었다고. 복구할 기회도 시간도 주고. 하지만 이젠 규칙 따윈 없어. 완전 제멋대로야. 진정 신의 벌인가, 이 세계? 진짜 멸망이야? 나만 빼고? 그럼 나는 왜 안 죽였어?"

그 때 유남의 머릿속을 강타하는 게 있었다. 바깥의 저들은 두 달을 먹지 않고도 저렇게 돌아다니지, 그래 내가 아무리 여기서 생각을 하고 지랄을 해도 저건 분명 사람들이 아냐, 시체야 살아

있는 시체. 죽어있는 삶에 생명을 불어넣을 순 없어. 그런데 질병 연구 따위가 대체 무슨 소용 있을까.

한순간에 유남의 인내심이 바닥을 드러냈다. 의학 서적이 맨 먼저 날아갔다. 그는 미친 사람처럼 책상을 쓰러뜨리고 의자를 집어던졌다.

"해답을 달란 말이야!"

이동 침대가 자빠지고 구급약품 통이 박살났다. 차트 뭉치가 이리저리 날렸고 손소독기가 벽에서 떨어졌다. 문이 박살나고 캐비닛 문짝이 떨어져 나갔다. 기분이 좋았고 속이 시원했다. 오랜만에 날아갈 것만 같았다. 그 순간 해답까지는 아니지만 진통제가 발견되었다. 캐비닛 구석에서 '의료과 체육행사용. 손대면 눈까리 잡아뺌 ^^'이라고 표기된 소주 두 박스가 나왔던 것이다.

8

그가 처음부터 술을 마시려던 것은 아니었다. 여전히 생존자를 탐색했고 각종 자물쇠와 TV를 점검했다. 하지만 언제나 똑같은 결과만이 기다리고 있을 뿐이었다. 희망은 일절 보이지 않았고 말할 수 없는 고립감만이 그를 에워쌌다. 그는 끝없는 되풀이에 서서히 시달리기 시작했고 예전의 생활을 그리워했다.

"그러고 보니 오늘이 적금 만기일이구나. 개코도 써보지도 못하고 무인도 조난자 꼴이 되다니……"

달력을 찢으며 내쉰 장탄식이었다.

"부모님은 잘 계실까, 형님은 누나는 어떻게 됐을까, 이모 댁과 삼촌 댁은 무사할까, 친구 동훈이 녀석도 좀비가 됐을까, 안묵동 농협중앙회 미스 고는 죽었을까 살았을까…… 있을 때 잘하라더니 그 말이 정답이구나……"

그는 관복 세탁과 다림질에 소홀해졌고 면도나 샤워도 잊어버렸다. 지직거리는 TV 채널을 바꾸어 DVD를 봤다. 복귀과 사무실엔 교화용 도서도 음악 CD도 비디오테이프도 DVD 타이틀도 충분했다. 하지만 그 어느 것에도 집중할 수가 없었다. 낯익은 영화배우들이 괴물로 변했을 생각을 하니 영 기분이 찝찝했던 것이다. 자신과는 아무 상관도 없던 그들 연예인이 예능 프로에 나와 카메라를 향해 웃어주던 때가 그리웠고 노래 불러주던 때가 그리웠다.

불면증이 생긴 유남은 늘 의료과의 수면제를 털어 넣어야 했으며 그렇게라도 얻은 잠은 항상 희미한 악몽을 동반하기 일쑤였다.

그러다가 참지 못하고 술을 마셨다. 깡소주에 중추신경이 마비되자 잠이 잘 왔고 악몽은 사라졌다. 반가운 사람들로 바글거리던 회식의 떠들썩함이 되살아나 귓전을 울리는 것만 같았다. 먹고 싶었던 요리들이 생각났다. 가보고 싶었지만 미뤄뒀던 명승고적이 떠올랐다. 그게 후회가 되어 혼자 웃기도 했다. 하지만 술이 깰 때쯤이면 악몽대신 지독한 그리움과 외로움이 밀물처럼 밀려들었다.

"나를 달래기 위한 술이냐, 아니면 나를 죽이려는 술이냐."

감시탑 아래의 변한 자들은 손댈 수 없는 위치에 서 있는 유남을 올려다보며 팔다리를 흔들었다. 유남은 무감동한 얼굴로 그들을 내려다보았다. 저들 중엔 사장도, 스포츠 선수도, 시장도, 고급 요정의 잘나가는 마담도, 연예인 지망생도, 검판사도, 언젠가 맞선을 볼지도 몰랐던 여자도, 평범한 우리 이웃도, 심각한 범죄자도 있을지 모르지.

"나는 기관장이요, 성 하나를 소유한 왕이다. 하지만 결재도장 찍어줄 직원하나 없고 부릴 수 있는 신하 하나 없다. 월급도 못 받고 이 계급장에서 더 이상 승진의 가망은 없다. 하지만 이보다 최악은 가벼운 인사 나눌 사람 하나 없다는 거다. 바깥의 너희들은 사람이면서 분명 사람이 아니다. 예전에도 사람이 사람 같지 않은 경우는 빈번했고 서로가 서로를 잡아먹는 경우도 많았다. 하지만 그 사람답지 않은 경우나 잡아먹는 경우는 상징적인 것이었지 물리적인 것이 아니었다. 내가 사회생활에서 말문을 닫은 것도 주로 그런 이유였다. 인간 같잖은 서로가 잡아먹으려는 세상에선 말 많은 자가 손해란 사실을 알았으니까 말이다. 하지만 지금의 어처구니없는 세상은 다른 방식으로 내게 고통을 주는구나. 경쟁을 하고 남들보다 더 알아야하고 약삭빨라야만 어떻게든 살아나갈 수 있었던 현대인의 생활방식이 사실은 얼마나 지극히 인간다운 삶이었느냐 말이다."

습관이 된 문어체의 일장연설 끝에 유남은 술병을 집어던졌다. 변한 자들은 무슨 음식인 줄 알고 허겁지겁 소주병에 달려들었으나 이내 원하는 게 아니라는 걸 알아채고 감시탑을 우러러 짐승처럼 울부짖었다. 유남은 그들을 외면한 채 침묵에 잠긴 도시를 비통한 심정으로 바라보았다.

9

어느 날 유남은 아래를 내려 보다가 운집한 그들 중 가슴팍에 1832 번호표를 달고 있는 자를 보았다. 얼굴이 변했어도 누군지 알 수 있었다. 올 해로 71살이 되는 상습절도범 이대복 노인이었다. 단 한 번도 관규를 어기지 않았고 청소에 똥치우기 등 교도소의 궂은일을 도맡아하는 모범수였던 그는 나이 어린 재소자에겐 할아버지 같은 존재였으며 불교법회시 가장 헌신적으로 봉사활동을 보인 종교인이기도 했다. 시대의 변화와 더불어 인권신장에 따라 법과 질서가 하향곡선을 그리는 작금의 교정기관에서 어쩌면 이대복 노인 같은 사람은 꼭 필요한 존재였다. 별 보람이 없는 교도소 근무에서 그나마 이런 사람들이 있어 교도관들은 미치지 않는다. 전국 교도소에 흉악범, 문제수들만 모여 있다면 너도 나도 미치지 않는 사람은 없을 것이다.

유남은 작년의 출소 당일, 이 추운데 나가면 오갈 데 없이 죽는다며 직원들의 팔다리를 잡고 울부짖었던 이대복 노인의 모습을 떠올렸다. 교도관들은 그가 갈 곳도 가족도 할 수 있는 일도 없는 천애고아란 사실을 잘 알고 있었지만 형기 다 채운 사람을 다시 구속시킬 순 없었기에 차비나 하라고 푼돈을 털어주어 달래 보냈다. 하지만 그는 다시 절도를 하고 들어왔다. 이 노인의 살기 위한 방법이었다. 그는 밥을 주고 잠자리를 주는 교도소로 들어오기 위해 한 번씩 절도를 했다. 그렇지만 절대로 사람을 해치거나 강제로 성적 만족을 얻으려는 짓 따윈 하지 않았고 일단 들어오면 아주 착실하게 교도소 생활을 했다. 죄책감이란 눈 씻고 봐도 찾아볼 수 없고 각종 권리 찾기와 소송행위, 그리고 위험한 행동으로 일관하는 일부 문제수들과는 판이하게 다른 모습이었다.

하지만 모범수 1000명 보다 문제수 1명을 관리하기가 더 어렵다는 데 이 바닥의 아이러니가 있다. 잘 흘러가는 물을 그 한 명이 쉽게 흐리고 악성을 전염시킨다. 저렇게 행동하면 징역살이 편해지는구나 하고 배우는 자들이 생겨난다. 이 노인처럼 착실하게 갱생일로를 걷는 사람에게 가야 할 처우가 문제수들이 빼앗는 시간 때문에 공평하게 분배되질 않는다. 이게 바로 대한민국 교정행정의 불편한 한 현실이다. 문제수들 때문에 번번이 업무상 힘든 스트레스를 겪었던 유남은 이 변한 세상이 그거 하나는 좋다고 생각했다. 이제 더 이상 업무적으로 안 봐도 된다는.

유남은 이대복 노인에게서 시선을 뗄 수 없었다. 암울했던 시대부터 징역을 살아왔기에 아들뻘 되는 젊은 교도관을 봐도 여전히 90도 인사를 하는 그 이대복 노인이 지금 좀비가 되어 손에 쥔 비둘기를 옆의 젊은 좀비에게 안 뺏기려고 시달리고 있었다. 이 노인은 언제나 배가 고팠고 몸도 불편했었다.

유남은 소총을 쳐들었다. 변한 존재들은 이 같은 조준을 의식하지 못했다. 이 노인을 괴롭히던 변한 자의 얼굴이 표적판이 되었다. 변했음에도 돼지처럼 뚱뚱한 체격에 굵은 팔다리를 휘두르고 있는 그 젊은 좀비는 넘치는 욕심을 주체하지 못하는 것처럼 보였다. 변한 자들은 지금껏 저희들끼리 공격하는 경우가 거의 없었으니까 말이다.

유남은 서슴없이 방아쇠를 당겼다. 비둘기를 빼앗으려던 자는 머리통이 깨져 뒤로 쓰러지고 이대복 노인은 허겁지겁 자신이 포획한 물건을 입으로 가져갔다. 유남이 '이봐요 1832번! 이 노인!' 하고 크게 불러봤으나 좀비가 된 이대복 노인은 알아듣지 못하고 피를 묻혀가며 깃털 째 비둘기를 씹어 먹었을 뿐이다.

한 가닥 희망도 이로써 사라졌다. 그렇군, 결국 교도소로 돌아온 건 인간이었던 시절을 기억해 낸 게 아니라 본능의 한 자락이 없어지지 않고 남은 결과인 거야. 반평생을 교도소에서 보낸 저 신세라면, 변하고도 이리 돌아오는 게 무리는 아니겠지.

그 순간이었다. 찌징하고 귀청을 찢을 듯한 소음이 파생되더니 온 천지, 아니 온 교도소에 사람의 목소리가 흘러넘치기 시작했다. 깜짝 놀라 일어선 유남은 어디서든지 방송재개를 알 수 있도록 모든 스피커를 작동시켜 놓았음을 기억해 냈다. 느닷없는 소음에 변한 자들도 어리둥절한 기색을 감추지 못했다. 번개에 맞은 듯 정신이 든 유남은 쏜살같이 감시탑을 내려가 사회복귀과 사무실로 달려 들어갔다. TV가 흐릿한 화면을 재생하고 있었다.

애꾸눈을 하고 체 게바라 같은 모자를 쓴 40대의 남자가 총을 든 채로 저화질의 카메라에 대고 말하고 있었다.

"여긴 서울이고 내 이름은 이종오라고 합니다. 한때 PD였던 적이 있어서 이렇게 방송을 보낼 수 있게 되었습니다. 여기 방송국도 쑥대밭이 되었지만 보시다시피 살아남은 사람들도 이렇게 건재합니다(여기서 카메라가 빙 돌면서 중무장한 사람들을 보여주었다.). 시간이 없습니다, 여러분. 이 방송 보시게 되면 잘 들으십시오. 죽고 싶어도, 자살하고 싶어도 포기해선 안 됩니다. 절대로 포기해선 안 됩니다."

그의 등 뒤로 총소리가 한 방 들려왔다.

"아직까진 이 사상초유의 저주받은 질병에 대해 어떤 해결책도 없습니다. 하지만 우리가 포기하면 온 세상의 온 인류는 완전히 사라져 없어집니다. 우린 공룡이 아닙니다. 멸종하지 않습니다. 모두가 공존하기 위해선 우선 살아남아야 하고 그러기 위해 수단 방법을 가리지 말아야 합니다. 사살하십시오. 그리고 저항하십시오. 숨통을 끊어놓으십시오. 안면을 몰수하십시오. 그들은 인간의 형상을 하고 있지만 더 이상 인간이 아닙니다. 그들은 이미 죽은 상태로 돌아다니고 있습니다. 틀림없습니다. 그들은 움직이는 시체들입니다. 절대로 마음 약해져선 안 됩니다 여러분. 여기 서울에서는 현재 살아남은 사람 120명 정도가 한 자리에 모였습니다. 우린 쉬지 않고 생존자들을 찾아 모으고 있는 중입니다. 어느 그늘진 구석에 숨어서 죽음의 위기를 넘기고 있는 여러분, 약탈이나 일탈에만 자신을 소모해선 안 됩니다. 어떻게든 살아남고 행동해야 합니다. 살아남아서 다 함께 안전한 곳으로 이동해 합심하여 이 위기를 이겨내야 합니다. 힘내십시오. 모두 최선의 방법으로 살아남으시고 주변에 어려움에 빠진 우리 '사람'이 있다면 도와주십시오. 하루가 다르게 인류는 줄어들고 있습니다. 반드시 모두 함께 일어섭시다. 조만간 좋은 소식으로 다시 찾아뵙겠습니다. 그럼 건투를 빕니다."

갑자기 그들이 화면 밖으로 사라지고 카메라가 흔들거렸다. 총소리가 격렬해진 게 방송 중에도 고기를 노린 자들의 습격이 있었던 모양이다.

유남의 얼굴이 경이로움의 빛으로 가득해졌다. 그래 살아남은 사람들이 있었어!

10

하지만 방송은 한 번뿐이었다. 유남은 끈질기게 기다렸지만 이종오라는 사람이 이끌던 레지스탕스 조직은 다시 TV에 나오지 않았다. 충족되지 못한 희망에 그의 머릿속은 복잡해졌다. 내가 환각을 본 건가?

"아니야 그건 환각이 아니야…… 그들은 분명 쫓겨 다니고 있을 거야. 보아하니 어딘가로 계속 이동 중에 있는 것 같았어. 120명이라고 그랬지, 하지만 그 중 하나만 깨물려도 모이는 속도보다 변하는 속도가 더 빠를 걸. 방송을 할 수 있을 정도로 경황이 있지는 않을 거야."

유남은 그쯤에서 좋지 않은 상상을 접었다. 그래, 어쨌든 기다려보는 거야.

그는 감시탑과 TV 앞에서 계속 시간을 보냈다. 자신은 끝끝내 미치지 않는다고 확신하면서. 하지만 아무런 변화도 없이 날짜만이 무심하게 지나갔다.

"진짜 환각이었나……."

그는 서서히 좌절했다. 술이 떨어져가자 더욱 심해진 좌절감이었다. 안전한 교도소 안에 있다지만 자신의 신세가 처량해졌다. 이 혼란의 시기에 혼자만의 안전이란 결국 세상과의 단절밖에 아무런 의미도 없었다. 사람이 그리웠고 사람 살던 때가 그리웠다. 물자는 점점 떨어져가고 언젠가는 바깥으로 나가야 할 때가 올 것이다. 그 날이 아마도 자신이 죽는 날이 될지도 모른다. 어떤 맥락에서, 죽는 것은 두렵지 않았다. 하지만 아무도 곁에 없는 고립무원의 죽음은 생각만으로도 그의 외로움을 몇 배나 가중시키는 것이었다.

"흥, 누구나 죽을 땐 혼자야."

그는 침을 뱉고 마지막 남은 소주병을 땄다.

"나하고 대화를 하는 데도 이젠 지쳤다. 세상이 이렇게 될 줄 진즉에 알았더라면 하고 싶은 걸 다 해보는 건데. 병신같이 미루고 또 미루다가 나이만 먹고 하나도 하질 못했어. 나의 손은 만지고 싶은 걸 만지려 했고 나의 발은 가고 싶은 곳으로 움직이려 했다. 하지만 보잘것없는 나의 정신이란 게 더 좋은 내일이 있으니 기다리라고 미뤄 조져 손발을 묶어놓았지. 이렇게 더 이상 미루지 못하는 날이 올 줄 어떻게 알았겠느냐. 오늘 일을 내일로 미루지 말란 말이 그래서 나온 거지. 난 인생이라는 시간 관리에 실패했어."

그는 깡소주를 들이키며 감시탑 너머를 쳐다보았다. 평소와 조금도 다름없는 생기 잃은 도시의 외관엔 사람의 활력이 느껴지지 않는 죽음의 이미지만이 드리워져 있었다. 아무리 미뤄도 오지 않는 희망. 낡은 신문과 지폐 따위 종잇조각들만이 바람의 힘으로 두둥실 떠다니고 있지만 그 조차 움직임이라고 칭할 순 없었다. 그것은 죽음이자 정지요, 부유에 불과했다.

알록달록한 것이 움직이다 사라졌다. 뭔가? 큰 전단지인가? 그의 눈은 시야에서 사라져버린 것을 허망하게 쫓고 있었다.

"내 눈아, 35년간 나의 충실한 척후병의 역할을 맡으며 온갖 충성을 바쳐왔던 내 눈아. 너는 언제나 정직했고 내게 충실했다. 거짓을 한 것은 네가 아니라 거짓을 보인 세상이지. 나는 너에게 좋은 것만 보여주고 싶었다. 하지만 너는 거짓되고 끔찍하고 불행하고 못 봐야 할 것만 봐야 했고 이는 바르고 좋은 것만 볼 수 있게끔 너를 인도하지 못한 내 책임이다. 이제 헛것까지 보이는 건 너에게 보상하지 못한 나의 징벌인지 오래도록 쓰임을 당하지 못한 네 기능의 쇠퇴인지 알 길이 없구나. 아무리 생각해도 TV에 나온 레지스탕스도 나의 환각이라고밖에는……"

잠깐만, 저런 전단지가 도대체 어디 있지!

자조적 독백이 끊기자마자 의미부여가 되었던 눈은 커다랗게 떠졌다. 컬러풀한 천조각은 전단지가 아니었다. 뭔지 모를 그것이 저 멀리서 또 움직였다. 상가 건물의 베란다에 위태위태하게 보였다 말았다 하는 것이 분명 실재하고 있었다. 그것은 기었다가 멈추었다 하는 것처럼 보였다. 크기로 봐서 장난감 인형 같기도 했지만 저렇게 움직이는 인형은 절대로 없다. 유남은 소주병을 던지고 망원경을 눈에 갖다 댔다.

"세상에 이럴 수가!"

망원경이 흔들리며 선명했던 이미지가 흐려졌다. 남자 아기였다. 청학동 서당의 양반 자제 같은 한복 차림의 아기였다. 유남은 다시 망원경을 눈앞에 갖다 대고 초점을 맞췄다. 온 한복을 물들인 오물과 핏자국이 똑똑하게 보였다. 아기는 헐렁한 옷에 비해 얼굴과 눈이 유독 커보였는데 기나긴 나날 제대로 영양보급을 하지 못했기 때문인 듯했다. 다행히 변한 존재는 아니었다. 기었다가 일어서려고 안간힘을 쓰는 아기는 힘없이 팔을 휘저으며 이리저리 시선을 돌리고 있다. 유남의 입에서 술 냄새 섞인 독백이 절로 새어나왔다.

"어떻게 된 거냐? 엄마랑 아빠는 거기 없는 거냐? 엉망이 된 모습은 네가 혼자란 걸 암시하는 것 같구나. 도대체 어떻게 거기서 그렇게 지낼 수 있었지? 대답을 해다오. 네 대답이 없으면 난 널 구하러 갈 수 없다. 미안하지만 아직까지는 네 목숨보다 내 목숨이 더 소중하기 때문이다."

감시탑 아래에 변한 자들이 모여들었다. 그들은 매번 속으면서도 온다. 손이 닿지 않는 사람의 고기를 뜯으려고. 손이 닿지 않는. 그때 아기가 울음을 터뜨렸다. 유남의 가슴이 철렁했다. 그들이 제발 듣지 않기를. 변한 자들은 유남을 쳐다보며 우워워 신음만 토해냈다. 아기는 자신의 키보다 높은 베란다 안전창살을 붙잡고 가까스로 일어설 것처럼 보이다가 다시 주저앉았다. 아기의 얼굴은 모든 고통을 한꺼번에 집약시켜 놓은 것 같았다. 주름이 굳도록 꽈악 일그러진 눈가엔 이슬방울 같은 눈물이 매달리고, 닫고 싶어도 맘대로 닫을 수 없는 것처럼 한껏 벌어진 입은 숨이 막혀 고통스러워하는 모습과 조금도 다를 바가 없다. 아기의 가슴팍이 들썩였다. 저렇게 울면서도 살기 위해 필사적으로 호흡을 하고 있다. 유남은 급히 망원경을 내리고 벽에 등을 댔다. 눈을 감자 어딘가에서 통증이 느껴졌다. 신경성 위염, 또 재발된 건가? 젠장 이젠 의사도 없는데…… 하지만 그건 위장이 아픈 게 아니라 가슴이 아픈 것임을 그는 알아채지 못하고 있었다.

"저 어린 게 어째서 지금까지 들키지 않고 살아남았을까."

그는 다시 망원경으로 건물을 보았다. 아기의 모습이 사라지고 없었다. 아기가 추락할 수 있는 베란다가 아니다. 안으로 기어 들어간 모양이다. 아기 말고 누가 함께 있다고는 생각되지 않았다.

어떻게 지내왔는지 모르지만 아기 혼자 모든 험난함을 견뎌왔던 거라고 판단했다. 유남의 가슴이 섬뜩해졌다. 만약 자신이 이곳에 아지트를 세운 시기와 일치한다면 아기는 두어 달 세월을 저렇게 지내온 것이 아닌가. 뭘 먹고 지냈을까. 그는 한 번 더 베란다로 나오기를 간절히 바랐지만 아기는 기대를 채워주지 않았다.

"어찌 됐느냐, 아가야? 넌 내 속마음을 읽기라도 한 거냐? 그래서 나를 원망하면서 다시 안으로 들어간 거니? 나와다오. 제발 나와다오. 너는 나를 시험에 빠져들게 하는 누군가의 대리인이면 안 된다."

그러나 아기는 나오지 않았다. 망원경이 서서히 내려갔다. 그는 감시탑을 내려와 보안과 사무실 쪽으로 걸음을 옮겼다. 하늘은 파랗고 구름은 솜사탕 같았다. 갑자기 과거의 한 자락이 그에게 엄습했다. 관계 후 생리가 되지 않는데 임신이면 어쩔 거냐며 자신을 보챈 여자 친구에 관한 기억이었다. 대답하라며, 임신이면 어쩔 거냐며 여자는 강도 높게 유남을 추궁했었다. 바라던 바였던 유남은 결혼하면 되지 뭘 어쩌느냐고 들뜬 마음을 감추지 않은 채 답했다. 유남이 결혼할 마음에 한창 젖어 있던 20대 중반의 일이었고, 순진하게도 사랑이 세상 그 무엇보다 우선한다고 믿었던 시기였다. 하지만 기대와는 달리, 난 오빠와 결혼할 생각이 없다며 여자는 불같이 날뛰었고 검증 되지도 않은 상상만으로 유남을 괴롭혔다. 결국 생리주기에 약간 변동이 있었을 뿐 임신은 아닌 게 판명되었고 현재 그녀는 다른 남자의 아내가 되어 있다(가 모두가 똑같게 된 저들 중의 하나로 변했을지도 모른다.). 유남은 몇 년을 사귀었던 그녀가 떠나간 사실에 별 아쉬운 마음을 두진 않았으나 가끔 이런 생각을 할 때는 있었다. 그 당시의 소동이 반대쪽으로 결과가 났다면 과연 나는 낙태를 시켰을까, 아니면 아기를 살리고 그녀와 트러블 많은 가정을 이루었을까?

보안과 안에는 전신 거울이 있었다. 그는 자신의 모습을 한참 동안이나 쳐다보았다. 하늘색의 근무복도 어깨 위의 계급장도 그대로였고 산천은 유구했다. 하지만 사람 잡아먹는 괴물들은 어디에나 깔려 있다. 고개를 돌린 유남은 천천히 무기고 쪽으로 걸어갔다. 똑같이 고개를 돌리며 걷던 거울속의 유남이 사라졌다. 거울 속의 유남은 모습이 사라지는 순간까지 끊임없이 거울 밖의 유남에게 종용했다. 그냥 이 안에 있으면서 눈 한 번 꽉 감으면 돼. 이 안은 안전하고 나가면 어느 순간에 죽거나 저들처럼 될지 모르잖아. 텔레비전이 나오지 않고 정보통신 수단도 없어. 하지만 DVD는 볼 수 있고 음악도 들을 수 있지. 식량은 아직 충분해. 여자 빼놓고 없는 게 뭐가 있어. 넌 건전지로 불붙이는 법, 밀주 제조법도 알잖아. 어떻게 알아, 의료과 잘 뒤져보면 향정신 성분 들어 있는 약이 있을지도? 그게 널 기분좋게 해줄 거야.

그래 난 안전해. 하지만……

"젠장. 그 녀석을 그냥 둘 수 없어."

죽음으로 둘러싸인 한가운데 앉아 있지.

갑자기 유남은 뭔가에 홀린 사람처럼 반대쪽으로 달려 나가더니 감시탑 위로 올라갔다. 망원경을 들어 올리자 다시 등장한 아기가 베란다 창살을 붙잡고 일어나려 애쓰는 광경이 포착됐다. 아기의 고개가 이쪽으로 한 번 돌아왔지만 그것은 유남을 발견했다는 확인은 아니었다.

"그래 널 버리면 후자가 아닌 전자야. 낙태나 다를 바 없겠지."

아기가 엉덩방아를 찧었다. 하지만 이번엔 울지 않았다. 그 모습이 마음에 든 유남은 서둘러 감시탑을 내려왔다.

무기고엔 폭동진압에 쓰는 갑옷 같은 방석복도, 안전망이 달린 철모도 있다. 변한 자들의 이빨은 그 같은 장갑을 뚫지 못한다. 게다가 교도소 바깥에 있는 직원용 주차장엔 호송용 승합차가 있다. 연식이 오래되지 않은 이스타나 차창엔 단단한 철망까지 쳐져 있다. 이 정도 무장이라면, 손발만 빨라준다면 적진을 뚫고 차에 태워오기란 쉬울 수도 있다. 그들의 행동은 정상인보다 느리니까. 우연처럼 무기고 옆의 열쇠함에는 '호송용 승합차'라고 견출지가 붙어진 자동차 열쇠가 떡하니 놓여 있었다. 이 열쇠가 들어맞는다면, 구출은 시간문제인지도 모른다. 보조 열쇠도 있었다. 문제는 모든 대문의 빗장과 자물쇠가 교도소 안쪽에 붙어 있다는 거다. 안에서 열고 나가면 밖에서는 잠글 수 없다는 얘긴데 문을 열어놓은 채 나가면 돌아올 때는 이 안에 좀비 같은 것들이 진을 치고 있지 않다고 장담할 수 없다. 처음 왔을 때는 교도소 내에 단 하나의 변한 존재도 없었지만 우연은 두 번 일어나지 않는 법이다.

"안에서 문을 열어주고 잠가주는 사람이 하나만 있다면 좋을 텐데……"

실행 도중 변한 존재들의 강력한 저항이나 차량의 운행불가, 예기치 못한 사고 등의 상상이 하나하나 추가되면서 그는 이 작전 계획이 약간의 실수에도 목숨이 오락가락할 수도 있는 위험한 도박임을 깨달았다.

돌아오지 말고 그냥 아기와 바깥으로 나가버릴까. 어딘가에 살아있는 사람, 더욱 안전한 공간이 있을지도 모르니까. 하지만 그건 불확실한 희망사항에 불과했다. 길고양이 같은 도망자 신세가 훨씬 더 현실감 있었다. 게다가 이제껏 일궈온 영역을 포기하기에도 너무 아깝다. 교도소 내 비닐하우스에는 유기농 야채가 충분했고 체력 단련실에 좋은 잠자리가 있었다. 클래식 음악을 들을 수도 있었고 넓은 운동장에서 맘껏 트레이닝도 가능했다. 몇몇 공장이 있어 어느 정도 생필품은 자급자족 할 수도 있었고 (이게 가장 중요한데) Y교도소에는 여사(女舍)가 있었기 때문에 분유와 유아복이 충분했다. 임신한 채로 수감되어 출산을 한 여자 재소자는 법으로 정해진 기간 동안 교도소 안에서 양육을 할 수 있기에 가능한 일이다.

"내가 갈 테니 넌 죽으면 안 된다. 그러면 모든 안락을 포기하고 달려 나간 나의 노력도, 그 나이에 죽음과의 투쟁을 겪고 지금껏 살아남은 너의 존경할 만한 의지력도 모두 쓸모없는 것이 되기 때문이다."

신이 보험회사 처리반의 역할을 해주지 않게 된 이 막장 세상에서 더 이상 후회할 짓은 없어야 한다. 그럼 방법은 하나밖에 없다. 정면 돌파를 결심한 유남은 준비를 갖추어나갔다. 상반신과 무릎 팔뚝에 중세시대 기사 같은 진압용 방석복을, 얼굴에는 투명안전망이 붙어 있는 하이바를 썼다. 주머니란 주머니에 실탄을 채운 탄창을 넣고 마개를 단단히 닫았다. 총집이 양쪽으로 나 있도록 개조한 허리띠에는 권총 두 자루를 넣었다. 기관총과 탄창을 담은 가방까지 챙긴 유남은 나머지 준비를 마치고 감시탑에 올라가 미리 준비해 둔 CD 플레이어 앞에 우뚝 섰다.

그는 잠시 교도소를 둘러보았다. 정든 집이나 다름없게 된 유남의 공간들이 말없이 가지 말라고 애원하는 것 같았다. 비닐하우스에 심어놓은 상추들이 불어온 바람에 바르르 몸을 떨었다. 모처럼 자신들을 관리해 줄 주인을 만났는데 두 번 다시 못볼까봐 슬퍼하기라도 하듯이.

“내 집아. 아무쪼록 문단속 잘해다오. 탈 없이 새 식구를 데려오마.”

말을 마친 그는 CD 플레이어를 작동시켰다. 그것은 ‘수용자 교정교화 교향곡’ 모음집이었다. 소리를 최대로 높인 유남은 라벨의 「볼레로」 단 한 곡만을 선택해 반복재생을 눌렀다. 괴물들의 주의를 돌리게 하는 효과 외에도 왠지 그 음악은 침착함을 유지시켜 줄 것 같았기 때문이다. 얼마 되지도 않아 감시탑 밑으로 음악을 들은 변한 존재들이 모이기 시작했다. ‘밤, 빠바바! 밤, 빠바바!’가 끝도 없이 반복되면서 수 명이 수십으로, 수십이 수백 명으로 늘어났다. 변형되고 뒤틀린 머리로 썩은 고름을 흘리는 그들은 어딘가 지치고 고달파보였다. 준비가 된 유남은 있는 힘껏 고함을 질러 마지막 하나까지 그들을 끌어 모으고 또 모았다.

“여길 봐라! 내가 여기 있다!”

감시탑에는 카세트 말고도 유남이 미리 준비해 둔 등유통 여러 개가 있었다. 등유 난로를 때는 관구실에서 찾아낸 등유통들이었다. 하나하나 뚜껑을 여는 동안 변한 자들은 더욱더 구름처럼 몰려들었다. 멀리서도 더 멀리서도 삼삼오오 떼를 지어 교도소 앞으로 걸어왔다. 이내 우워우워하는 특유의 괴성이 그 어느 때보다 크게 유남의 귀를 괴롭혔다. 듣는 이의 심장과 간을 오그라들게 하는 광기의 함성이었다. 언제 들어도 질리기는 마찬가지인 그 귀곡성이 싫어 유남은 인정사정 봐주지 않고 밑을 향해 기름을 퍼부었다. 물벼락을 맞는 아이들처럼 그들은 입을 커다랗게 벌린 채 더욱 세찬 기세로 문을 두드렸다.

"여기 있다니까! 전부 이리로 올라 와!"

이미 와 있던 무리에 막 합류한 자들도 쏟아지는 등유를 맞고 개처럼 몸을 털어냈다. 다섯 통을 다 붓고 나자 바닥이 났다. 그러자 유남은 둘둘 만 신문지 뭉치에 라이터 불을 붙였다. 세상모르는 그들은 유남을 뜯어먹고 싶어 괴성을 멈추지 않았다. 유남은 잠시 망설였다.

살기 위해선 인정사정 봐주지 말고 죽이라는 말이 이곳저곳에서 둥둥 떠다니는 것만 같았다.

"날 탓하지 말고 세상을 원망하라고."

유남은 변해버린 세상을 향해 신문지를 던졌다. 일순간에 화산 폭발 같은 거대한 불길이 공중으로 솟구쳤다. 처참한 비명이 여기저기서 속출했다. 불은 금세 옆에서 옆으로 옮겨 붙었다. 유남은 불기둥을 외면하고 아래로 내달리기 시작했다. 목숨을 건 질주였다. 이제부턴 시간과의 전쟁이다. 요 며칠 술에 빠져 지낸 게 후회되었다. 갑옷의 장비는 불편했고 하이바는 무거웠다.

11

순식간에 감시탑을 내려온 유남은 불붙은 무리들과 한참 먼 곳에 있는(호송용 승합차와 거리가 가까운) 담벼락까지 달려가 미리 기대 놓았던 알루미늄 사다리에 발을 올렸다. 3미터는 족히 될 담까지 무사히 기어오르자 안전한 교도소에서 바깥으로 다시 나간다는 공포감이 전신을 휩쌌다. 주저하다간 모든 것이 끝장이었다.

숨 한 번 내쉰 그는 힘껏 들어 올린 알루미늄 사다리를 바깥으로 옮겨 놓았다. 가방의 무게 때문에 몸이 휘청거렸다. 아래로 추락해 발목이라도 다치면 한방에 인생 종칠 수도 있다. 저 멀리에서 불이 붙은 자 하나가 유남을 발견했는지 몸을 튼 순간 어느새 유남은 반대쪽 땅에 발을 디디고 있었다.

드디어 교도소 밖으로 나왔다! 난 밖으로 나온 거야!

그는 달리면서 알루미늄 사다리를 접었다. 이 사다리가 없으면 다시 돌아갈 수가 없다. 마음은 급한데 사다리가 말을 안 들었다. 호송 승합차까지 도달했을 때 다 찢어진 양복을 입은 한 명이 전방 15미터까지 걸어왔다. 유남은 땅바닥에 사다리를 메다꽂듯 세우고 옆구리의 버튼을 꽉 눌렀다. 그제야 조립식 사다리는 절반 크기로 줄어들었다. 그는 더듬거리는 손으로 열쇠를 꺼내려 애썼다. 마음이 다급할수록 열쇠도 순순히 따라 나오지 않았다. 얼굴 왼쪽과 오른쪽이 심한 부패의 불균형으로 뒤틀린 그 자는 더욱 거리를 좁혀왔다. 걸음걸이도 빨라진 걸 분명히 알 수 있었다. 그의 뒤에 어린 아이 하나가 따르고 있었다. 유남의 주머니에서 나온 열쇠가 땅바닥에 떨어졌다. 한 손으로 열쇠를 줍는 동시에 유남은 나머지 손으로 권총을 뽑았다. 연습을 오래 했지만 겨냥은 빗나갔다. 두 발을 쐈는데도 그들은 아랑곳없이 걸어왔다. 머리든 심장이든 정확하게 적중시켜야만 했다. 이윽고 세발 째 총성에 앞장선 자가 놀란 사람처럼 고개를 뒤로 획 젖히더니 고꾸라졌다. 또 한발이 나갔고 아이가 비명도 지르지 못하고 쓰러졌다. 유남은 아이의 얼굴을 외면하고 차에 열쇠를 꽂았다. 반복되는 볼레로 음악이 정상박동을 찾으라고 그의 심장에 압력을 가하는 것만 같았다.

열려라.

차 문이 열렸다. 그는 서둘러 조립식 사다리를 안으로 던져 넣었다. 둘러맨 가방도 던져 넣었다. 총들이 철커덕 소리를 냈다.

오랜만이어서인지 차는 시동이 잘 걸리지 않았다. 이때쯤 대여섯의 변한 존재들이 나타나 차를 포위하기 시작했다. 유남은 재차 시동을 걸었다. 우리의 맹수가 자유를 얻듯 털털털털 부르릉! 하고 힘찬 시동이 걸렸다. 그토록 오랜 기간 사용을 안 했음에도 차의 연식이 성능을 유지케 했던 것 같다. 기름은 절반 정도 들어있었다. 유남은 있는 힘껏 가속페달을 밟아 앞으로 돌진했다. 하나가 차에 부딪혀 스턴트맨처럼 나동그라졌다. 유남은 변한 자들을 치어가며 앞으로 나아갔다. 발진에 따라 룸미러로 들어온 거대한 화염덩어리는 유남의 가슴까지도 태워버릴 것만 같았다. 변한 자들의 고통에 찬 몸부림이 보였다. 볼레로 음악이 조금씩 잦아들기 시작했다. 그는 룸미러를 돌려버렸다.

12

거침없는 질주와 함께 차도 달아올랐다. 익숙한 폐쇄 공간에서 낯선 사회로 끼어든 유남은 어느덧 간단없는 폭력에 둔감해졌다. 사람이 아닌 괴물일 뿐이란 생각에 집요하게 매달리는 유남의 길은 앞 유리가 붉게 도색되면서 순탄치만은 않았다. 골목 군데군데서 그들은 광포한 움직임으로 끊임없이 튀어나왔다.

유조차 한 대가 뒤집혀진 채 길을 가로막고 있었다. 급정거를 한 유남은 서둘러 기어를 후진에 놓고 샛길로 차를 틀었다. 그 때 퍽하고 뒤로 나동그라지는 게 있었다. 노인 같았다. 하지만 지금은 병원에 데려갈 필요도 연락처를 줄 필요도 없는 세상이었다. 다시 차를 출발시키자 차에 치였다 일어난 노인이 그어어어하고 괴성을 질렀다. 뒤틀려지고 파인 얼굴엔 아무런 감정도 없었고 노인다운 연륜도 보이지 않았다.

앞을 막아서는 자들이 꾸준히 늘어만 갔고 그럴 때마다 그들은 유남의 저돌적인 의지에 하나둘씩 나가떨어졌다.

어느 순간 유남은 그 건물 앞까지 다다랐다. 정신없는 고투의 연속이었지만 이 건물 하나만큼은 뚜렷하게 기억하고 있었다. 시동 걸린 차를 그들이 어떻게 할지도 몰랐기에 하차한 유남은 단단히 문을 잠갔다.

"아기야. 내가 이곳까지 행한 어려운 걸음을 헛되게 하지 말아다오."

국토 횡단자처럼 등에 흰 깃발을 꽂은 자가 비척비척 걸어왔다. 얼굴의 반쪽이 떨어져나가고 없었다. 포도알 같은 눈동자가 이리저리 움직이는 모습이 영 기분 나빴다. 유남은 소총 방아쇠를 당겼다. 총탄이 작렬하는 소음은 굉장했고 이는 곧 멀리의 다른 자들을 불러들일 것이었다. 시간이 없었다. 그가 기대한 반응이 저 건물로부터 없다면 언제라도 내빼야겠다고 유남은 다짐했다. 교도소와 상당히 떨어진 이 곳엔 변한 자들도 보이지 않았고 볼레로 음악도 들리지 않았다.

그는 건물에 올랐다. 계단 사이사이에 심각하게 부패된 시신들이 드러누워 있었다. 둥그런 눈알들은 유남 하나만을 쏘아보는 것 같았다. 지옥에서 함부로 생명을 빼돌리면 염라대왕이 노하는 법이지. 하지만 유남은 살인적인 눈초리를 거두지 않은 채 아기가 있는 5층으로 그대로 뛰었다. 소총을 겨눈 그가 대번에 목적지 앞에 도달할 때까지 앞을 가로막는 자들은 아무도 없었다.

유남은 기괴한 문의 모습에 움찔했다. 공사용 철근 여러 개가 문 안쪽으로 깊이 박혀 있는 형상이 왠지 함정이 있을 것 같았기 때문이다.

하이바를 벗은 채 문에 귀를 대 보았다. 아무 소리도 들리지 않았다. 그는 천천히 문을 밀었으나 꿈쩍도 하지 않았다. 교도소 정문만큼이나 무거운 문이었다. 왜 이러지? 그는 어깨를 문에 대고 밀어보았다. 열리기까지 상당한 힘을 써야만 했다. 틈이 생기면서 녹이 슨 쇳덩이가 끼이익 소리를 냈다. 괴물이 안에 있을지 모른다는 생각에 그는 긴장했다. 온 몸이 식은땀으로 축축해졌다. 하지만 안으로부터 나온 건 아기의 울음소리였을 뿐이다.

무사하구나!

아기 울음은 문가에서 나는 것이 아니었다. 구석이었다. 긴 공사용 철근에 걱정했던 유남은 힘을 얻어 아기가 문 쪽으로 기어 오기 전에 있는 힘을 다해 문을 떠밀었다. 죽음의 음향과 함께 서서히 개방되는 문은 흐릿한 빛과 역한 냄새를 유남에게로 쏟아 보냈다. 하지만 유남은 멈추지 않았다.

사람이 들어갈 수 있을 만한 공간이 벌어지면서 문 앞에 바짝 붙어 앉아 있는 사람의 시퍼런 발이 보였다. 기겁한 유남은 외마디 비명과 함께 물러나며 총을 겨누었다. 하지만 한복 아래의 시퍼런 발은 꼼짝도 하지 않았다. 그저 문에 붙어 있다가 함께 움직였을 뿐이었다. 쥐어짜는 울음이 유남의 정신을 회복케 했다. 어느새 가까이 기어온 아기의 얼굴이 보였다. 피골이 상접하다는 말이 과연 이것인가, 아기는 귀여웠지만 작았다. 게다가 신생아처럼 비쩍 말라 있었다. 군청색과 분홍색이 뒤섞인 한복은 커다란 도포 같았다. 아마 젓가락 같은 팔다리가 그 안에 있을 테지. 유남은 우뚝 선 채로 아기를 응시했다. 아기는 새끼고양이처럼 꼭 절을 하는 자세로 유남을 보고 거의 들리지도 않는 울음을 멈추지 않았다. 울 힘마저 소진된 것 같았다. 그 때 퍼뜩 정신이 든 유남은 문가를 향해 총구를 돌렸다. 발의 주인이 잠에서 깨어나 자신에게 또 아기에게 무슨 짓을 할지도 몰랐으니까. 하지만 발은 움직이지 않았다. 유남은 확인을 위해 열린 문 안으로 완전히 진입했다. 시체 썩는 냄새가 진동을 했다. 이런 환경에서 아기가 죽지 않고 살아있었다니 유남은 할 말을 잊어버렸다.

쥐어짜고 또 쥐어짜는 괴로운 울음이 유남의 귀를 격동시키고 가슴을 아프게 했다. 유남의 어깨에서 힘이 빠졌다. 문을 막고 있었던 파란 발은 모두 네 개로, 남자 한복을 입은 사람과 여자 한복을 입은 사람이었다. 떨어지지 않으려는 듯 찰싹 달라붙은 채 흉한 부패를 맞고 있던 그들의 몸을 긴 공사용 철근 여러 개가 관통하고 있었다. 안타깝게도 여자는 얼굴에까지 철근의 변을 당했다. 총 든 유남의 양팔이 아래로 내려갔다. 알아볼 수 없을 만큼 신체의 훼손을 당했지만 거룩한 존엄이 그들을 휘감고 있었다. 공사용 철근에 숨을 거두면서까지 그들은 온 몸으로 문을 막고 있었던 것이다. 괴물들을 못 들어오게 하기 위해서. 그들에게서 아기를 지켜내기 위해서. 도구를 쓰면서까지 사람고기를 먹으려 했던 괴물들은 끝내 열리지 않는 문에 인기척까지 사라졌음을 알고는 이곳을 포기했을 것이었다. 죽음도 막지 못한 두 사람의 의지는 교도소의 어떤 중구금용 자물쇠보다도 강한 방어막이었다.

만약 지금까지의 시간 속에서 아기의 울음이 한번이라도 바깥으로 나갔더라면 괴물들은 끝내 문을 포기하지 않았을지도 모른다. 밖에는 먹을 것이 남아 있지 않으니까. 하지만 유남이 왔을 때에야 비로소 문은 열렸고 아기는 기적적으로 살아 있었다. 그러나 젊은 남녀의 불행한 모습을 목격한 유남은 끝내 신을 믿고 싶은 마음이 들지 않았다.

서당 도련님 같은 아기의 색동저고리는 똥과 피 그리고 여러 오물들에 누더기가 되어 있었다. 아기의 얼굴에서 고갤 들어 여기저기를 응시한 유남은 이 곳이 돌잔치나 회갑 등 각종 행사를 전문으로 하는 뷔페식 회관임을 알았다.

"좋은 날 이 무슨 비극인가……"

그 때 손을 모은 채 울던 아기가 고개를 들었다. 입가에 뭔가가 묻어 있다. 그것은 녹색이었고 유남은 축전용 화분의 식물이 이파리 전부가 찢어져 있음을 깨달았다. 그제야 유남은 제정신을 차리고 방석복 갑옷 안 가슴께에서 유아용 두유를 꺼냈다. 거친 질주 때문인지 뜨거운 심장박동 때문인지 데운 듯 두유는 따뜻했다. 배가 고픈 아기는 두유를 알아보고 울면서 유남에게로 기어오기 시작했다.

유남은 이리저리 고개를 돌리다가 뒤집어진 상 아래 놓여 있던 여성 핸드백에서 튀어나온 젖병 하나를 보았다. 수돗물에 젖병을 씻고 있을 때 아기가 발 아래까지 기어왔다. 아기의 진빠진 울음과 애타는 시선엔 제발 두유를 달라는 간절함이 깃들어 있었다. 유남은 두유를 젖병에 부었다.

"잠깐만 기다려."

돌 상 위에 소총을 놓은 유남은 책상다리를 한 후 아기를 안아 올려 자신의 무릎에 눕혔다. 아기가 너무 가벼워 손가락으로도 들어 올릴 수 있을 것 같았다. 아기는 두 손으로 젖병을 꼭 잡고 꼭지에 입을 갖다 댔다. 오랜만에 돌아온 수유에 대한 기억인 듯 아기의 눈은 커다랗게 커졌다가 작아졌기를 반복했다. 눈가의 눈물은 맑았고 목젖은 작은 파도처럼 출랑거렸다. 두유를 빨고 목구멍으로 넘기는 소리가 음음하는 작은 신음으로 변해 죽음으로 채색된 회관에 빛의 씨앗을 뿌렸다.

도대체 어떻게 살아 있었던 걸까, 믿기지가 않아.

"천천히 먹어라, 체한다."

아기의 눈은 유남의 얼굴에서 한 번도 떨어지지 않았다. 낯선 자에 대한 의심의 눈일까, 사람에 대한 그리움의 눈일까. 때와 땀 그리고 똥오줌에 절어 있던 아이에게서 또 한 번의 좋지 않은 냄새가 더해졌다.

"괜찮아 아가야. 아마 너의 소화기관은 정상이 아닐 거야. 그 긴 시간 동안 무서워했고 불안해했고 굶주림에 시달려왔던 너는 나를 맞이할 준비를 못했고 이런 식사 또한 예상 못했을 거야. 다행히 널 발견한 건 괴물들이 아니라 나야. 아저씨 집으로 돌아가는 즉시 따뜻한 물로 너를 씻겨줄게."

아이는 설사를 하면서도 두유를 힘차게 빨아들였다. 많던 두유가 금세 바닥이 나버렸다. 유남은 잠시 주위를 둘러보았다.

모든 현수막이 남김없이 찢어졌고 테이블이란 테이블은 온통 뒤집어져 온전하게 남은 것이 없었다. 터진 풍선의 잔해와 깨진 식기들이 바닥 이곳저곳에 지뢰처럼 놓여있었다. 잔치상은 그대로였지만 거기 있던 음식은 보이지 않았다. 아기가 먹은 것인지 어디로 갔는지 알 수 없었다. 돈과 연필은 뿔뿔이 흩어졌고 인형과 실뭉치 따위만이 제자리에 있었다.

아기의 사진이 보였다. '우리 아기 이렇게 컸어요!'란 스티커 글씨 밑에 활짝 웃고 있는 아기의 사진이었다. 이렇게 귀여운 아기가 또 있을까 싶을 만큼 원래 모습이 또래의 다른 아기들에 비해 출중했다.

엄마아빠가 따로 찍은 사진도 있었다. 지하철을 타면 흔히 볼 수 있을 지극히 평범하면서도 선남선녀라는 네 글자가 잘 어울릴 그런 얼굴의 주인공들이었다. 대여용 한복을 화사하게 차려입고 양손을 꼭 잡은 두 사람의 얼굴에는 새내기 부모다운 수줍은 희망과 행복을 갈구하는 애틋한 염원이 담겨 있었다. 그 아래에 뽀얀 얼굴로 화폭을 가득 채운 아기의 독사진이 또 있었다. '손힘찬'

이 아기의 이름이었다.

변화 전의 세상에도 고통을 짊어진 건 늘 이런 가족 이런 사람들이었다. 아주 평범하고 어디서나 볼 수 있는 사람들. 유남은 지금 세상이고 예전 세상이고 다 싫어졌다. 갑자기 만사가 싫어졌다. 그의 가슴 깊은 곳에서 뭔가 뜨거운 것이 울컥 솟구쳤다. 그것이 신의 양육 위임장 발부였는지 악마의 유혹이었는지 유남은 끝내 알지 못했다.

그래, 너의 아빠엄마는 물리지 않았기에 너를 끝까지 지킬 수 있었던 거야. 철근에 뚫리면서도 '누구든 도와주세요, 우리 힘찬이를 살려주세요.' 하면서 울부짖었겠지. 난 너를 데려가겠지만 안전을 보장할 수는 없어. 이미 바깥은 괴물 천지이고 그 어디에도 소아과는 고사하고 약사조차도 없지. 넌 엉덩이도 회복 못할 정도로 심하게 짓물렀을지 모르고 나쁜 질환이나 전염병에 그대로 노출될지도 모르고 난 무력하게 네가 죽어가는 모습을 봐야 할지도 몰라. 저 사진과 같은 세상과 미소는 이제 더 이상 없어. 무사히 자란다고 해도 넌 친구 하나 없는 외로운 신세가 될 것이고 출생의 비밀을 알고는 슬픔을 느낄지도 모르지. 지금도 이렇게 가슴이 아픈데 나는 네가 성장할수록 더 아플지도 몰라.

"어떻게 해야 하니…… 널 잠재우고 멀리 도망가야 하니…… 아니면 그래도 데려가야 하니……"

아기가 원래의 형체를 알아볼 수 없는 아빠엄마에게로 기어갔다. 입에서 침이 뒤에서 똥이 뚝뚝 떨어졌다. 걸레조각이 된 색동저고리의 아기는 소매를 펄럭이며 불효를 깨달은 자식처럼 울면서 기어갔다. 하지만 한쪽 손을 서로 맞잡은 채 한 쪽 손으론 문을 가로막은 엄마와 아빠는 꿈쩍도 하지 않았다. 엄마의 고개는 오로지 앞으로만 고정되었다. 아빠는 아들이 온다고 팔을 활짝 들어주지도 않았고 웃어주지도 않았다. 아기는 엄마 젖이 그리운 듯 홀로 남게 된 신세가 서러운 듯 우워어어어하면서 크게 울어 댔다.

유남은 돌잔치 홍보용의 현수막을 주워 부모의 몸을 덮어주었다. 그렇게라도 해야 두 사람이 편히 쉴 수 있을 것 같았다. 커다란 현수막 안으로 모습이 사라진 부모는 이제 영원한 한 몸이 되었다. 기어가던 아이가 우뚝 한 자리에 멈춰 서더니 고통스러운 듯 얼굴을 찡그리고 그 어느 때보다 애달픈 울음을 터뜨렸다. 작은 얼굴이 빨개졌고 눈물과 콧물이 닦을 여유도 없이 흘러내렸다. 두유도 침에 섞여 입가로 흘러내렸다. 저렇게 울다간 숨을 못 쉴 것만 같았다. 그럼에도 아기는 단 한 번도 유남을 쳐다보지 않았다. 단 한 번조차도.

얘가 내 말을 알아들은 건 아닐까?

그제야 유남은 자신이 말실수를 했다는 걸 알았다. 더불어 자신이 어느 길을 선택해야 할지도 분명히 깨달았다.

"아는구나……. 넌 나의 개인적 딜레마도, 아빠엄마가 더 이상 존재하지 않는다는 뼈저린 사실도 알고 있어……. 일어나지 않는 아빠엄마를 얼마나 오랜 시간 동안 흔들어왔겠니? 일어나라고 제발 일어나라고 애원하면서……. 하지만 넌 서서히 알아낸 거야. 엄마아빠는 결코 다시는 널 쳐다보지도 안아주지도 못한다는 걸. 엄마 젖도 못 빨고 나뭇잎까지 뜯어먹은 넌 어린 나이에 감당할 수 없는 일들을 겪은 거야. 하지만," 유남은 고개를 끄덕였다.

"넌 살아있다. 죽지 않고 말이다."

유남은 아기 곁에 천천히 앉았다.

"그럼 이것도 알아둬야 해…… 지금이 부모님과 헤어질 마지막 순간이라고 말이다……. 아저씨와 같이 가자."

아기의 울음이 더 커졌다. 안아주고 다독여주면 그칠지 몰랐다. 하지만 유남은 손짓만을 했다.

"이제 내가 네 보호자야."

아기는 머리를 땅에 대고 비벼대면서 울었는데 그것이 유남의 가슴을 몹시 아프게 했다.

"이리 와. 이제 아저씨랑 가자. 응?"

울음은 멈추지 않았다. 하지만 변화가 일어났다. 유남의 말을 알아들었는지 아기가 마침내 방향을 튼 것이다.

"그래, 이제 네가 갈 길은 네가 선택해야 해."

그러나 아기는 유남이 낯선지 방향을 바꿔 돌잔치 상으로 기어갔다. 정신 나간 사람 같은 유남의 문어체 독백은 끊어질 줄을 몰랐다. 말을 안 하고 살았지만 이젠 말을 해야만 하는 성인과 말을 못해 울기만 하는 아기는 세상 어느 끝에서 그렇게 만났다.

"그래, 이건 너를 위한 생일잔치였지. 너는 나랑 비슷하구나. 삼십 줄에 들어서면서부턴 아무도 내 생일을 기억해 주지 않았어. 난 혼자 미역국을 끓여먹었고 술을 퍼마셨지. 가끔 외로우면 여자를 사기도 했어. 그렇지만 너는 그런 나보다 더욱 가련한 신세가 되었구나."

아기가 상 위로 몸을 일으켰다. 울음 사이에 '음마음마'하는 소리가 섞였다.

"그래, 잡아보아라. 남은 건 별로 없지만 연필이든 돈이든 음식이든 네가 원하는 것은 뭐든지 잡아봐. 널 위한 장래를 잠시나마 경축하고 같이 나가기로 하자."

아이는 돈도, 음식도, 마이크도 아무 것도 잡지 않았다. 처음부터 굳게 결심한 것처럼 유남이 상 위에 놓아두었던 K2 소총을 잡았다. 온 천지가 개벽하는 것 같은 강한 인상을 받은 유남은 달려가 아기를 와락 안아 일으켰다.

그 사이 아기의 울음은 잦아들어 가벼이 훌쩍이기만 할 뿐이었다. 유남은 등의 찍찍이를 약간 느슨하게 하여 아기를 가슴과 갑옷 사이에다 넣었다. 그거로는 부족해 현수막을 들친 후 남자의 허리춤에서 허리띠를 뽑아내 자신의 배에다 꽉 묶었다.

그 때 열린 문틈으로 양복차림의 변한 존재 둘이 들어왔다. 부패에 잠식당한 그들의 얼굴은 공허했지만 음식을 발견했다는 새로운 사실에 금세 활력을 찾았는지 팔을 내뻗고 달려들었다.

타타타타 하고 유남의 K2가 작렬했다. 전기충격으로 발작을 일으키는 것처럼 몸을 떨면서 둘은 계단 아래로 나뒹굴었다. 총소리에 놀란 아기가 크게 울음을 터뜨렸다.

"오, 미안해."

그는 주머니에서 솜뭉치를 꺼내 아기의 귀를 막았다.

"조금만 참으면 돼. 괜찮을 거야."

유남은 한 손으론 아기가 있는 가슴께를 붙잡고 한 손으론 소총을 쥔 채 회관을 나섰다. 계단 끄트머리에 잠시 멈춰 선 유남의 고개가 아기의 부모 쪽으로 돌아갔다. 현수막에 덮인 두 사람은 아무런 반응도 보이지 않았다. 굳은 표정가운데 극히 미세하게 접혀진 유남의 눈가와 뺨이 그들에 대한 연민을 암시했다. 그러나 부지불식간에 굳은 얼굴로 돌아간 그는 고갤 돌려 계단을 달려 내려가기 시작했다.

13

교도소 앞은 변한 존재들로 가득해졌다. 모두가 집채만 한 불덩어리를 보고 모여든 것이다. 마치 따뜻한 불을 쬐려는 것처럼. 온 도시 곳곳에서 그들은 자꾸만 더 모여들고 있었다. 그들 모두가 짐승처럼 울부짖으며 이빨을 곧추세운 채 주위를 두리번거렸다. 나름의 동료의식 때문인지, 배고픔 때문인지, 아니면 놀람 때문인지는 잘 모르겠지만 여하튼 이들이 이렇게 거칠게 으르렁대는 모습은 처음이었다.

14

호송 승합차는 피뭉치와 살덩어리를 닦아내지도 못한 채 다시 변한 존재들을 치며 나아갔다. 흉측한 몰골들이 이빨을 드러내며 달려들다가 나가떨어졌다. 차창에 묻는 이물질은 와이퍼의 작동 횟수만큼이나 줄어들 기미를 보이지 않았다. 충돌이 있을 때마다 아기를 위해 몸을 틀어야만 했다. 핸들은 언제든 흉기가 될 수 있으니까. 수시로 아기가 무사한지 얼굴을 확인하던 유남은 길목으로 향한 커브 길에 들어선 순간 차의 속력을 늦추었다. 아기가 꿈틀거렸다. 차의 서행에 맞추어 하나둘은 다수를 이루었고 다수는 빠른 속도로 군중이 되어갔다. 그들이 조금 더 모였을 때 유남은 기어를 후진에 넣어 차의 방향을 바꾸었다. 그들이 악을 쓰며 다가왔다. 제일 먼저 접근한 일부가 차를 두들기고 뒤흔들었다. 유남은 그제야 가속 페달을 힘껏 밟았다. 붙어 있던 자들이 팔다리를 공중으로 날리며 픽픽 쓰러졌다. 수백 명이 모인 무리를 뒤로 한 채 유남은 교도소 쪽 골목으로 방향을 틀었다. 똥냄새와 아기 냄새가 코를 찔렀다. 하지만 바깥의 썩어가는 냄새보다는 훨씬 인간다운 냄새였다. 유남의 의도는 들어맞았다. 길목이 아닌 골목으로 달리자 그들의 수는 눈에 띄게 줄어들었던 것이다.

"조금만 가면 아저씨 집이야."

차가 맹렬한 속도로 질주할수록 광란의 열기를 감춘 거대한 악취가 신속히 다가왔다. 반복재생으로 무한정 흘러나오던 볼레로 음악도 다시 들려오기 시작했다. 사그라질 줄 모르는 거대한 불기둥이 피곤한 그의 시야를 가득 메웠다. 그들은 아직도 죽어 쓰러지지 않았으며 자신들을 소멸시키려는 불꽃에 발버둥 쳤다. 지독한 공포가 유남의 심장을 강타했다. 품 안의 아기가 박동을 의식했는지 옹알거렸다. 어느새 자그만 두 팔이 유남을 어깨에 올라가 있었다.

"걱정 마. 네가 있어 내 심장은 멎지 않을 거다."

포대기 대신 갑옷에 싸인 아기가 유남을 똑바로 쳐다보았다. 꼭 무슨 말을 하고 싶어 하는 모습이었다.

길을 가로막는 자들이 차에 부딪쳐 스턴트맨처럼 날을 때마다 아기는 '워어'하고 놀란 비명을 질렀다. 유남의 맥동하는 가쁜 숨이 아기의 얼굴을 덮혔다. 그는 가끔 쌍욕을 내뱉으며 핸들을 이리저리로 틀었다. 그러다가 갑자기 차를 세우고 시동을 껐다. 그곳은 처음 사다리를 댔던 위치 근처였고 움직임 느린 그들로부터 거리가 있는 곳이었다. 다급히 차문을 연 그는 사다리를 꺼내는 즉시 긴 길이로 잡아당겼다. 드르르륵하는 거친 쇳소리가 이글거리는 불길마저 뚫고 존재감을 과시했다.

"여기만 넘어가면 안전하단다!"

옆에서 둘이 나타났다. 한 명은 외국인, 다른 하나는 안경을 썼다.

유남은 사다리를 놓고 허리춤의 권총을 뽑았다. 여유를 안 둔 다섯 발의 총알이 즉시 발사되었다.

안경잡이의 목덜미에서 나온 피가 분수처럼 솟았다. 외국인 좀비는 어깨에 피격을 당해 들썩일 뿐 좀처럼 쓰러지지 않았다. 총소리는 화약놀이를 하는 것처럼 크게 울려 퍼졌다.

포위망을 좁혀오듯 군중들이 비척비척 걸어오기 시작했다. 불이 붙은 채 걸어오는 자도 있었다. 권총을 버린 유남은 승합차 안에서 삽을 꺼냈다. 외국인 좀비는 유남이 내리친 삽에 의해 더 이상의 행동을 할 수 없게 되었고, 도구 하나도 아까웠던 유남은 피 묻은 삽을 다시 차 안으로 던져 넣은 뒤 문을 잠갔다. 품 안의 아기가 흔들거렸다. 군중들의 발걸음이 빨라졌다. 지체할 여유가 없었다. 흘러내린 땀으로 온 몸이 미끈거렸고 품안은 지독히도 뜨거웠다. 아마 아기 역시도 그럴 것이었다.

사다리에 막 올랐을 때 별안간 옆에서 나타난 변한 자 하나가

다리를 잡으려 했다. 생각지도 못한 출현이었다. 유남은 발길질로 그를 가로막는 자의 얼굴을 걷어찼다. 가슴께의 아기가 흔들거렸다. 화가 난 괴물은 직접적 포획을 포기하고 사다리를 흔들었다. 유남의 입에서 허억하는 신음이 새어나왔다. 머리가 텅 비워지고 온 몸이 공중에 뜨는 기분이었다. 뭔가가 쑥 빠져버리면서 가슴 속이 허전해지고 시원해졌다. 사다리 위는 아기 몸의 대여섯 배는 될 높이였다. 우는 소리가 전혀 들려오지 않았다.

"안 돼!"

유남은 괴물을 향해 몸을 날렸다. 사다리에서 지상의 아기를 향해 방향을 틀던 괴물이 유남과 함께 나동그라졌다. 다 떨어진 패딩 잠바을 입은 그 좀비 괴물이 고개를 들이밀며 필사적으로 입을 딱딱거릴 때 유남은 하이바 쓴 머리로 괴물의 머리통을 그대로 처박았다. 우직하는 소리가 들렸다. 쓰러지는 괴물과 일그러진 유남의 표정이 끝없이 반복되는 볼레로 음악 사이를 오고갔다.

"힘찬아!"

아기는 움직이지 않았다. 양쪽에서 유남과 아기를 노린 그들이 몰려왔다.

유남의 표정에서 사람다운 것이 완전히 사라졌다.

괴물의 징그러운 이빨들이 가까워졌다. 움직이는 유남보다는 굳은 채 땅바닥에 널브러진 색동저고리를 향한 것 같았다. 기름통을 굴리기도 하고 하반신이 절단된 채 땅바닥을 기는 것들도 있었다. 살아있는 사람이 있는 한 무한히 반복될 무의미한 욕구요, 채워지지 않을 충족에의 발걸음일 터였다. 부모는 철근에 온 몸을 난자당하고 꿰뚫리면서 자식을 구해냈고 아기는 가까스로 여기까지 왔지만 뇌진탕으로 죽어버렸다. 절망적인 구조신호를 접수한 대부는 결국 대자를 구하지 못했다. 그 때 유남은 신의 부정에서 확실한 신의 인정단계로 접어들면서 처음으로 죽고 싶다는 생각을 했다. 바이러스고 자연재해고 좀비고 지랄이고 그 모두가 확실히 신의 짓이 틀림없다고 판단했다. 하지만 그는 잘못했다고 애원하는 대신 하늘을 우러러 벽력같이 소리쳤다.

"네가 끝내 날 갖고 노는구나! 이러려고 얘를 보낸 거였어?"

그 때 힘찬이가 벌떡 일어나 앉아 앙앙 울기 시작했다. 이름처럼 굳세고 의지가 가득 찬 울음으로, 양손을 구부린 채 간절하게 엄마아빠를 찾으며 입을 벌렸다. 잠시 할 말을 잃긴 했지만 이윽고 유남은, 고객님의 문의에 대한 '답변완료입니다'하는 신의 목소리를 분명히 들은 것 같았다.

언제나 아기들은 의지할 사람을 찾지! 아빠엄만 이제 없어! 하지만 내가 있다! 정유남이가 있다고!

변한 존재들은 더욱 더 거리를 좁혀왔지만 그건 절대로 아기를 달래주기 위함이 아니었다. 우는 소리를 듣고 싱싱한 고기라는 걸 자각한 본능의 지령이었다. 더 빨리 도달할수록 먼저 고기를 차지한다. 저희들끼리 잡아먹지 않으며 정상적이었던 인간사회와 다를 바를 보이더니 사실은 보이지 않는 경쟁을 하고 있었다.

아기와 유남의 눈이 마주쳤다. 그러자 아기는 이제 유남만을 바라보며 울기 시작했다. 그를 알아보았고 전적인 신뢰와 믿음을 보내는 울음이었다. 놀랍게도 전혀 다친 데는 없어보였다. 변한 자들이 몇 걸음안의 거리까지 접근했다. 유남의 눈에 결연한 빛이 생겨났다. 그는 확고부동한 동작으로 차 문을 열었다. 나중에 바깥으로 나갈 때 쓰려고 뒀던 검정색 무기 가방이 다시 내려지고 기관총과 탄창이 소나기처럼 쏟아졌다.

"너희 같은 것들한테 내가 당할 줄 알고!"

기관총이 불을 뿜어대면서 살점과 핏덩어리를 튕기는 변한 자들은 추풍낙엽처럼 쓰러져갔다.

"덤벼봐? 응? 그것밖에 안 돼? 겨우 그거야?"

'밤, 빠바바! 밤, 빠바바!' 볼레로 음악이 절정에 이르렀다. 끝이 없는 반복리듬에 끝없을 반복재생이었다. 이 세상이 변한들 생의 모든 건 또 다른 반복에 불과하고 앞으로도 그럴 것이었다. 설령 지구가 다시 시작을 한 대도, 모든 인류가 다시 시작을 한대도.

"내가 그리 만만하게 보였어?"

기름통이 폭발하면서 주변에 있던 변한 존재 서넛을 공중으로 날려보냈다.

"이 똑같은 원시인들아! 흉내만 내지 말고 가까이 와봐! 다 덤벼 보라고!"

탄창이 몇 번이나 뒤바뀌어 가며 기관총이 탄알을 쏟아냈다. 총소리와 폭발음에 아기의 울음은 묻혔고 유남의 고함도 묻혔다. 미칠 듯한 폭력과 난사(亂射)속에서 땀에 번들거리는 유남의 얼굴은 외로워보였고 상처받은 것처럼 보였다. 비로소 변한 존재들이 주춤거렸다. '차차차착'하고 격발장치가 헛돌고 탄알이 떨어졌음을 알렸다. 유남은 걸어오는 잔류들의 앞장을 서는 자에게 총을 던졌다. 개머리판에 얼굴을 맞은 자가 쓰러지는 사이 유남은 아기를 다시 안았다. 아기가 울음을 그치고 유남의 목을 끌어안았다.

"요놈이! 신통하구나!"

사격이 멎은 것을 안 자들이 일거에 중앙으로 모여들었다. 한 팔로 아기를 또 한 팔로 사다리를 잡은 유남의 몸은 균형을 잃고 흔들거렸다. 담벼락이 이렇게 높게 느껴지기는 처음이었다. 성난 군중이 된 자들은 군침을 흘리며 두 사람에게 다가왔다. 유남이 사다리의 상단부까지 오른 사이 가장 먼저 도달한 자가 거친 기세로 사다리를 일격에 쳐버렸다. 간발의 차이로 사다리에서 도약한 유남은 한 팔만으로 담벼락을 붙잡았다. 균형 잃은 사다리가 변한 자들 머리 위로 무너졌다. 그들이 집단으로 휘젓는 팔이 유남의 발에 닿았다. 한 명이라도 발목을 잡는다면 모든 것이 끝장이었다. 손이 미끄러웠다. 이 상황에서 담 위로 오르기는 무리였다. 나머지 팔을 이용하면 충분히 오를 수 있을 것 같았지만 그러면 힘찬이를 포기해야만 했다. 유남의 얼굴이 최악의 고통으로 구겨졌다.

"도와줘! 제발. 하느님!"

그 때 아기가 '아브브브브'하고 소릴 냈다. 꼭 뭘 보라고 가리키는 것 같았다. 유남이 고통스런 얼굴로 고개를 돌린 순간 변한 자 하나와 그의 눈이 정확하게 마주쳤다. 변한 자의 썩고 피투성이가 된 눈엔 아무런 변화도 없었지만 갑자기 그 자는 몸을 돌리더니 유남을 노리는 변한 자들을 밀치고 넘어뜨렸다. 그것은 거의 1초의 순간이었다. 하지만 유남에게 마지막 기회를 주기에 충분한 순간이기도 했다. '우아아아아'하는 함성이 그의 입으로부터 뿜어져 나왔다. 초인적인 한 팔 턱걸이가 시작되었고 그의 팔뚝과 이마의 혈관이 팽팽해졌다.

나머지 변한 자들을 밀쳤던 자는 스스로의 돌발 행동을 믿지 못하겠다는 듯 잠시 두 손을 내려다보다가 이내 동료들과 힘을 합쳐 다시 유남을 향해 위로 팔을 휘둘렀다. 하지만 그 때는 이미 혼신의 힘을 다한 유남이 담 위로 오르는데 성공한 직후였다. 유남은 안도에 찬 긴 숨을 토해내며 아기의 구출에 성공했음을, 아울러 자신의 보금자리로 무사히 돌아왔음을 깨달았다. 온 세상이 똑바로 보이면서 유남은 조금 전 자신을 도왔던 변한 존재가 비둘기를 잡아먹던 이대복 노인이라는 사실을 알 수 있었다. 불과 몇 초가 지났을 뿐인 지금, 이대복 노인을 비롯한 모든 변한 자들이 절망에 찬 배고픔을 호소하며 팔다리를 버둥거리고 있다.

"아주 잠깐 동안이었지만 날 알아봤어, 사람이었을 때의 기억이 한순간 되살아났던 거야."

유남은 처음으로 이 세상은 뭔가 나아질 수도 있다는 희망을 보았다.

"아브브브브브……"

뺨에 보드라운 게 닿더니 움직거리며 눈코입을 만졌다. 거친 괴물들의 손이 아닌 가슴을 뭉클하게 하는 손이었다. 아기가 신기하다는 얼굴로 유남을 쳐다보았다. 연탄창고에 숨어 있다 나온 듯 온통 새까만 얼굴이었지만 이 세상 가장 귀여운 얼굴이기도 했다. 똥 냄새와 두유 냄새를 풍기는 도령의 모습은 어사 출도를 하기 전 일부러 거지꼴로 월매를 찾은 이 도령이나 별반 다를 바 없었다.

"괜찮아?"

유남은 아기의 귀에서 솜을 빼주었다. 그리고는 뺨에서 쭈욱

소리가 나도록 세게 뽀뽀했다. 입술이 떼어지자 아기가 환한 웃음으로 답했다. 그들이 앉아 있는 곳의 불과 1, 2미터 아래에는 한때 이 세상의 모든 구성원들이었던 자들이 시위하듯 벽을 두드려대고 있었다. 하지만 유남은 언제까지고 담 위에서 아기를 부둥켜안고 기쁨만을 느낄 뿐이었다. 볼레로가 끊어지자마자 또 새로운 볼레로가 시작되었다.

"무서웠지? 어디 다치진 않았어?"

여자만의 가장 큰 고통중 하나가 출산의 아픔이라고 한다. 유남은 남자였고 낳아줄 아내를 얻지도 못했지만 그만한 대가를 치른 후 기적적으로 아들 하나를 얻었다. 이제 두 사람은 영원히 같이 있게 되었다. 공포의 기억, 죽음의 환상, 어둠의 역습은 희미해졌고 더 이상의 절망도, 슬픔도, 외로움도, 고통도, 무료도, 공포도 없을 것이었다. 변한 자들의 함성을 압도하는 한 목소리가 갑자기 스피커를 통하여 등장했다. 레지스탕스의 방송이었다.

아기가 또 방긋 미소 지었다. 세상에서 가장 환하고 자연스러운 그 미소에 유남도 같이 미소 짓지 않을 수 없었다. 원인을 알 수 없는 재난으로 세상이 바뀌고 나서 처음 지어보는 미소였다.

유남은 정말 신이 존재한다면, 아마도 세상의 끝에서 선택받은 두 사람을 한참 동안이나 굽어보고 있을지도 모른다고 생각했다.

심사평

이종호(소설가)

좀비세상의 극단적인 단순함은 창작자에게 매력인 동시에 제약으로 작용하기도 한다. 국내에 출간된 몇 안 되는 좀비문학이 왜 일기나 인터뷰 같은 특별한 형식을 취해야만 했는지 살펴볼 필요가 있다. 단순하다는 건 쉽게 이야기를 시작할 수 있는 장점이기도 하지만 자칫 식상한 이야기가 될 가능성 또한 농후하기 때문이다.

본심에 올라온 작품들 역시 몇몇을 제외하고는 기존 좀비문학의 익숙한 설정과 흐름을 벗어나지 못했다는 점에서 아쉬움이 남는다. 이는 응모자들이 앞서 언급한 좀비문학의 특성을 제대로 파악하지 못한 탓이다.

대상은 큰 고민 없이 「섬」으로 결정했다. 이 작품은 처음부터 거창한 설정을 동원하거나 진지하게 무게 잡을 생각이 없어보였고 그 점이 오히려 현실적으로 다가왔다. 언뜻 어수룩하고 우스꽝스럽게 이야기를 풀어가는 듯 보이나 깊은 고민 없이는 쉽게 떠올리기 힘든 세밀함이 돋보였다. 갈등이 부족한 게 아쉽지만 짜

임새에 있어 다른 작품에 비해 월등했다는 생각이다.

가작은 「도도 사피엔스」, 「잿빛도시를 걷다」, 「어둠의 맛」 세 편을 선정했다.

「도도 사피엔스」는 병리학과 해부학 등의 전문지식을 이야기 속에 능숙하게 녹여냈다는 점에서 돋보였으나 지나치게 설명조인 데다 흐름이 식상하다는 게 약점이었다.

「잿빛도시를 걷다」는 극한 상황에서 드러나는 사람들의 절박함이나 가족 혹은 인간관계에 집중한 심리묘사가 장점인 반면 매끄럽지 못한 어설픈 이야기 전개는 단점이라 할 수 있다.

「어둠의 맛」은 좀비문학상의 특성을 비교적 잘 살린 작품이다. 좀비를 통해 용산철거민, 농촌문제, 도시빈민, 현실정치문제에 이르기까지 우리 사회의 어두운 이면을 적절한 농담과 은유를 섞어 흥미로운 블랙코미디로 풀어냈다. 하지만 설명적이고 평면적인 구성이 재미를 반감시킨다.

그 외 공포에 충실한 「우리는 사람을 만나지 못했다」와 중편인 「세상 끝 어느 고군분투의 기록」이 눈에 띄었다. 전자는 좀비세상에서 일어날 수 있는 공포적인 상황을 비교적 현실적으로 보여줬으나 문장이 거칠고 묘사 등의 기본기에 약점이 보였다. 「세상 끝 어느 고군분투의 기록」은 교도관이 좀비를 피해 스스로 교도소에 갇혀 살아간다는 설정이 꽤나 신선하게 다가왔고 잠재적인 가능성도 있어 보였으나 전체적으로 장황하고 지루했다.

저자와 긴밀한 협의와 수정을 통해 심사위원 추천작으로 수록했다.

심사평

최종태(영화감독)

도대체 어디에서부터 비롯되었으며 그들이 원하는 것은 무엇일까? 만일 그들이 위험하다면 그 이유는 무엇이며 우리는 어떻게 그들로부터 달아날 수 있을까? 그렇지 않다면 우리는 그들의 존재를 어떻게 받아들여야 할까? 친구인가 아니면 노예인가? 일단 좀비라는 것이 실재한다고 가정하면 상상의 나래는 다양하고 거침없이 펼쳐진다. 거기다 욕심을 좀 더 내면 '살아있는 시체'라는 불가사의한 정체성을 지닌 좀비를 통해 생명과 비생명의 차이를 진지하게 고민해 볼 수도 있다. 이처럼 좀비에 관한 다양한 해석과 입장들을 이번 좀비문학상에 응모한 수많은 원고들을 통해 만날 수 있었다.

좀비라고 했을 때 우리가 가장 빨리 떠오르는 것은 흐느적거리며 다가오는 썩어 문드러진 시체의 이미지이다. 그만큼 우리는 좀비를 매우 시각적으로 이해하고 있다. 구역질나는 처참한 몰골만으로도 공포와 흥미의 대상이 될 수 있으므로 좀비는 일찍부터 영화에 출연하고 급기야 좀비영화라는 그들만의 장르까지 갖게 되었다. 그런데 사실 좀비를 소재로 한 영화의 스토리는 그리 대단해 보이지는 않는다. 만일 그런 영화들을 그대로 소설로 옮겨 놓는다면 어떨까? 아마도 영화만큼의 재미와 흥미를 기대하기는 어려울 것 같다.

독자의 상상력을 통해 이야기를 펼쳐가는 소설은 영화보다 자유로우며, 영화에서는 다루기 힘든 정서적인 혹은 사색적인 심연의 세계 속으로 독자를 안내할 수도 있다. 아무튼 이번 심사를 통해 영화가 아닌 문학의 방식으로 재탄생한 한국산(?) 좀비들을 만나는 경험을 할 수 있었고, 그럴 때엔 영화를 보는 것보다 즐겁고 재미있었다. 조만간 그런 소설을 원작으로 하는 좀비 영화가 한국에서도 제작될 것 같은 강한 예감이 든다.

섬, 그리고 좀비

1판 1쇄 펴냄 2010년 6월 25일
1판 4쇄 펴냄 2013년 7월 17일

지은이 | 백상준 외
펴낸이 | 김준혁
발행인 | 김세희
펴낸곳 | 황금가지

출판등록 | 1996. 5. 3. (제16-1305호)
주소 | 135-887 서울 강남구 신사동 506 강남출판문화센터 5층
전화 | 영업부 515-2000 / 편집부 3446-8773 / 팩시밀리 515-2007
홈페이지 | www.goldenbough.co.kr

ISBN 978-89-94210-29-2 03810

* 황금가지는 (주) 민음인의 픽션 전문 출간 브랜드입니다.